무협지
無俠誌

무협지 6
최필 新무협 판타지 소설

초판 1쇄 찍은 날 § 2002년 12월 27일
초판 1쇄 펴낸 날 § 2003년 1월 7일

지은이 § 최필
펴낸이 § 서경석

편집장 § 문혜영
편집책임 § 이종민
편집 § 장상수 · 박영주 · 김희정 · 권민정
마케팅 § 정필 · 강양원 · 이선구 · 김규진

펴낸곳 § 도서출판 청어람
등록번호 § 제1081-1-89호
등록일자 § 1999. 5. 31
어람번호 § 제2-0164호

주소 § 경기도 부천시 원미구 심곡1동 350-1 남성B/D 3F (우) 420-011
전화 § 032-656-4452 팩스 § 032-656-4453
http://www.chungeoram.com
E-mail § eoram99@chollian.net

ⓒ 최필, 2002

값 7,500원

ISBN 89-5505-487-4 (SET)
ISBN 89-5505-571-4 04810

※ 파본은 본사나 구입하신 서점에서 교환하여 드립니다.
※ 저자와 협의하여 인지를 붙이지 않습니다.

최필 新무협 판타지 소설

무협지

無俠誌

◆ 천형의 검 6

도서출판 청어람

목
차

제1장 천무밀교 / 7
제2장 살수 무랑 / 43
제3장 사내 / 81
제4장 죽음의 미학 / 117
제5장 무림맹 비무대회(1) / 155
제6장 무림맹 비무대회(2) / 189
제7장 무림맹 비무대회(3) / 227
제8장 무림맹 비무대회(4) / 271

1장
천무밀교

끝없이 윤회를 거듭하다 보면
모든 사람과 동물은 부처가 될까?
글쎄, 슬픈 일이지만 소는 소로
부처는 부처로 거듭날 뿐이겠지.

1
천무밀교

　무산(巫山)의 천무밀교 본전.
　창호지로 덧댄 별채 창문에서는 희미한 빛이 새어 나오고 있다. 날은 막 저물기 시작했고 안개비는 어둠을 재촉했다.
　별실 안에선 몇 개의 황촛불이 촛농을 떨구며 일렁였지만, 막상 무량귀불은 잠이 든 것처럼 조용히 눈을 감고 있을 뿐이다.
　반면 그와 마주 앉아 있는 무량은 벌써 반 각가량 찻잔만을 어루만지고 있었다.
　"자네의 검술이 대단하다고 들었네."
　"……."
　무거운 침묵을 밀어내며 무량귀불이 입을 열었다. 하지만 무량은 잠자코 찻잔을 내려다볼 뿐이었다.
　"물론 상대적으로 내공이 약하단 말도 들었네."

"……."

"자네, 원래 그렇게 과묵했는가?"

"……."

"이보게, 무랑!"

무량귀불이 다소 목소리를 높였다. 아무런 반응을 보이지 않는 무랑의 태도가 다소 못마땅했던 것이다.

"허걱! 예? 예, 뭐라고 하셨습니까?"

무랑은 그제야 화들짝 놀라며 고개를 들었다. 눈곱이 말라비틀어져 있을 만큼 깊은 잠에 빠져 있었던 것이다. 그것도 아주 교묘한 자세로, 찻잔까지 어루만지며.

"헤헤, 제가 요즘 워낙 강도 높은 훈련을 받고 있다 보니……."

"정말 놀랍군."

무량귀불은 당혹스럽다는 듯 가볍게 말을 내뱉었다. 그리고 천장이 내려앉을 만큼 깊은 한숨을 내쉬었다.

단지 온몸에 갈무리된 기운만으로도 상대의 숨통을 옥죄게 만든다는 무량귀불이었다. 천무밀교의 교주로서, 부처의 현신 혹은 생불(生佛)로 섬겨지는 인물이었던 것이다.

감히 누구도 이제껏 그 앞에서 경박한 웃음을 보이지 못했다. 더욱이 조는 것은 상상도 못할 일이었다. 오로지 경외와 맹종만을 보여왔을 뿐이다.

"자네는 내가 두렵지 않은가?"

"예? 제가 왜 교주님을 두려워합니까? 제가 돈을 떼어먹었습니까, 호박씨를 깠습니까? 저 아무 잘못도 안 했습니다."

"파하하하! 그래, 그렇군. 바로 그거였어."

무량의 거침없는 대답에 무량귀불은 웃음을 터뜨릴 수밖에 없었다.

따지고 보면 무량이 무량귀불을 두려워할 이유가 없었다. 마음속의 두려움이란 뭔가 켕기는 구석이 있을 때나 생기는 것이다.

하지만 무량귀불은 이내 웃음을 거둔 채 다소 냉랭한 음성으로 말했다.

"그런데 과연 그럴까? 두려움이란 것이 그렇게 간단한 속성을 지닌 것일까? 나는 강하다네. 이미 사람이 닿을 수 있는 한계를 넘어선 곳에 있지. 두려움이란 나약함에서 비롯된다. 비록 자네가 아무런 잘못을 하지 않았다 해도 자네는 내 강한 힘에 두려움을 느껴야 하지. 나는 아무 이유 없이 나보다 약한 자를 죽일 수 있고 무량, 자네라고 해서 예외란 법은 없으니까. 또한 두려움이란 머리 속에 자리 잡은 것이 아닐세. 그것은 온몸에 자리 잡고 있지. 보거나 듣지 않고도 느낄 수 있는 것이 두려움이거든. 그런데 왜 자네는 나로 인해 두려움을 느낄 수 없는 것일까?"

"저… 부르신 용건이나… 이러다가 식사 시간 다 가겠습니다. 저는 다른 건 안 무서워도 굶는 건 정말 무섭거든요. 헤헤."

"……"

무량귀불은 다시 한 번 무량의 얼굴을 빤히 쳐다보았다. 이상하게도 그에게선 아무것도 읽혀지지 않았다.

천무밀교의 수뇌는 대부분 천의(天意)를 얻어 만난 사람들로 이루어졌다.

밀교의 속성상 얼마간 신성에 의지하는 것은 당연한 일이었으나 천무밀교는 그 정도가 심했다. 철저하게 운명의 고리에 의해 엮어진 집단이었다.

무량귀불에겐 흔히 말하는 숙명통(宿命通)과 타심통(他心通)이 있었다. 즉, 남의 전생과 현생, 후생을 볼 수 있으며 남의 마음을 거울에 비춰 보듯 읽어내는 능력을 가지고 있었던 것이다. 또한 천상(天象)을 살펴 앞으로 벌어질 일까지 예측해 낼 수 있었다.

물론 그 모든 것은 어디까지나 천무밀교의 신자들에 의해 신봉되어지는 믿음이다. 무량귀불이 정말 그런 부처의 능력을 가지고 있는지는 알 수 없는 일이었다.

하지만 무량귀불 자신은 스스로의 영적 능력을 믿고 있었다. 무량귀불이 만들어지는 과정 자체가 그런 신성에 의지하고 있었기 때문이다.

끊임없이 환생을 거듭하는 무량귀불은 이마에 새겨진 '만(卍)' 자에 의해 그 존재가 검증된다. 또한 반드시 전대의 무량귀불이 열반에 든지 99일 안에 찾아져야 했다.

따라서 천무밀교가 그 역사를 잇기 위해선 밀교 수뇌부가 하늘의 계시를 받아 그 환생체를 기일 내에 찾아야 하는 것이다. 상식으로는 결코 이해할 수 없는 절차였다.

그런 기이한 인연은 비단 무량귀불에 한정되어 있지 않았다. 무량귀불이 자신의 수하를 거두는 방식 역시 같았다.

그가 굳이 삼문협을 찾았던 것 역시 무량을 만나기 위해서였다. 그는 약 1년 전, 천상(天象)을 살피다가 한 인물을 얻게 될 것을 알게 되었다. 이후 삼문협에 만들어진 신문(神門)에서 누군가 그 문을 열고 나타나기를 기다렸고, 그렇게 해서 만난 사람이 무량이었다.

하지만 이상하게도 무량은 그가 기존에 같은 방식으로 만나왔던 사람들과는 달랐다. 조금의 신비함도, 신성도 느껴지지 않았다. 더욱 곤혹스러운 것은 무량귀불 자신의 능력이 무량에게는 통하지 않는다는 점이었다.

　마치 하나의 형광석(螢光石)처럼 무량은 끊임없이 무량귀불 자신의 능력을 빨아들이기만 할 뿐이었다.

　"흠… 오늘 자네를 부른 것은 자네에게 맡길 일이 생겼기 때문일세."

　한동안 무량을 바라보고 있던 무량귀불이 나지막한 한숨과 함께 말을 꺼냈다.

　"뭐지요?"

　"암살이라네."

　짧은 질문과 답변이었다.

　하지만 무량귀불의 대답으로 인해 무량은 온몸에 소름이 돋는 것을 느껴야 했다. 사실 무량은 지난 몇 달간 이곳에서 살수 훈련을 받았다. 어쩌다 보니 그렇게 된 것이다.

　농귀와 엽수에 의해 천무밀교로 안내된 무량은 처음 며칠은 그저 무량귀불의 손님으로 머물렀으나 마땅히 갈 곳도 없고 해서 천무밀교에 귀의하게 되었다. 말이 귀의지, 사실은 조용히 얹혀살자는 마음이었다.

　본전은 수도승들이 많은 탓에 마치 절간 같은 분위기였고, 그만큼 정적(靜的)이었다. 그저 조용히 수양하며 지내기엔 그만일 듯했다. 그런 까닭에 무량은 마치 중이 되는 기분으로 천무밀교에 귀의하게 되었던 것이다.

　하지만 그것은 성급한 판단이었다.

　천무밀교의 조직은 마치 하나의 국가처럼 견고했고, 신자들은 모두 저마다의 일로 바빴다. 단순히 염불만 외우는 것이 아니었다.

　그럼에도 무량은 자신이 전투와 관련된 기관에 소속될 것이라고는 예상하지 않았다. 더욱이 살수가 될 것이라곤 꿈에도 생각지 못했다.

비록 이제까지 배워온 것이 무술이기는 했으나 그것은 어디까지나 순수한 의미에서의 무술이었다. 사람을 죽이고, 세력을 확장하고 하는 것과는 거리가 멀었다.

살수 교육 기관인 적무단(赤武團)에 배치되고 나서야 무랑은 자신이 뭔가 크게 착각하고 있었다는 사실을 깨달았다. 그동안 보지 못했던 또 하나의 조직을 보게 된 것이다.

원래 전투와 관련된 천무밀교 중앙 조직의 구성은 최고 권력 기관인 천록원(天錄院), 군사 전문 기관인 백무단(白武團), 특수 기관인 적무단(赤武團) 등으로 이루어져 있었다.

이들 중 백무단과 적무단의 식솔은 본전과는 별도로, 무산의 정상 부분에 기거하고 있었다. 무랑이 미처 이들을 보지 못했던 것도 그 때문이다.

이들 세 조직의 구성은 대략 다음과 같았다.

우선 천록원은 천무밀교 수뇌들로 구성된 조직이다. 재무와 군수, 병력 관리 등 각종 행정을 총괄하며 밀교 전체의 사업을 결정한다. 현재 천록원은 총 9명의 원로 및 호법, 장로들로 구성되어 있으며, 무랑 귀불의 직속 기관이기도 하다.

백무단은 일종의 군사 기관으로 훈련에서 출병, 전투 등 무력에 관련된 모든 사항을 총괄한다. 중앙은 물론 각 지부의 움직임을 감찰하는 내부 조직까지 갖추었으며, 그 규모는 백무단의 수뇌와 천록원의 임원들만이 알고 있다.

다음, 특수 기관인 적무단은 살수 집단이다. 중앙에만 존재하며 그 관리는 철저하게 천록원에 의해 이루어진다. 쉽게 말해 천록원의 직속 기관이라 할 수 있다.

물론 그 외에 무량귀불 1인이 이끄는 직속 부대 구세불검(救世佛劍)이 별도로 있으나 그에 관해서는 천록원의 임원들조차 알지 못한다. 다만 농귀와 엽수만이 표면에 나서 활동하고 있을 뿐이었다.

어쨌든 천무밀교의 구성은 상당히 조직적이고 치밀했다.

비록 최고 권력 기관인 천록원의 통제 하에 있으나 재무, 감사, 정보, 관세, 법무 등을 관할하는 각 기관이 중앙과 각 지부에서 막강한 영향력을 행사했다. 마치 하나의 독립된 국가 기관처럼.

"어휴, 암살… 헤헤, 부처도 농담을 하는군요."

"……."

무량은 긴 한숨을 내쉰 후 이미 식어버린 차를 홀짝 들이켰다. 하지만 곧 무량귀불의 매서운 눈빛과 마주쳐야 했다.

'이 돌부처 같은 위인이 농담을 할 리 없지. 하지만 암살이라니? 결코 부처 될 위인은 못 되는구먼.'

무량은 무량귀불의 눈길을 피하기 위해 고개를 숙여 다시 찻잔을 내려다보았다. 그러나 어떤 식으로든 거절을 해야 했다.

"헤헤, 교주님, 저는 이제껏 사람을 죽여본 일이 없습니다. 말씀하신 대로 내공도 보잘것없구요. 발이 느려 뜀박질도 잘 못하는 데다 입이 가벼워서 사로잡힐 경우 모든 정보를 누설할 수도 있습니다. 저 같은 위인을 살수로 만들겠다는 발상이 도대체 누구 머리에서 나온 겁니까? 이런 천무밀교 말아먹을 위인……! 헤, 헤, 헤……."

고개를 바짝 치켜 올린 무량은 쉬지 않고 너스레를 떨었다. 아무래도 검객보다는 장사꾼이 되었어야 할 팔자다.

하지만 무량귀불은 생각이 다른 듯했다.

"그래, 마음에 살심이 없으니 자네가 부처로군."

"헤헤, 부처까지는 아니더라도… 사람 백정은 되고 싶지 않군요."

"음… 하지만 자네는 검을 잡은 사람이라네. 검의 쓰임새는 사람을 베는 데 있지. 때로는 부처도 검을 잡는다네. 마(魔)를 제압하기 위해서 말일세. 게다가 방금 전 자네가 늘어놓은 이유들은 자네의 운명을 바꿀 만큼 무겁지 않군."

"……."

무량귀불은 모처럼 온화한 미소를 지으며 말했다.

무량귀불이 무량을 읽지 못하듯, 무량 역시 무량귀불의 마음을 읽을 수 없었다. 아니, 어느 누구라도 그랬을 것이다. 무량귀불은 희로애락이 없는 부처였으니 어쩌면 당연한 일인지도 모른다.

그는 매서운 눈빛을 띠어도, 미소를 지어도, 노성을 터뜨려도 결코 평정을 잃지 않았다. 그 표정들은 단지 앞에 앉은 이들에게, 무엇이 옳고 그른지 가르쳐 주기 위한 수단이었을 뿐이다. 마치 거울처럼.

"나는 자네를 믿네. 자네 말대로 자네는 이제껏 단 한 사람도 직접 죽여본 일이 없을 거야. 하지만 자네가 사소하게 행하거나 넘긴 일로 인해 한 사람, 혹은 그 이상의 사람들이 죽었을 수도 있지. 가령 자네가 우연히 한 마리 뱀과 마주쳤다 치세. 그런데 그 뱀은 머리를 돌려 자네를 피해 갔다네. 그래서 자네와 뱀은 아무 일 없이 서로의 길을 가게 되었지. 하지만 그 뱀은 늙어 죽을 때까지 몇 명의 사람들을 물어 죽였네. 그중에는 갓난아이도 있고, 선량한 나무꾼도 있으며, 지혜로운 판관도 있지. 갓난아이는 성불해서 세상을 구할 재목이었네. 지혜로운 판관은 억울한 누명을 쓴 채 고통받는 많은 민초들을 구할 인재였고, 선량한 나무꾼은 얼어 죽어가는 노부모를 지켜줄 든든한 아들이었지.

자, 그렇다면 자네는 결국 업을 벗어날 수 있겠는가? 자네가 죽일 수도 있었던 한 마리 뱀으로 인해 세상이 보다 암울하게 바뀌었다면? 가엾은 민초가 누명을 쓴 채 죽어가네. 부처의 은혜를 입지 못해 사람들은 마성에 젖어들고, 자식을 잃은 가엾은 노부부는 얼어 죽고 말지. 그래도 자네는 자네가 살인을 저지르지 않았다고 당당하게 말할 수 있겠는가?"

무량귀불은 여전히 미소를 머금은 채 무량을 빤히 쳐다보고 있었다. 비교적 긴 이야기였고, 기복이 없는 음성이었다.

하지만 어찌 된 일인지 무량의 머리와 심금을 뒤흔드는 이야기였다.

'이 작자, 정말 또라이 아냐? 아니, 지금 나무꾼이 뱀에 물려 죽은 게 내 탓이라고 우기는 거야? 그렇게 안 봤는데 정말 몹쓸 부처군.'

무량은 찻잔에서 눈을 뗀 후 곧장 무량귀불을 노려보았다.

한동안 무량귀불과 무량은 팽팽한 긴장에 휩싸인 채 침묵을 지켰다. 가치관이 다른 대개의 사람들이 그렇듯 그들 사이에도 불신과 증오가 불타오르기 시작한 것이다.

'내 비유에 논리의 비약이 있었나?'

'젠장, 나무꾼이 죽은 게 내 탓이면 왜 날 살수로 만드냐, 땅꾼으로 만들지.'

'이상하다. 천무밀교의 신도들은 내 비유에 넋을 잃은 채 눈물까지 흘리며 회개하곤 했는데?'

'이거 아무래도 사이비 냄새가 나… 하긴, 원래 밀교란 게 해석이나 설명, 논리 따위를 무시한 채 주문이나 읊조리는 종교잖아? 아무리 그래도 그렇지. 뱀 한 마리 안 죽였다고 내가 왜 민중의 적으로 몰려야 해?'

'음… 역시 신앙심이 중요해. 믿음이 없으니 불신이 생겨나는 거야.'

'혹세무민이 따로 없군. 아마 무산 사형이라면 넘어갔을지도 몰라. 방초였다면 회개한답시고 옷을 홀랑 벗고 저 돌부처 같은 작자한테 덤벼들었겠지? 그래, 이래서 사람은 똑똑하고 봐야 해.'

침묵하는 동안 두 사람은 참 많은 생각들을 했다.

그러고 보면 침묵이 금이라던가 하는 금언은 확실히 일리가 있었다. 침묵은 생각을 견고하게 하는 속성이 있는 것이다.

"하하, 아무래도 자네가 내 비유에 익숙지 않아 다소 어리둥절한 모양이군."

"……."

많은 시간이 흐른 만큼 이제 얼마간 결론을 내려야 할 필요가 있었다. 무량귀불이 입을 뗀 이유도 그 때문이었다.

"내 말의 요점은 하나라네. 눈에 보이는 것으로 모든 것을 판단하지 말라는 것이지. 자네도 어느 정도는 알고 있겠으나 우리 천무밀교의 당면 과제는 새로운 이상 국가를 세우는 것일세. 진정으로 민초를 위하는 부처의 나라 말일세. 그러기 위해선 어쩔 수 없이 검에 피를 묻혀야 하네. 누군가는 해야 할 일이고, 이왕 할 거라면 재능있는 사람이 해야겠지."

"아니, 제가 사람 잡는 데 재능이 있단 말씀인가요?"

"쉿! 자네, 입 다물게. 천무밀교 역시 하나의 조직일세. 그리고 난 그 조직의 우두머리지. 자네 스스로 천무밀교에 귀의했다면 적어도 교주의 말에 따라야 할 것이야."

"…(씰룩, 씰룩)……."

"내 뜻은 이미 정해졌네. 일단 자네가 이야기했던 살수로서의 약점, 즉 일천한 경험과 턱도 없이 부족한 내공, 느린 발, 그리고 가벼운 입 중 일부는 이 자리에서 바로 보완해 주도록 하지. 자, 찻잔을 내려놓게."

무량귀불은 그 어느 때보다 단호한 음성으로 말했다.

도대체 무슨 꿍꿍이인지 알 수 없었지만 무량은 슬며시 찻잔을 내려놓았다. 어차피 빈 찻잔이었으므로 더 이상 들고 있을 필요도 없었다.

그런데 그때였다.

가부좌를 틀고 앉아 있던 무량귀불이 양 손바닥을 천장으로 향한 채 서서히 두 팔을 들어 올렸다.

무량의 몸이 보이지 않는 힘에 의해 공중으로 들어 올려진 것도 그 순간이었다.

이해할 수 없는 일이었다. 잠시 후 무량은 미지의 힘에 이끌려 무량귀불과 같은 자세를 취하게 되었다. 그것뿐만이 아니다. 어느 정도 높이까지 들어 올려지자 한순간에 몸이 거꾸로 기울어졌다. 그리고 곧장 무량귀불의 머리 위로 옮겨졌다.

묘한 형상이었다. 무량은 정수리와 양 손바닥을 무량귀불과 마주친 채 꼼짝도 할 수 없었던 것이다.

"부처가 중생의 수준에 맞추어 이해하기 쉽게 내린 가르침을 현교(顯敎)라 한다. 반면 밀교란 드러나지 않은 진리라 할 수 있다. 오직 부처 스스로만 알 수 있는 깨달음으로, 말이나 논리로 전해질 수 없는 것이다. 하지만 본디 중생에게도 부처와 같은 맑은 지혜가 있으니, 진언을 외며 밀교의 은밀한 수행을 닦는다면 그 자체로 성불할 수 있다. 이를 일컬어 즉신성불(卽身成佛)이라 한다. 나 무량귀불은 이미 오랜 전생에서 성불을 이루었으나 밀교를 통해 모든 중생을 부처로 만들기 위해 끊임없이 환생하고 있다. 무랑, 자네 역시 자네 안에 있는 맑은 지혜로 성불을 이루는 순간이 오리라. 진언 외기를 게을리 하지 말 것이며, 나의 가르침대로 은밀한 수행을 반복해야 한다. 오늘 나는 아주 작은 불성을 너에게 심을지니, 부처의 뜻에 어긋남이 없길 바란다. 오옴— 태흘마니 오옴—"

무량귀불은 무랑에게 진기를 불어넣으며 뜻을 알 수 없는 진언을 외기 시작했다.

무랑은 자신의 온몸을 휘도는 뜨거운 기운을 느낄 수 있었다. 이제껏 한 번도 느껴보지 못한 강력한 힘이 막혀 있던 모든 혈맥을 뚫으며 지나가고 있는 느낌이었다. 때로는 불처럼 뜨겁고 때로는 얼음처럼 차가웠다.

'어휴— 무슨 자세가 이렇게 오묘하지?'

마치 자신의 몸에 다른 누군가가 들어온 것처럼 어색한 느낌이었다. 하지만 무랑에겐 차마 그 기운을 밀어낼 힘이 없었다. 그저 조금씩 몽롱해지는 정신을 놓지 않기 위해 기를 쓸 뿐이었다.

천무밀교

"크헉!"

"커헙!"

상여에서 튀어나온 무산은 단숨에 두 명의 인자를 쓰러뜨렸다.

무산과 당수정이 상여의 뚜껑을 여는 순간 몇 명의 인자들이 검과 도를 빼 들었고, 기습을 준비하고 있던 무산은 그 소리로 위치를 파악해 빠르게 공격해 들어간 것이다.

우선은 조금의 시간을 벌 필요가 있었다. 아주 희미한 빛이긴 했으나 초혼야수의 인자들은 그 빛과 어둠이 이루는 조도에 익숙해진 상태다. 반면 무산과 당수정은 오로지 소리에만 의지해야 했다.

빠지직!

상엿집의 문이 거친 소리를 내며 떨어져 나간 것도 순식간이었다.

이제 상엿집 안은 조금 더 밝은 달빛으로 채워지기 시작했다. 무산이 초혼야수의 살수들을 상대하는 사이 당수정이 상엿집의 문을 부순 것이다.

비록 그믐의 달빛이었으나 사람의 형체를 구분하기엔 충분했다.

일 대 다수의 싸움. 언뜻 칠흑 같은 어둠이 유리할 것 같지만 결코 그렇지 않았다. 칠흑의 어둠 속에선 적들에게 얼마간 혼돈을 야기할 수 있을는지는 몰라도 자신을 옥죄는 두려움을 극복하긴 어렵다.

하지만 얼마간의 미명에 의지한다면 상황은 다르다. 그때부터는 명확하게 상대를 제압해 나갈 수 있다. 어차피 나 아닌 자들은 모두 적이고 그 적들의 위치가 어디인지, 어느 쪽에서 칼이 날아올 것인지도 알 수 있다.

반면 다수의 적들은 어차피 똑같은 상황이다. 적과 동지를 구분할 만큼 밝은 것이 아니기 때문에 아주 짧은 시간이나마 눈앞에 있는 자의 정체를 밝히기 위해 고민한다. 그리고 그것을 고민하는 사이 검에 찔려 목숨을 잃는다.

차라리 어둠뿐이라면 청각과 감각에 온전히 의지할 수 있다. 하지만 약간의 빛이 있는 상황에서라면 그조차도 불가능하다. 절정고수나 선천적인 맹인이 아니고선 시각에 현혹되고 마는 것이다.

"컥!"

"허헉!"

몇 명의 살수들이 서로의 검에, 혹은 무산의 검에 쓰러짐으로써 상엿집 안에 남은 사람은 이제 여섯 명이 되었다.

당수정은 문을 부순 후 곧장 바깥으로 나갔으므로, 그 안에서는 이제 1대 5의 싸움이 벌어지는 것이다. 아니, 적들 중 한 명은 삼불원 소뢰인만큼 1대 4, 혹은 2대 4의 싸움이 되었다고 보아야 한다.

화르륵……!
초가 지붕에서 불길이 치솟은 것도 그때였다. 밖으로 뛰쳐나간 당수정이 불을 지른 것이다. 상대에게 조금이라도 생각할 틈을 주지 않기 위해서였다.
"헉!"
"헤헤, 우리 집사람이 좀 화끈한 면이 있지? 자, 나 먼저 나가도록 하지."
무산은 문 쪽에 서 있던 살수의 복부에 검을 박아 넣은 후 곧장 상엿집을 뛰쳐나가며 말했다.
평소의 실력대로라면 어떤 결과가 나올지 장담할 수 없는 상대들이었다. 하지만 지금의 상황은 무산에게 유리하게 펼쳐지고 있었다. 비록 수에서는 밀렸으나 기습 공격의 효과를 제대로 본 것이다.
초혼야수는 인자 집단이었다. 대부분의 인자들이 그렇듯 특유의 인내심, 치밀한 계획과 조직력이 가장 큰 힘이었다. 반면 무공의 기량이나 기습에 대한 대처 능력은 상대적으로 약했다. 지극히 역설적인 현상이었다.
"서방님, 지금이에요!"
무산이 상엿집을 완전히 빠져나온 순간 당수정이 소리쳤다.
"똑똑하기도 하지!"
당수정의 목소리를 들은 무산은 그대로 몸을 날려 바닥을 구르기 시작했다.
"흡!"
무산이 바닥을 구르는 것과 동시에 상엿집에서 뒤따라 나오던 인자 하나가 단말마와 함께 그 자리에서 쓰러져 바닥을 굴렀다. 미리 준비하고 있던 당수정이 표창을 던진 것이다.

채, 챙……!

"크헉!"

뒤이어 상엿집을 뛰쳐나온 사내 두 명이 연달아 도(刀)로 표창을 쳐냈다. 하지만 그중 한 명은 마지막으로 나온 또 한 사내의 검에 찔려 비명을 내지르며 즉사했다.

화르르륵……!

상엿집은 순식간에 불길에 휩싸였다.

온통 나무와 짚으로 되어 있는 낡은 건물인데다 며칠째 건조한 날씨로 바짝 말라 있었기 때문이다.

"낄낄낄낄! 나 삼불원 소뢰는 결코 원수를 남겨두고 눈감지 않는다."

사내의 몸에서 검을 빼낸 소뢰가 그 검으로 뢰원을 겨누며 말했다. 상엿집에서 마지막으로 나온 사내는 바로 소뢰였던 것이다.

"이게… 이게 도대체 어떻게 된 일이지?"

활활 타오르는 상엿집을 뒤로한 채 뢰원이 당혹스럽다는 듯 말했다.

"그러게 왜 야밤에 돌아다니는 거야? 생홀아비 생과부의 심정을 네가 알아? 모처럼 운우지정을 나누려는 부부를 왜 건드리느냔 말이지."

바닥에 엎어져 있던 무산이 몸을 일으키며 투덜거렸다.

"호호. 서방님, 저는 쪽발이들이 원래 싫었어요. 그런데 오늘부터는 더 싫어질 것 같아요. 도대체 이 넓고 넓은 대륙, 하고많은 날들 중에 왜 하필 오늘 밤 이곳으로 찾아와서 가엾은 부부의 성 쌓기를 방해하느냔 말이죠."

"헤헤, 부인 마음이 곧 내 마음이구려."

…….
　상엿집이 타오르며 내는 불빛으로 인해 이제 네 사람의 모습은 선명하게 드러났다.
　삼불원 소뢰, 천둥벌거숭이 뢰원. 그리고 무산과 당수정. 네 사람은 뜻하지 않게 좀체 사람이 찾지 않는 이곳에서 만나게 된 것이다.
　"아니… 너, 너희들은……?"
　소뢰가 멍하니 그 두 사람을 쳐다보며 입을 열었다.
　그제야 소뢰는 무산과 당수정의 모습을 확인한 것이다. 통상 원수들은 외나무다리에서 만나기 마련이지만 오늘의 상황은 꽤나 묘했다.
　소뢰로서는 갑작스레 벌어진 일로 목숨을 건진 것이나 마찬가지였다. 하지만 앞으로의 일이 도대체 어떻게 꼬여갈지 짐작조차 할 수 없었다.
　반면 뢰원은 아직도 이 상황이 믿어지지 않았다. 여덟 명의 부하들을 한순간에 잃었고, 아직도 왜 이런 일이 벌어진 것인지 이유조차 알 수 없다. 하긴 대륙에 발을 딛는 순간부터 꾸준히 무엇인가가 꼬이고 있었다.
　"그래, 너희 둘 다 궁금할 거야. 늙은원숭이, 젊은원숭이. 헤헤, 왜 우리가 오늘 이렇게 만나게 된 걸까? 사실은 나도 궁금해. 하지만 더 궁금한 게 있어. 이건 엿들으려고 해서 들은 게 아니니까 이해해 주길 바래. 듣자 하니 너희 둘이 사제지간인 것 같은데 누가 더 세지? 서로 쌓인 것도 많은 것 같으니까 화끈하게 한번 붙어보는 게 어때? 둘이 붙어서 이긴 사람이 우리와 함께 나머지 궁금증을 푸는 거야."
　무산이 소뢰와 뢰원에게 한 걸음 다가서며 물었다.
　적어도 지금과 같은 상황에서 칼자루는 무산 자신에게 쥐어진 것이다. 소뢰와 뢰원은 천적의 관계였으므로 굳이 자신이 힘을 쓸 필요가 없었다.

하지만 소뢰와 뢰원의 얼굴에 한순간 묘한 미소가 피어올랐다.

"하하, 쥐새끼 같은 녀석. 비교적 영악한 머리를 지녔다만 사람을 보는 눈은 형편없구나. 나 뢰원이 마음만 먹는다면 너 따위 애송이는 일도에 양단할 수 있다."

"낄낄, 그 실력은 내가 보증하지. 나 소뢰가 키운 제자는 신토제일이라 할 수 있다. 감히 대륙의 허섭스레기들과 견주어질 수 없는 도법과 인자술이다."

뢰원과 소뢰는 서로를 바라본 후 더욱 기분 나쁜 웃음을 웃었다.

소뢰와 뢰원. 그들은 한줄기에서 난 가지다. 비록 서로에게 앙심을 품고 있기는 했으나 냉철한 상황 판단 능력을 가지고 있었으며, 외부의 적을 위해 잠시 동맹을 맺을 줄도 안다.

따라서 그들은 서로를 제거하기보다는 눈앞의 두 적을 먼저 제거하는 것이 바람직한 순서라고 판단한 것이다.

"나와 뢰원의 문제는 어디까지나 초혼야수 내부의 일이며 사적으로는 스승과 제자 간의 불화다. 적어도 우리는 공동의 적을 앞에 둔 채 서로 아옹다옹하진 않아. 그러니 네 궁금증은 영원히 무덤으로 짊어지고 가게 해주마. 히히히."

"사부가 계집을 맡아주시겠습니까? 저 싸가지없고 밥맛 떨어지는 풋내기는 제가 맡겠습니다. 자랑스럽게 죽을 권리를 박탈당한 제 부하들을 위해서 말입니다."

"……."

무산은 잠시 당황했다.

자신이 너무 쉽게 생각했다는 것을 인정하지 않을 수 없었다. 그는 상여 속에서 당수정과 함께 치밀한 계획을 세웠고, 지금까지는 정확히 들어맞았다. 그런데 갑자기 변수가 생기고 만 것이다.

하지만 특별히 문제될 것도 없다는 생각이었다. 이미 초혼야수 인사들의 실력을 볼 만큼 봐왔다. 아무리 잘 쳐줘도, 그 무공은 중급 정도밖에 되지 않았다. 그래서 그들에 대해 특별히 두려움 같은 것은 느끼지 않았다.

차라리 자신과 당수정의 실력을 점검해 볼 기회가 될지도 몰랐다. 더욱이 일찌감치 매운맛을 보여줄 필요도 있었다. 그들을 통해 정보를 캐내기 위해선.

"역시 쪽발이들은 매로 다스려야 해."

"동감이에요, 서방님."

당수정 역시 무산과 비슷한 생각을 가지고 있는 듯했다.

"자, 그럼 시작해 볼까?"

무산은 천천히 검을 치켜들었다.

그믐의 달밤, 그나마 구름에 가려 별빛조차 보이지 않았다. 하지만 활활 타오르는 상엿집의 불길이 무산의 검을 붉게 물들이고 있었다.

"간다!"

망설임은 짧았다. 무산은 곧장 허공으로 날아오르며 뢰원을 공격해 들어갔다.

"하찮은 것!"

무산의 검이 정수리를 향해 내리꽂히는 순간 뢰원은 빠르게 뒤로 물러나며 자신의 도(刀)로 커다랗게 원을 그렸다.

챙!

뜻하지 않은 반격이었다. 뢰원은 내리꽂히고 있는 무산의 검을 막아내는 대신 자신의 도로 그 검을 내리눌렀다. 그리고 무산의 발이 땅에 닿을 즈음 몸을 솟구치며 다시 한 번 도로 원을 그렸다.
방금 전의 상황을 역으로 이용한 것이다. 그로 인해 당황한 무산이 뒷걸음질치기 시작했고, 공수의 주체가 순식간에 뒤바뀌게 되었다.
"낄낄, 누가 먼저 끝내나 내기할까?"
잠시 뢰원과 무산의 공격을 지켜보던 소뢰가 당수정에게 달려들며 말했다. 상당히 여유있는 목소리였다.
"그래, 기다리고 있다. 네놈도 부하들처럼 만들어주지."
당수정은 허리춤에 차고 있던 쌍검을 빼 들며 회심의 미소를 지었다.
채, 챙……!
소뢰의 검과 당수정의 쌍검이 빠르게 맞부딪치며 불꽃을 만들어냈다.
두 사람 모두 힘보다는 속도에 의지하는 초식을 펼치고 있었다. 늙은이와 여자의 싸움은 기교와 정교함의 싸움이 되기 마련이다. 소뢰에게 풍부한 경험이 있다면 당수정에겐 그것을 제압할 수 있는 부드러움과 속도가 있었던 것이다.
"불필요한 동작이 너무 많구나."
뢰원은 무산의 검을 가볍게 밀치며 빠르게 가슴을 파고들었다. 실수답게 직선적이며 신속하고 예리했다.
'내 초식을 흩어놓고 있다. 실과 허를 정확히 가려내는 매서운 눈을 가지고 있어!'
무산은 무퇴의 신법을 이용해 뢰원의 도를 아슬아슬하게 피해냈다.

자칫 도에 어깨를 베일 뻔했다.

당혹스런 일이었다. 무산은 대륙의 검법이나 도법에 상당히 조예가 깊었다. 비록 정통했다고는 할 수 없고, 겉핥기에 가까운 수준이었으나 그 흐름을 정확히 꿰뚫는 눈이 있었다.

하지만 뢰원의 도법에선 이제껏 경험해 보지 못한 예리함과 견고함이 느껴졌다. 다른 식으로 표현하자면 그것은 정갈하게 갈무리된 살기였다. 그 살기만으로도 무산은 숨통이 옥죄는 듯한 두려움을 느껴야 했다.

"어림없다!"

무산이 다시 뢰원의 옆구리를 공략해 들어가는 순간 짧고 단호한 음성이 터져 나왔다.

마치 무산이 검을 뻗는 방향을 예측이라도 하고 있는 듯했다. 뢰원은 왼쪽 어깨를 파고드는 검을 빠르게 피하는 동시에 무산의 옆구리를 향해 그대로 도를 찔러 들어왔다.

"헉……!"

간발의 차이였다.

무산은 좌수로 뢰원의 도면을 쳐내며 몸을 날려 바닥을 구른 것이다. 만약 그러지 않았다면 그대로 옆구리에 도가 박혀들었을 것이다.

비록 치명상을 피하긴 했으나 무산의 옆구리에선 붉은 선혈이 내비치고 있었다. 뢰원의 도에 슬쩍 스친 것이다.

"후훗, 운이 좋았구나."

뢰원은 여전히 묘한 미소를 머금고 있었다.

한편 소뢰와 당수정은 일진일퇴를 거듭했다. 서로 다른 검식이기는 했으나 그 공격과 방어의 성격이 비슷했던 것이다.

다만 이해할 수 없는 일이 있다면 시간이 지날수록 오히려 젊은 당수정이 더 지쳐 가고 있다는 점이었다.
"낄낄, 제법 궁합이 잘 맞는구나. 잠자리에서도 어울리는 한 쌍이 될 수 있을 것 같아."
"헉헉… 그런 입버릇으로 그 나이가 되도록 살아 있다니. 목숨이 질긴 놈이로군."
"그래, 낄낄! 그렇게 가쁜 숨을 몰아쉬니 더욱 요염하구나. 그동안 신토의 계집들에게 질릴 대로 질려 있었지. 어쨌든 네가 내 목숨을 구했으니 잠자리에서 보답해 주마. 낄낄낄!"
"늙은원숭이, 네놈을 벤 후… 입 안에 잔뜩 흙을 퍼 넣어주마. 헉헉… 내생에서는 부디 두더지로 태어날 수 있게 말이야. 호호호!"
당수정은 빠드득 이를 갈며 쌍검을 쥔 두 손을 현란하게 움직여 갔다.
하지만 소뢰는 최대한 절제된 동작으로 쌍검을 쳐내며 화려한 신법을 펼쳐 갔다.
'그래, 분명 대륙의 검법에 대해 아는 자다!'
당수정의 머리로 빠르게 스쳐 가는 생각이 있었다.
바닥에서 몸을 일으킨 무산은 다시 뇌원과 검을 섞기 시작했다. 아무래도 자신은 이제껏 너무 정직하게 싸움에 임해온 것이다.
"생각해 보니 내 검도 상당히 빠른 편에 속하지. 이제 누가 더 빠른지 내기해 볼까?"
채채채챙—
검과 도가 서로를 휘어 감으며 경쾌한 쇳소리를 내기 시작했다.
무산은 비로소 뇌원의 도법을 얼마간 이해할 수 있을 것 같았다. 뇌원은 무산 자신의 생각과는 달리 자신의 도법에만 충실했다.
그 때문에 무산이 펼치는 화려한 초식에 현혹되지 않고 빈틈을 공략해 들어올 수 있었던 것이다. 이제껏 무산이 고전한 것은 단순히 경험에서 뒤처졌기 때문이다.
"준비 운동은 끝났어. 언제까지 이런 장난을 계속할 생각이지?"
무산은 검을 곧게 편 채 작은 역삼각을 그으며 뢰원의 가슴을 공략해 갔다. 결코 빈틈을 주지 않기 위해서였다.
싸움은 이제까지와는 다른 양상을 보이기 시작했다.
'빠르다……!'
이제 다급해진 것은 뢰원이었다.
무산의 화려한 초식이 작은 역삼각으로 집약되면서부터 오히려 자신의 초식이 흩어지는 것을 느꼈다. 도저히 감당하기 힘든 쾌속함이었다. 검을 쳐낼 수도, 역공을 취할 수도 없는 상황이었다. 지극히 단순한 초식! 그것처럼 무서운 것은 없었다.
'나는 살수다! 살수는 늘 두 개의 발톱을 준비하지. 겉으로 드러난 발톱과 숨어 있는 발톱! 하지만 기회는 한 번뿐이다.'
뢰원은 좌수를 소매 안으로 은밀히 집어넣었다.
"즐겁게 놀았다. 하지만 이제 끝내야 할 시간이다. 잘 가거라!"
소매 안에서 나온 뢰원의 좌수가 도의 손잡이에 겹쳐졌다. 그리고 잠시 후, 뢰원의 손가락이 구슬처럼 작은 암기를 튕겨냈다.
핏슝!
"뢰원, 그게 패인이었다!"
두 사람의 희비가 엇갈린 것은 한순간이었다.
무산은 뢰원이 소매 안에서 쇠 구슬을 꺼내는 장면을 똑똑히 보고

천무밀교 31

있었다. 그 순간 이미 승리를 예감했다. 칼잡이는 칼을 포기하는 순간 최고의 위기를 맞게 된다는 것을 잘 알고 있었기 때문이다.

뢰원이 암기를 날리려는 찰나 무산은 그의 도를 쳐냈고, 쇠 구슬은 도면을 따라 엉뚱한 방향으로 날아갔다. 그리고 뢰원이 허탈해할 사이도 없이 무산의 검은 정확히 그의 왼쪽 어깨를 파고들었다.

"헉!"

뢰원의 입에서 힘없는 비명이 새어 나왔다.

"이런, 젠장할. 심장을 노렸는데……."

무산은 뢰원의 어깨에서 검을 빼내며 담담하게 말했다.

뢰원은 그 자리에 풀썩 주저앉으며 손으로 어깨를 감쌌다. 그는 지금의 상황이 믿어지지 않는다는 표정이었지만 이번 싸움은 오로지 기량의 차이였다. 무산은 바야흐로 물이 오르고 있었던 것이다.

"내가 제일 싫어하는 부류가 너같이 치사한 녀석이야. 진 게 억울해? 그럼 혀를 깨물고 죽어라. 궁금한 건 늙은원숭이에게 물어보면 되니까."

무산은 뢰원의 목에 검을 겨누며 말했다.

소뢰와 당수정은 어느새 싸움을 멈춘 채 무산을 바라보고 있었다.

"흥, 늙은원숭이, 저분이 내 서방님이야. 너도 저런 꼴을 당하지 않으려면 지금이라도 검을 버려. 우리 서방님은 경로사상이 투철해서 늙은이들에게 무척 친절한 편이거든?"

"……."

소뢰는 잠시 망설일 수밖에 없었다.

이제 그가 선택할 수 있는 것은 두 가지였다. 무작정 달아나거나 항복하는 것.

새파랗게 젊은 놈에게 무릎을 꿇기엔 그의 자존심이 너무 셌다.

반면 달아나는 데엔 이골이 났다. 게다가 그것은 어엿한 병법 중 하나다. 삼십육계 주위상(三十六計走爲上)이라고 하지 않는가. 패전계(敗戰計) 중에선 그 이상 가는 게 없다. 소뢰로선 그것이 결코 부끄러워할 일이 아니었다. 어차피 그렇게 살아온 인생이니까.

그럼에도 소뢰는 망설이고 있었다.

"굳이 우리 두 사람 모두가 필요치 않다면 뢰원을 풀어주어라. 너희들의 목적이 무엇이든 내가 감당하겠다."

소뢰는 들고 있던 검을 툭, 떨구며 힘없이 말했다.

…….

뜻밖이었다. 소뢰의 입에서 그런 말이 나올 것이라곤 전혀 예측하지 못했던 것이다.

"사부……."

누구보다 놀란 것은 뢰원이었다.

이제껏 단 한 번도 삼불원을 존경한 적이 없는 그다. 하지만 그 순간만은 알 수 없는 감정에 휩싸일 수밖에 없었다.

"이상하게 생각할 것 없다. 이미 말했듯 지금의 너를 만든 것은 나 소뢰다. 네가 인정하든 부정하든 그건 사실이다. 나는 오로지 복수만을 꿈꾸며 한평생을 살아왔으나 내 기량으로는 불가능한 일이다. 그렇다면 내게 남은 것은 너밖에 없다. 너를 잃느니 차라리 죽는 것이 낫다. 낄낄, 무능한 사부가 이외에 해줄 것이 없는 것을 어찌하겠느냐."

소뢰는 뢰원에게서 시선을 거둔 후 무산을 바라보았다.

"낄낄, 우리 지난번에도 만난 적이 있지? 참 묘한 악연이로구나. 하지만 두 번째 만남이니 정리할 것이 남았을 것이다. 하지만 저 아이와는 처음 마주친 것일 테니 한 번 더 기회를 주거라. 어쩌겠느냐, 내가 네 앞에 무릎을 꿇으면 저 아이를 보내주겠느냐?"

소뢰는 담담한 어투와는 달리 간절한 눈빛을 보내고 있었다.

무산으로선 당혹스런 일이었다. 한순간 일소천의 모습이 스쳐 지나갔다.

'이 상황에서 우리 사부라면 소뢰와 같은 선택을 할 수 있었을까?'

알 수 없는 일이다. 사부와 제자의 관계란 참 묘한 것이다.

무산은 길게 한숨을 내쉰 후 뢰원을 바라보았다. 뢰원은 여전히 혼란스러운 표정으로 소뢰를 쳐다보고 있었다.

"영감, 나는 어차피 궁금증만 풀면 돼. 내가 이 녀석을 놓아준다면 내가 궁금해하는 것들을 모두 솔직하게 말해 줄 수 있겠어?"

"내 명예를 걸고 맹세하지."

"휴— 영감, 혹시 다른 거 걸 만한 게 없을까? 좀 더 믿을 만할 걸로."

"……."

"헤헤, 농담이야. 영감을 한번 믿어보지. 그리고 영감이 내 요구를 들어준다면 아무런 해코지 없이 돌려보내겠다는 약속까지 하지. 음… 이건 우리 사부의 명예를 걸고 맹세하지. 헤헤, 물론 우리 사부가 누군지 알면 영감은 까무러쳐 죽을지도 모르지만. 헤헤헤헤."

"……."

천무밀교

"호호, 예쁘, 넌 날 벗어날 수 없어."

"……."

"어머, 인상이 왜 그러니? 똥이라도 씹은 거니? 아니면 이 언니가 싫은 거니?"

"……."

"그래, 예쁘, 넌 과묵할 때가 멋있더라. 하지만 그렇게 입을 꽉 다물고 있으면 언니가 심심하잖아. 뭐라고 말 좀 해보렴."

"읍… 파! 사… 살려… 흡……."

정말이지 죽을 맛이었다.

새롭게 무량의 사부가 된 농귀와 엽수. 특히 농귀로 인해 무량은 인간에게 한계란 것이 없다는 사실을 새삼 깨닫게 되었다. 요 며칠 계속된 농귀의 살수 훈련에 비하면 그동안 적무단에서 받았던 살수 훈련은 훈련도 아니었다.

"읍파! 사… 살려… 흡……."

꼬르륵…….

무랑은 물레방아에 묶인 채 다시 물속으로 잠수해 들어갔다.

용문마을 절세미남의 품위가 말이 아니었다. 개밥 주다가 사부에게 두드려 맞을 때도 지금처럼 기분이 더럽진 않았다.

농귀의 훈련 방법은 정말 독특했다.

그녀는 우선 무랑을 쇠사슬로 물레방아에 매달아놓은 다음 손에 검을 쥐어주었다. 그리고 물 웅덩이에 아홉 마리의 잉어를 풀어놓았다.

"물 먹기 싫으면 아홉 마리 모두 잡아. 무슨 수를 쓰든 상관하지 않아. 물고기만 잡으면 돼."

농귀가 던진 말이었다.

하지만 팔과 몸통이 물레방아에 묶인만큼 무랑이 움직일 수 있는 것은 고작 손목 정도였다. 잉어가 자살할 마음을 먹지 않는 한 그 상태에서 그것들을 검에 꿴다는 것은 불가능한 일이었다.

차라리 웅덩이의 물을 모조리 마셔 버려서 물고기가 탈수증에 걸려 죽게 만드는 것이 빠를 것 같았다.

철커덕… 쿵! 철커덕… 쿵!

물레방아의 바퀴를 따라 물속에 잠길 때마다, 혹은 떨어져 내리는 물에 얼굴을 얻어맞을 때마다 무랑은 고통스럽게 숨을 참아야 했다.

그사이 마신 물만 해도 이미 몇 동이는 될 듯했다.

"호호, 예쁘는 이 훈련이 재밌나 봐. 물고기 잡을 생각은 아예 하지도 않네? 아니면 이 언니 말을 우습게 아는 걸까?"

"주… 주인님, 저러다가 애… 애 잡겠다."

그나마 마음 여린 엽수가 불쌍하단 눈으로 무랑을 쳐다보긴 했으나 실질적으론 아무런 보탬도 되지 않았다.

"어머, 오라버니. 예뻐는 어쩌면 우리보다 고수일지 몰라요. 교주님이 우리 예뻐를 어여삐 여기셔서 막강한 내공을 주입해 주셨단 말이에요. 그저 예뻐가 아직 그 내공 사용하는 방법을 몰라서 저러고 있을 뿐이랍니다."

농귀는 무랑이 들으라는 듯 제법 목청을 돋우어 얘기했다. 자칫 내공 고수가 물귀신이 되지는 않을까 스스로도 걱정스러웠던 것이다.

무량귀불이 무랑에게 지시한 암살 대상은 구황문의 흑자린이었다.

북천문을 멸문시킨 이후 구황문은 점차 그 세력을 넓히며 대륙 각지에서 천무밀교와 마찰을 일으키기 시작했다. 그리고 그 중심에는 모사 흑자린이 있었다. 그런 만큼 천무밀교에선 그를 경계하지 않을 수 없었다.

물론 천무밀교에는 뛰어난 많은 살수들이 있었으나 관례상 신인에게 암살 임무를 주기로 했다. 그것은 무량귀불 자신의 뜻이기도 했고, 농귀와 엽수를 비롯한 교주의 직속 부대 구세불검 내부에서 결정된 사항이기도 했다.

즉, 무랑은 자신도 모르는 사이에 구세불검의 단원이 된 것이다.

"오… 오라버니?"

두 손으로 턱을 괸 채 물레방아를 지켜보고 있던 농귀가 당혹스런 음성으로 엽수를 불렀다. 당연히 물레방아의 바퀴에 매달려 솟구쳐야 할 무랑의 모습이 보이지 않았기 때문이다.

"어… 얘가 어… 어디로 갔지?"

농귀의 시선을 따라 물레방아를 쳐다보던 엽수 역시 두 눈을 동그랗게 떴다. 무랑의 모습이 흔적도 없이 사라진 것이다. 뿐만 아니라 물레방아의 바퀴에 매여 있던 쇠사슬까지도 보이지 않았다.

"어머, 오라버니. 혹시 얘가 물고기한테 잡아먹힌 건 아닐까요?"

"노… 농담할 때가 아… 아닌 것 같다, 주인님."

엽수는 성성이처럼 긴 팔로 바닥을 짚으며 물 웅덩이 쪽으로 달려갔다. 그는 행여라도 무랑이 달아나지는 않았을까 걱정이 되었던 것이다.

하지만 엽수가 웅덩이에 닿을 때쯤 무랑이 갑자기 물속에서 치솟아 오르며 가쁜 숨을 내쉬었다.

"흡파— 씨파—"

농귀와 엽수는 무랑의 갑작스런 출현에 한순간 넋을 잃고 있었다.

허공 중에 떠오른 무랑의 손에는 한 자루의 검이 들려 있었다. 그리고 그 검에는 정확히 아홉 마리의 물고기가 꿰어져 있었다.

잠시 무랑의 검신에서 가을 햇빛이 눈부시게 반사되었다.

"흡파. 씨— 파, 파, 파, 파……. 어휴— 정말 죽을 뻔했네. 무슨 인간들이 이렇게 무식한 방법으로 훈련시키냐?"

어느새 엽수 앞에 내려선 무랑이 검에 꿰어진 물고기 한 마리를 빼내 엽수에게 건네며 말했다. 아주 오랫동안 숨을 참은 탓에 그는 가쁘게 숨을 몰아쉬고 있었다.

"예삐야! 너 어떻게 사슬을 풀었니?"

"이빨로 끊었다, 왜. 그게 이상하냐? 너도 한번 저기에 묶여볼래?"

"예삐, 너는 날이 갈수록 용감해지는구나? 호호, 다음 훈련은 훨씬 강도 높은 걸로 준비해야겠는걸? 그렇죠, 오라버니?"

농귀는 어색한 웃음을 웃으며 고개를 돌려 엽수를 바라보았다.

하지만 엽수는 농귀의 말은 들은 체도 하지 않은 채 무랑이 건네준 물고기를 우적우적 뜯어 먹고 있었다.

"푸헤헤. 싸가지없는 꼬맹아, 이제 넌 서서히 왕따의 고통을 몸서리치도록 느끼게 될 거야. 내가 사람 환심 사는 덴 이골이 난 인간이거든. 조만간 엽수는 내 그림자가 될 거란 말이지. 푸헤헤헤."

무랑은 농귀 옆으로 바짝 다가가 아주 낮고 음산한 목소리로 말했다. 햇빛을 받아 더욱 사특해진 미소를 내비치며.

다음날 아침.
모처럼 날씨가 맑게 갠 무산(巫山)은 그동안 숨겨왔던 위용을 유감없이 드러내고 있었다. 천고의 신비를 간직한 기암의 절벽과 수려한 하늘빛.
수림을 벗어나 창공을 가로지르는 몇 마리 새와 그 새의 날갯짓을 따라 펼쳐지는 구름. 그리고 계곡 위로 잠시 모습을 드러낸 무지개.
"멋있지? 멋있을 거야. 어머, 그런데 시간이 다 됐네? 이걸 어째, 우리 예삐 그만 우물 안으로 들어가야 해. 어쩌면 다시는 저 멋진 햇빛을 못 볼지도 몰라. 이 예쁜 언니 얼굴도."

그 상쾌한 무산의 아침이 농귀의 소름 돋는 목소리에 흩어지고 있었다.
'푸후— 내가 어제 너무 속내를 드러낸 거야……'
무랑은 밧줄에 두 발을 꽁꽁 묶인 채 우물 입구에 거꾸로 매달려 있었다.
얼마간 환심을 샀다고 믿었던 엽수가 새벽녘에 느닷없이 들이닥쳐 자신을 이 꼴로 만들어놓은 것이다. 그리고 약 한 시진 동안 개 끌려오듯 산비탈을 타고 끌려왔다.
지금 그들이 서 있는 곳은 동굴처럼 지하로 깊게 파인 천연 우물이었다. 하지만 그 안이 너무 깊어서 물이 있는지 없는지조차 알 수 없었다.
"자, 예삐야, 네가 살 수 있는 방법은 한 가지야. 이 무공 비급을 잘 읽고 연마해. 그러면 그 우물을 빠져나올 수 있을 거야. 1년이 되었든 2년이 되었든 우리가 밖에서 기다려 줄 테니까 너무 무서워하지 말고. 호호호."

농귀가 무랑의 엉덩이를 토닥이며 야릇한 미소를 지었다.

"먹을 건?"

"호호, 역시 식욕 하나는 대단한 예뻐야. 들어가 보면 알게 돼. 자, 이제 이 책을 물어!"

농귀는 무공 비급을 무랑의 입에 물린 후 밧줄을 늘이기 시작했다.

무랑은 칠흑 같은 어둠이 빼곡이 들어찬 우물 안으로 계속 빠져 들어갔다. 도무지 그 폭이 얼마나 되는지, 끝이 어딘지 알 수 없었다.

'하나, 둘, 셋, 넷… 아흔여덟, 아흔아홉……. 젠장. 이게 우물이야, 지옥이야? 도대체 왜 바닥이 없는 거야?'

한 자 길이로 빠져 들어갈 때마다 숫자를 셌지만 백이 넘도록 무랑은 바닥에 닿지 못했다. 하지만 어느 순간 갑자기 자신의 발목을 팽팽하게 잡아당기던 밧줄이 힘을 잃었다.

"아아악—"

쿵……!

약 3장가량을 그대로 떨어지고 나서야 무랑은 비로소 바닥에 닿을 수 있었다. 다행히 뛰어난 순발력으로 몸을 비틀었기에 망정이지 하마터면 목이 꺾일 뻔했다.

"아이야— 삭신이 쑤시는군. 무량귀불 이놈 순 사기꾼 아냐? 진언이나 외면 성불할 수 있다면서 왜 이런 고생을 시키는 거야. 조용히 부처나 만들어줄 것이지. 그나저나 이건 완전히 지옥 훈련이군."

어떤 상황에서든 일단 투덜대고 보는 것이 무랑의 버릇이었다.

하지만 그 이후에 몇 배의 무게로 찾아드는 허탈감과 막막함과 공포는 좀체 감당하기 힘든 것이었다.

막상 우물의 바닥엔 물이 없었다. 그저 얼마간의 습기와 아주 오랫동안 쌓였을 부엽토가 있었을 뿐이다. 그런데 이상한 일이었다. 무랑 자신 외에도 무엇인가가 함께 숨을 쉬고 있다는 느낌이 든 것이다.

하지만 한 치 앞도 볼 수 없는 상황이었으므로 일단을 몸을 사리며 경계 자세를 취할 수밖에 없었다.

스르륵, 스르르륵……!

'젠장, 뱀이다.'

의심의 여지가 없었다. 사방에서 바닥을 긁으며 다가오는 뱀들의 움직임이 느껴졌다. 한두 마리가 아니었다.

무랑은 꼼짝도 하지 않은 채 가만히 몸을 웅크렸다.

적어도 뱀은 살아 있는 동물, 그것도 아주 아담한 크기의 개구리나 들쥐 따위만 잡아먹는 선량한 파충류다. 결코, 단연코 사람 따위를 잡아먹지 않는다. 무랑은 그것을 알고 있었다.

하지만 문제는 그것이 아니었다. 뱀들은 이제 서서히 무랑의 몸으로 다가와 미끌미끌한 살갗을 비비며 온몸을 애무하기 시작했다.

쇄액— 쇄애액—

아주 섬뜩한 소리들이 우물 바닥에 착한 짐승처럼 웅크려 누운 무랑을 공포로 몰아넣고 있었다. 그리고 어느 한순간 그 공포는 절정에 달했다. 뱀 한 마리가 무랑의 바지 속으로 기어들어 가기 시작한 것이다.

온몸에 전율이 일었다.

'이건 단순히 농귀 그 싸가지없는 계집애 머리에서 나온 게 아니야. 무랑귀불… 그 씹어 먹어도 시원찮을 돌부처 머리에서 나온 거야.'

무랑은 그 순간 비로소 며칠 전 무량귀불이 들려주었던 뱀의 비유를 뼈저리게, 온몸으로 깨우칠 수 있었다.

난세의 영웅이 될 수도 있는 무랑이 불쌍하게 뱀에 물려 죽을 위기에 처했기 때문이다. 이 우물 안의 뱀 떼를 잡아가지 않은 세상의 모든 땅꾼들이 원망스러울 뿐이었다.

위기였다. 무랑은 숨도 쉬지 않은 채 가만히 앉아 있었지만 뱀은 계속해서 바짓가랑이를 타고 기어올랐다.

문제는 양물이었다. 사내들의 신체란 것이 아주 오묘해서 통제가 안 되는 부분이 있다. 그런데 안타깝게도 그놈의 물건이 뱀이 물기에 딱 알맞은 크기였던 것이다.

'맙소사!'

매끄러운 뱀의 살갗이 허벅지를 타고 기어오르는 순간, 무랑의 양물이 서서히 꿈틀거리기 시작했다.

'오옴— 태흘마니오옴— 오옴— 태흘마니오옴—'

무랑은 최후의 선택을 할 수밖에 없었다. 진언을 왼 것이다. 성불까지는 바라지도 않았다. 그저 고자나 면하게 해달라는 간절한 바람으로 읊조렸을 뿐이다. 천무밀교에 대한 신앙심이 불붙듯 타오르고 있는 것 같았다.

하지만 소용없는 짓이었다.

스르륵… 스르르륵…….

뱀의 머리가 어느덧 무랑의 양물에 닿았다.

…….

2장
살수 무랑

한 열흘 정도만 죽어본다면 어떨까?
아무것도 생각하지 않고
그저, 살아나기 위해 죽어본다면,
과연, 살아났을 때의 기분이 어떨까?

1
실수 무랑

약 네 시진 후.

"후우—"

무랑은 낮게 한숨을 내뱉었다. 우물 안은 여전히 칠흑 같은 어둠에 휩싸여 있었다. 맑은 가을 햇빛조차 닿지 못하는 우물의 바닥.

눈을 뜨자마자 무랑이 제일 먼저 살핀 곳은 자신의 양물이었다. 물론 몸을 움직이지도 못한 채 그저 느낌으로 그곳의 안부를 살폈을 뿐이다.

"휴우—"

방금 전과는 다른 안도의 한숨이 자연스럽게 입을 비집고 새어 나왔다.

적어도 느낌만으론 그곳이 아직 안전하게 붙어 있었다. 더욱이 바지 안으로 파고들었던 뱀도 어디론가 빠져나간 듯했다.

무랑이 결정적인 순간에 선택한 것은 황당한 진언 따위가 아니었다. 아주 오래전 벽운산에서 무산과 함께 써먹었던 귀식대법이었다.

즉 심장의 박동을 정지시키고 체온까지 하강시킴으로써 가사(假死) 상태에 든 것이다. 덕분에 양물 또한 싸늘히 식은 채 잠들어 위기를 넘길 수 있었다. 뱀은 죽은 듯 잠들어 있는 음식을 싫어하니까.

'이거야, 원······. 당장의 위기는 넘겼지만 앞으로가 문제군. 그나저나 슬슬 배가 고파오는데 이걸 어쩐다······.'

무랑은 몸을 일으켜서 뭐 먹을 게 없나 살펴보고 싶었지만, 또 뱀들이 기어나올까 봐 차마 용기를 낼 수 없었다. 하긴, 찾아본다고 해도 이 깊은 우물 속에 먹을 만한 음식이 있을 리 없었다. 기껏 뱀이나 잡아먹는다면 모를까.

무랑은 그제야 '들어가 보면 알게 돼' 하고 말하던 농귀의 말을 이해할 수 있을 것 같았다.

'그래, 먹을 거라는 게 이 뱀들이란 말이지? 젠장, 정말 고맙군. 이건 정말 뱀 밭이잖아, 뱀 밭. 도대체 몇 마리나 되는지 알아야 식단을 짜지.'

다시 한 번 깊고 암울하며 초라한 한숨이 입을 비집고 새어 나왔다.

뱀한테 물려 죽지 않기만을 바라는 처지인 만큼, 뱀 잡아먹겠다는 생각 따위는 감히 품지도 못할 일이다.

하지만 배는 고팠다.

'가만있자··· 입에 물고 있던 서책이 어디로 떨어진 거지? 여길 빠져나가려면 그 비급을 익혀야 한다? 아무래도 무공 비급이 아니라 '뱀 잡는 기술 101가지' 뭐 그런 책이겠군. 그렇지 않고서야······.'

무랑은 아주 조심스럽게 몸을 꿈틀거렸다. 손발을 묶은 밧줄을 풀기 위해서였다.

　며칠 전 물레방아에 묶여 있을 때보단 얼마간 사정이 나았다. 적어도 물 먹을 일은 없고, 쇠사슬도 아니니까.

　하지만 꼭 그런 것만도 아니었다. 무랑은 그때 물레방아의 홈을 벌려 그사이로 사슬을 빼낼 수 있었지만, 지금은 그런 운도 따라주지 않았다. 그저 손가락을 교묘히 비틀어 밧줄을 풀거나 관절을 꺾어 손을 빼내는 수밖에 없었다. 어느 쪽이든 땀이 쏙 빠질 만큼 노동을 해야 했다.

　물론 무량귀불이란 돌부처가 내공을 주입했다고는 하나 무랑으로선 믿을 수 없는 일이었다. 몸 어디에서도 그 당시 느꼈던 강렬한 기운을 감지해 낼 수 없었기 때문이다.

　무랑은 결국 관절을 꺾어 밧줄을 풀기 시작했다.

　'이것도 너무 자주 하다 보면 습관성 탈골이 될 수 있는데······.'

　밧줄을 풀어내는 동안, 무랑은 언젠가 일소천에게 들었던 한 기인에 대한 이야기를 떠올렸다.

　그 사람은 화비용이란 인물로, 과거 유명한 도둑이었다. 훔치고 달아나는 데 있어선 그를 능가할 인물이 없었다. 문제는 주위에 있는 사람들이 배신을 밥 먹듯 하는 사람들이어서 툭하면 관에 끌려가야 했다는 점이다.

　그러다 보니 자연히 다양한 탈옥 방법을 연구하게 되었고, 드디어는 도둑으로보다 탈옥의 달인으로 유명해지게 되었다. 그는 탈옥과 관계된 여러 가지 기술 중에서도 특히 관절 비틀기에 능했다. 손목과 발목 등은 물론이고 목 관절까지 자유자재로 꺾을 수 있었다.

　언젠가 화비용은 자신의 능력을 지인들에게 자랑하게 되었는데, 그 모습을 지켜보던 사람들 대부분이 까무러칠 뻔했다. 이제껏 자신들을 바라보고 이야기하던 화비용의 얼굴이 알고 보니 등 쪽에 가 있었던 것이다.

즉, 화비용은 뒤돌아선 채 고개를 정확히 반 바퀴 꺾어서 마치 앞을 보고 이야기하는 것처럼 지인들을 속였던 것이다.

이후 그는 아무 데서나 그 기술을 선보이며 사람들을 놀려주곤 했다. 그러다 보니 습관성 탈골 현상이 일어나게 되었고, 원하지 않아도 목이 반 바퀴 돌아가곤 했다.

화비용이 죽음을 맞게 된 것도 그 습관성 탈골 때문이었다. 어느 날 처음 들른 객잔에서 술을 마시고 있던 그는 술에 취해 그 자리에서 곯아떨어지고 말았다. 그런데 하필 그때 습관처럼 목이 반 바퀴 돌아가 버린 것이다.

한참 바쁘게 움직이던 점소이가 우연히 그 모습을 보게 되었고, 화비용으로 인해 객잔은 떠들썩해졌다. 목이 반 바퀴나 꺾여 있었으니 그럴 수밖에.

문제는 손님 중에 돌팔이 의원 하나가 끼어 있었다는 것이다. 그 돌팔이는 화비용의 맥을 짚어본 다음, 아직 숨이 붙어 있음을 확인하곤 다짜고짜 화비용의 목을 반 바퀴 비틀어 원래대로 돌려놓았다.

"크헉―"

그 순간 화비용의 입에서 단말마가 새어 나왔다.

목뼈 부러지는 소리와 함께 맥박도 멈추어 버렸다. 하필이면 돌팔이는 화비용의 목을 반대 방향으로 비틀어 완전히 한 바퀴 돌려 버린 것이다. 화비용의 한계, 그것이 반 바퀴였다는 것을 알 턱이 없었으므로.

'젠장, 다음엔 힘이 들어도 손가락을 움직여서 밧줄을 풀어야지. 화

비융을 떠올리니까 온몸에 소름이 돋는군.'

무량은 손목을 묶었던 밧줄을 풀어낸 후 몸을 웅크려 발목의 밧줄을 마저 풀었다. 탈골의 아픔이 온몸에 전해졌다.

'자, 이제 비급을 찾아볼까? 하지만 막상 찾는다고 해도 이 캄캄한 우물 안에서 그걸 어떻게 읽으라는 거야… 제기랄!'

불평을 늘어놓으면서도 무량은 어쩔 수 없이 비급을 찾기 위해 여기저기를 더듬어야 했다. 살아날 방법은 그것을 익히는 수밖에 없다니 일단 찾아서 끼고라도 있어야 위로가 될 것 같았다.

다행히 뱀이 손에 잡히는 일 따위는 벌어지지 않았다. 다만 몇 마리의 쥐가 찍찍 기분 나쁜 소리를 냈을 뿐이다.

'헤헤, 아직 사람이 쥐에 물려 죽었다는 이야기는 들어보지 못했지. 하긴 좀 역겹긴 해도 뱀보다는 한결 친근한 동물이야. 암…….'

하지만 무량의 그런 낙관적인 생각은 곧 거대한 공포로 바뀌고 말았다.

찍— 찌기기긱—

자세히 들어보니 쥐의 울음소리가 심상치 않았다. 걸음 소리도 쥐치고는 지나치게 묵중하게 울렸다.

처음엔 그저 깊은 우물 안에서 생기는 공명 현상이라고 생각했지만, 그렇게만 볼 게 아니었다. 마치 멧돼지처럼 거친 숨까지 몰아쉬는 게, 점차 쥐 아닌 다른 동물일 수도 있다는 생각이 들었다.

'하긴, 쥐 따위가 이 뱀 밭에서 어떻게 살아남을 수 있겠어. 제대로 걸리면 간식거리도 안 될 텐데. 게다가 여기저기 뒹굴던 뱀들이 한 마리도 안 움직이고 있잖아? 그렇다면 저 괴상한 놈에게 쫓겨서 굴 속으로 기어들어 갔다는 얘긴데…….'

무랑의 생각이 거기에 미쳤을 때, 그 괴상한 동물의 발걸음이 머리맡에서 멈췄다. 그리고 다시 찌직거리는 소리를 내며 무랑의 얼굴을 꼬리로 한 차례 후려갈겼다.

"으악—"

무랑은 기겁을 하며 몸을 일으켰다.

그동안 뱀 나올까 봐 숨도 제대로 못 쉬고 있었지만, 아무래도 지금은 그렇게 누워만 있을 상황이 아니었다.

찍— 찌기기긱— 찌찍…….

하지만 그 이상한 짐승도 놀라기는 마찬가지였다. 끔찍한 울음소리를 내며 후닥닥 물러서는 소리가 들렸다.

아무것도 보이지 않았기에 공포는 더 커질 수밖에 없었다. 불을 구하는 게 우선이었다. 하지만 그 우물 속에 불을 지필 수 있을 만한 도구가 있을 리 없었다.

'반드시 그렇다고 봐야 하나? 나 무랑이라면 물속에서도 불을 피울 수 있을 거야. 아무렴, 전혀 그렇지. 하긴… 나처럼 지적이고 머리 좋은 위인이 못할 일이 뭐가 있겠어? 그래, 좀 덜 지적이고 덜 머리 좋은 무산 사형이라면 이 상황에서 돌을 맞부딪쳐서 부엽토를 태울 거야. 그렇다면 보다 지적인 나는 어떻게 행동해야 할까?'

머리가 깨질 것 같았다.

경쟁자와 함께 자라온 대부분의 사람들이 그렇듯, 무랑은 어려운 것을 보다 어렵게 생각하는 경향이 있었다.

'돌은 안 돼. 그게 제일 쉬울 것 같지만, 무산 사형이나 생각해 내는 평범한 방식은 절대 용납할 수 없어. 그래, 나는 나무로 하는 거야. 아니지, 어쩌면 무산 사형은 돌이 아니라 나무로 불을 피웠을지도 몰라!

우린 그 게으른 사부님 때문에 안 해본 게 없잖아? 특히 열악한 환경에서의 생존법에 대해 꽤나 해박한 지식을 가지고 있지. 한겨울에도 곧장 쫓겨나 눈 쌓인 들판에서 잠을 자곤 했으니까. 그래, 그래서 우리는 돌로도, 나무로도 불을 지피곤 했어. 그래야 이리 떼의 공격을 피할 수 있었지. 돌과 나무. 하지만 그 한계를 뛰어넘어야 해. 그나저나 정말 배가 고파오는데?'

무랑은 갑자기 현기증이 몰려오는 것을 느껴야 했다.

적어도 용문파에선 밥 굶는 사람은 사람 취급을 하지 않았다. 굳이 그런 멸시가 아니더라도 천성적으로 굶주림을 참지 못하는 신체 구조들을 가지고 있었다.

'일단 불을 피워야 뭐라도 구워 먹을 수 있는데? 이쯤에서 나 자신과 타협을 해야 하지 않을까? 자존심보다 중요한 건 역시 밥이잖아?'

그것이 무랑의 한계였다.

무랑은 즉시 발로 바닥을 더듬어 쓸 만한 돌을 집어 들었다. 그리고 부엽토 위에 깔린 마른 낙엽들을 주워 들었다.

이상한 짐승은 울지도 움직이지도 않은 채 어느 한구석에 도사리고 있는 듯했다.

다행인 것은 그 짐승이 맹수류가 아닐 수도 있다는 점이었다. 적어도 불덩이처럼 휘휘 움직이는 안광을 내뿜지는 않았기 때문이다.

'그래, 기껏해야 덩치 큰 두더지겠지. 그러니 이 땅속에 사는 거야. 겁먹을 필요 없다구.'

무랑은 돌로 우물의 벽을 빠르게 쳐내며 불꽃을 만들어냈다. 가히 환상적인 빠르기였다. 굳이 부싯돌 따위가 필요치 않았다.

타타타타, 타타타……。

"헥, 헤헤헥, 헥……."

타타타타, 타타타타, 타타탁…….

화르륵……!

수백 번을 두드리고 나서야 무랑은 간신히 불을 피워내는 데 성공했다.

그나마 무랑이었기에 가능한 일이긴 했다.

'헥, 헥, 다음부터는 그냥 부싯돌을 가지고 다녀야겠어. 이거 영 품위가 떨어지는군. 아무도 보는 사람이 없다는 게 다행스러울 뿐이야.'

불꽃을 튀기는 사이 빛에 적응을 한 것인지, 낙엽에 불이 붙었을 때도 무랑은 특별히 눈이 부시다거나 하지 않았다.

무랑은 낙엽에 붙은 불을 조심스럽게 바닥으로 옮겼다. 그리고 행여나 불이 꺼질세라, 부엽토 위의 낙엽들과 나뭇가지들을 주워 조심스럽게 불길을 살렸다. 주위를 둘러본 것은 그 다음이었다.

우물의 벽은 암반이었다. 곳곳에 두터운 이끼가 덮이기는 했으나 마치 깎아놓은 듯 사방의 돌들이 정방형의 공간을 이루었다. 뱀굴인 듯 곳곳에 구멍이 뚫려 있었는데, 간혹 실오라기처럼 가는 물줄기가 바닥으로 떨어져 내렸다.

바닥에는 제법 두터운 부엽토가 쌓여 있었다. 물기에 젖어 있는 곳이 있는가 하면, 마른 낙엽들로 덮인 곳도 있었다. 이미 오래전에 수맥이 끊긴 것이 분명했다.

하지만 막상 주위 깊게 살폈음에도, 방금 전 괴상한 소리로 울던 짐승은 보이지 않았다. 다만 제법 큰 굴 하나가 맞은편 벽면 아래로 나 있는 것으로 보아 그 안으로 기어들어 간 것이 분명했다.

'이놈의 두더지하고 뱀들이 불에 놀란 모양이군.'

무랑은 안도의 한숨을 내쉬며 바닥에 떨어져 있던 무공 비급을 주워 들었다. 다행히 물기가 고이지 않은 부분에 떨어져 글자가 지워지거나 하는 불상사는 없었다.

비급은 짐승의 가죽으로 되어 있었다. 표지뿐 아니라 내지 전체가 가죽으로 되어 있는 것으로 보아, 귀중한 책임엔 틀림없는 듯했다.

"몽유불천밀공(夢遊佛天密攻)?"

책의 표지에 적힌 제호만으로는 언뜻 그 내용을 짐작할 수 없었다.

무랑은 작은 모닥불 앞에 웅크린 채 책장을 넘기기 시작했다. 하지만 정작 그 내용을 이해하지는 못했다. 분명 한자로 몇 자 적히긴 했으나, 본문에는 내용이라고 할 만한 글이 없었던 것이다. 처음부터 그림으로만 채워져 있어 도통 무엇을 뜻하는지 알 수 없었다.

비급은 총 9장(章)으로 나누어져 있었다. 각 장에 글자 한 자씩이 적혀 있었으므로 거기에서 어떤 실마리를 찾아내야 했다.

그림으로 보아선 분명 내공 수련에 관계된 것 같았다. 하지만 그림 자체가 워낙 조악해서 흉내를 내는 것조차 불가능했다.

'젠장, 이걸 책이라고 만들었냐? 이런 걸 두고 출판 공해라고 하지. 가죽이 남아도냐? 한 장(章)에 한 글자가 말이 돼? 그림은 또 이게 뭐야!'

생각 같아서는 당장이라도 집어던지고 싶었지만 차마 그럴 수 없었다. 비록 고생스럽게 컸어도 교육 하나는 제대로 받은 위인이다 보니 책 아낄 줄은 알았던 것이다.

무랑은 일단 그림을 머리 속에 집어넣기 시작했다. 그 다음 각 장에 적힌 글자들을 차례로 이어 나갔다. 본문은 총 9장, 장 수로는 모두 36장의 비교적 얇은 서책이었다. 따라서 그곳에 그려진 그림은 모두

72개였다.
 무랑이 1장부터 9장까지 차례로 나열한 글자는 '바, 라, 마, 니, 다, 니, 사, 바, 하' 였다. 언뜻 스쳐 읽기에도 무슨 진언임에 확실했다.
 하지만 궁리를 해도 나오는 것은 한숨밖에 없었다.
 도대체 그 진언이 무엇을 뜻하는지, 조악한 그림은 무엇을 설명하려는 것인지 알 수 없었던 것이다.
 머리를 쓰다 보니 한동안 잠잠하던 허기가 또 무작정 밀려들기 시작했다. 쪼그린 다리가 후들거리고, 배는 요동 쳤다.
 그런데 배고픈 것은 비단 무랑만이 아닌 듯했다. 이제껏 굴 속에 숨어 있던 뱀들이 하나둘 소름 끼치는 소리와 함께 고개를 내밀기 시작한 것이다.
 '젠장, 차라리 잘됐다.'
 이번에도 무랑이 믿을 건 하나밖에 없었다. 귀식대법!

2
실수 무랑

나모라 다나다라 야야 나막알야 아미 다바야 다타아다야 알하제 삼 먁삼못다야 다냐타 옴 아마리제 아마리도 나바베 아마리다 삼바베 아 마리다 알베 아마리다 싯제 아미리다 제체 이마리다 미가란제 아마리 다 미가란다 아미니 아마리다 아이야 나비가레 아마리다 낭노비 사바 레 살발타 사다니 살바갈마 가로삭사 염가레 사바하.

귀식대법을 펼치게 될 경우 일종의 가사 상태에 빠지게 되는데, 그것은 분명 잠을 자는 것과는 다르다. 하지만 무랑은 귀식대법을 시전하는 내내 이상한 꿈속을 헤맸다.

온통 황금빛으로 물든 하늘에서 다라니가 들려왔고, 허공 중에 가부좌를 튼 채 앉아 있는 부처가 여러 단계의 동작을 천천히 펼쳐 보였다. 분명 비급에서 보았던 그림과 같은 동작이었으나, 비급에서는 이해할 수 없었던 세밀한 부분들이 눈에 들어왔다.
 특히 부처가 숨을 내쉴 때마다 부처를 감싸고 있던 잔잔한 금빛들이 일정한 경로를 따라 움직였다. 단전으로부터 온몸을 휘돌아 다시 단전으로 빠져나가는 모습이 투명한 부처의 신체를 통해 단계별로 보여졌던 것이다. 정확히 아홉 단계였다.
 [무량수여래의 지혜를 얻게 되리라.]
 잔잔한 전음을 듣는 것과 동시에 무량은 화들짝 놀라 두 눈을 떴다. 우물 안은 다시 어둠에 묻혀 있었다. 모닥불이 꺼진 지 오래되었는지 낙엽이 타며 났던 메케한 냄새들도 사라져 있었다.
 마치 여전히 꿈속에 있는 듯한 느낌이었다. 과거 삼문협에서 무량귀불을 처음 만났을 때처럼 모든 것이 예정된 일인 듯했고, 신비에 휩싸여 있는 느낌이었다.
 '그건 그거고… 중요한 건 배가 고프다는 거야. 내가 너무 굶어서 이런 환청과 환각에 시달리는 건지도 몰라. 에고, 이젠 다리가 후들거려서 일어날 힘도 없다.'
 무량이 어수선한 생각들을 정리하고 있는데, 예의 괴상한 짐승 울음소리가 다시 들렸다.
 찍— 찌기기긱—
 언제 들어도 소름 돋는 소리였다.
 '어휴— 이러다가 정말 미치는 거 아닌지 모르겠군. 그래, 중요한 건 여기서 나가는 거야. 그래야 밥을 먹든 도망가든 할 거 아냐?'
 무량은 조용히 몸을 일으켜 가부좌를 틀었다. 그리고 비급에 적혀 있던 진언을 나직이 읊조리며 가사 상태에서 보았던 부처의 기공을 머리 속에 그리기 시작했다.

"옴— 바라 마니다니 사바하."

무랑이 낮게 진언을 외는 것과 동시에 누군가의 전음이 다시 들려오기 시작했다.

[기(氣)는 곧 생명력을 이른다. 그것을 얻기 위해선 우선 마음을 가다듬고, 호흡을 바르게 하며, 적절한 동작으로 자신을 일치시켜야 한다. 또한 모든 경락을 원활하게 소통케 하는 것이 중요하다. 사람의 몸 안으로 흐르는 기의 바른 경로는 우주의 기가 흐르는 경로와 일치한다. 우주의 흐름은 곧 오행(五行)이다. 상단전(上丹田)에서 시작한 기의 흐름은 해당 경락을 따라 오장에 이르게 되는데, 각각의 위치에서 저마다의 특성에 맞는 호흡법을 따라야 한다. 즉 수(水)의 성질을 가진 신장과 방광, 화(火)의 성질을 가진 심장과 소장, 목(木)의 성질을 가진 간과 쓸개, 금(金)의 성질을 가진 폐와 대장, 토(土)의 성질을 가진 위와 비장은 저마다의 특성을 지니고 있으므로 그 위치에서 호흡의 방식이 바뀌어야 한다. 때로는 부드럽게, 때로는 깊고 강렬하게, 때로는 있는 듯 없는 듯, 때로는 낮게, 때로는 정지한 듯 담백하게 해당 경락을 지나쳐야 하는 것이다. 사람의 몸은 정(精), 기(氣), 신(神)으로 이루어져 있다. 이 3자는 서로 상생하므로, 그중 어느 하나라도 흩어지게 되면 호흡이 멎게 된다. 늘 몸과 마음, 기를 하나로 모아 호흡해야 할 것이다.]

전음이 이어지는 동안 무랑은 예의 그 환각 상태에 빠져들고 있었다.

하지만 이번엔 단순히 환영만 보이는 것이 아니었다. 무랑의 단전으로부터 묵직한 기운이 생겨나 저절로 행공을 시작했다.

신장과 방광, 심장과 소장, 간과 쓸개, 폐와 대장, 위와 비장 등 몸속의 모든 기관은 물론이고 눈과 귀, 코와 입까지도 알 수 없는 힘에 휩싸이고 있었다.

"으아아악—"

자신도 모르게 고성을 터뜨리며 번쩍 눈을 떴다.

쿵……!

무랑의 몸이 바닥으로 떨어져 내리며 둔중한 울림이 우물 안을 맴돌았다.

도저히 납득할 수 없는 일이었다. 무랑은 자신도 모르는 사이 허공 중에 떠 있었던 것이다. 그것도 일 장가량이나.

그제야 무랑은 무량귀불이 자신에게 주입한 내공이 여전히 자신의 몸에 갈무리되어 있다는 사실을 깨달았다. 그 내공은 새로운 행공법을 통해 비로소 제 힘을 발휘하기 시작한 것이다.

무랑은 지그시 눈을 감은 후 다시 방금 전과 같은 호흡을 반복했다. 그리고 묵직한 힘이 몸 안을 맴도는 것을 느끼며 살며시 눈을 떴다.

'이런 세상에……'

마치 귀신에게 홀린 것 같았다. 우물 안은 여전히 어둠에 묻혀 있었다. 그럼에도 자신의 눈에 우물의 정경이 또렷하게 들어왔다.

"으허헉—"

잠시 우물 안을 둘러보던 무랑은 자신도 모르게 신음을 내뱉고 말았다. 괴상한 짐승의 정체가 한순간에 밝혀진 것이다.

그 짐승은 결코 두더지가 아니었다. 그렇다고 쥐라고 부를 수도 없는 짐승이었다.

분명 쥐의 형상이긴 했으나 털로 뒤덮여 있어야 할 몸뚱이가 뱀 가죽으로 씌어져 있었다. 게다가 머리 윗부분은 영락없는 뱀의 형상이었다. 긴 주둥이와 뾰족하게 튀어나온 이빨은 쥐였으나 비늘처럼 각질을 이룬 이마와 머리, 싸늘한 동공은 분명 뱀의 것이었다.

크기도 생각했던 것 이상이었다. 가늘고 긴 쥐꼬리는 족히 두 자는 되어 보였고, 웅크려 있는 몸뚱이는 웬만한 고양이보다 더 커 보였다.

반사반서(半蛇半鼠)! 고금의 어떤 기록에서도 찾아볼 수 없는 변이체(變異體)였다. 그만큼 끔찍하고 소름 돋는 모습이었다.

찍— 찌기기긱—

울음소리와는 비교가 안 될 만큼 섬뜩한 모습의 반사반서는 뱀처럼 긴 혀를 날름거리며 무랑을 노려보고 있었다.

'하마터면 귀식대법으로 가사 상태에 빠진 상태에서 저 괴물에게 잡아먹힐 뻔했군. 그나저나 속성으로 이렇듯 강력한 내공을 쌓는다는 것이 가능하단 말인가? 몽유불천밀공이란 뜻을 이제야 어렴풋이 알 수 있겠군. 아무리 무랑귀불이 내 몸에 내공을 주입했다 하더라도 설마 이 정도까지일 거라고는 생각지 못했는데 말이야.'

무랑이 생각에 잠겨 있는 동안에도 반사반서는 계속해서 괴상한 울음소리를 냈다.

찍— 찌기기긱—

녀석은 가만히 웅크린 채 정확히 무산을 쏘아보고 있었다. 하지만 좀 더 자세히 보니, 눈이 퇴화된 것인지 반사반서는 연신 코를 실룩거리며 잠자코 정지해 있었다. 생김새와는 달리 겁이 많은 것인지, 섣불리 덤벼들거나 하지 못했던 것이다.

스슥… 스스스슥……!

잠시 후, 몇 마리의 뱀이 굴 밖으로 머리를 내밀었다. 우물 안이 조용해지자 비로소 몸을 드러낸 것이다.

무랑이 뭔가 크게 착각하고 있었음을 깨닫게 된 것은 그 순간이었다.

찍— 찌기기긱— 찌찍…….

이제껏 웅크려만 있던 반시반서가 끔찍한 소리를 내지르며 뱀의 머리를 낚아챘다. 그리고는 빠르게 몇 차례 나뒹굴며 굴 밖으로 몸통을 완전히 잡아 끌어냈다.

그사이 뱀의 머리와 몸통 일부는 이미 반시반서의 아가리 속에 들어가 있었다. 뱀은 저항할 엄두도 내지 못한 채 바르르 떨며 꼬리를 뒤척일 뿐이었다.

반시반서가 4척가량의 비교적 큰 뱀을 완전히 집어삼키는 데는 채 반다경도 걸리지 않았다. 그것도 그냥 꿀꺽꿀꺽 집어삼킨 것이 아니다. 뼈를 꼭꼭 씹어대는 것인지 간혹 빠드득 소리가 입 밖으로 새어 나왔다.

'맙소사······!'

꼬리까지 완전히 집어삼킨 후, 뱀 혓바닥처럼 가늘게 갈라진 혀를 날름거리고 있는 반시반서를 보며 무랑은 식은땀을 흘렸다. 식욕이 한꺼번에 달아났고, 허기진 배도 더 이상 꼬르륵거리지 않았다.

찍— 찌기기긱—

녀석은 다시 한 번 기분 나쁜 소리를 내지르며 무랑 쪽으로 고개를 돌렸다. 가늘게 찢어진 두 눈이, 아니, 그 표정이 살기로 가득 차 있는 것이 느껴졌다.

'마음만 먹었다면 가사 상태에 빠져 있는 동안 나를 물어뜯을 수도 있었을 거야. 그런데 왜 얌전히 있었던 걸까? 싸늘하게 죽어 있는 시체는 먹지 않겠다는 걸까? 하지만 저 표정은 상당히 교활해 보이는데······.'

쇄— 아, 쇄아아—

무랑의 궁금증은 곧바로 풀리게 되었다.

우물 한쪽의 돌 틈에서 푸른빛을 머금은 뱀 한 마리가 바람 소리처럼 묘한 소리를 내며 머리를 내밀었다. 머리 크기만 해도 어른의 손바닥만

한 그 청사는 긴 혀를 날름거리며 우물 바닥으로 빠르게 기어나왔다.

찍— 찌기기긱— 찌찍…….

청사를 발견한 반사반서가 기겁을 하며 자신의 굴 속으로 뛰어들어 갔다.

청사와 반사반서는 천적의 관계에 있는 것이 분명했다. 우물 안의 먹이 사슬은 좀체 설명할 수 없을 만큼 복잡한 듯했다. 현재까지 모습을 드러낸 것은 괴상하게 생긴 반사반서와 고만고만한 뱀 몇 마리. 그리고 청사.

그 외의 동물은 찾아볼래야 찾아볼 수가 없었다. 아니, 아직 모습을 드러내지 않은 것뿐일지도 모른다.

'세상에……!'

돌 틈에서 완전히 모습을 드러낸 청사는 대략 아홉 자는 되어 보이는 길이였다.

무랑은 천천히 내력을 끌어올렸다. 반사반서의 경우 너무 끔찍한 형상이어서 식은땀을 흘렸을 뿐이지만 지금은 목숨이 달린 문제였다.

족히 100년 이상 묵은 듯한 청사. 그 정도라면 단순히 사람을 물거나 몸을 옥죄어 뼈를 으스러뜨리는 정도가 다는 아닐 것이다. 듣기로는 독샘의 독을 쏘아내 사냥감을 마취시키는 뱀이 있다고 했는데, 지금 눈앞에 있는 청사는 족히 그러고도 남을 듯했다.

하지만 웬일인지 청사는 잠시 무랑에게 눈길을 주다가 다시 자신이 빠져나왔던 돌 틈으로 기어들어 갔다.

쇠— 아, 쇠아아—

청사가 기어들어 간 돌 틈에서 잠시 휘파람처럼 가는 소리가 새어 나왔을 뿐, 우물 안은 다시 정적에 휩싸였다.

'휴— 이건 도대체 어떻게 된 일인지 모르겠군. 일단 위기는 넘겼으니 다행인데… 위기를 넘기고 나니 또 허기가 지는군.'

무랑은 후들거리는 다리를 접으며 바닥에 앉았다.

잠은 정말 원없이 잤고, 알 수 없는 내력까지 생겼다. 당면 과제는 식사고, 궁극적인 과제는 우물을 빠져나가는 것인데 아무래도 식사다운 식사를 하기 위해선 궁극적인 과제를 먼저 해결해야 할 것 같았다.

'이 정도의 내공이라면 우물 밖으로 나갈 수도 있지 않을까?'

경공에 관한 한 예전부터 얼마간 자신이 있었다. 더욱이 측정할 수 없을 만큼 고강한 내공이 생겼으니 어쩌면 가능한 일인지도 몰랐다.

하지만 우물의 입구를 올려다보던 무랑은 한숨을 내쉴 수밖에 없었다. 도대체 얼마나 높은 것인지, 바닥에서 멀어질수록 윤곽이 흐릿해졌고, 그 끝은 아예 칠흑에 휩싸여 있었다.

물론 밖이 밤이라 그럴 수도 있겠지만, 낮이라고 해서 다를 것도 없었다. 오히려 지금은 어둠 속에서도 사물을 식별할 능력이 생겨 그나마 나은 편이었다.

'허공답보를 하는 고수들도 있다는데, 중간중간 우물 벽을 타고 기어오르면 될 거 아냐. 지가 높아봐야 천 길 만 길이야 되겠어? 그래, 아무래도 굶는 것보다야 낫겠지.'

무랑은 천천히 호흡을 가다듬은 후 허공으로 몸을 솟구쳤다. 마치 깃털처럼 가벼워진 느낌이었다. 하지만 10여 장쯤 날아오르고 나자 갑자기 몸이 무거워지는 듯했다. 무랑은 잽싸게 갈지(之) 자로 우물 벽을 박차며 계속 뛰어올라 갔다.

하지만 오르면 오를수록 몸은 점점 무거워졌고, 숨을 들이쉴 때마다 그 무게는 몇 배씩 가중되었다. 더욱이 어느 정도 높이부터는 우물의 벽면이 마치 얼음의 표면처럼 매끄러워지기 시작했다. 그런 만큼 마찰력이 작아졌고, 어느 한 군데 의지할 공간도 없었다.

이 정도가 한계라고 느껴지는 순간, 무량은 고개를 젖혀 위를 쳐다보았다.

"으아아—악!"

우물 벽면을 박차던 발이 미끄러지는 것과 동시에 무량은 빠른 속도로 떨어져 내리기 시작했다.

순간적으로 내력을 끌어올리고 평정을 되찾기는 했으나 한번 깨진 균형은 좀체 다시 찾기 어려웠다.

쿵……!

찌직— 찍……!

"끄아아—"

뭔가 물컹한 느낌이 든다 싶은 순간, 소름 돋는 반사반서의 비명이 들려왔다. 하지만 정작 밑에 깔린 반사반서보다 더 놀란 것은 무량이었다.

무량은 벌떡 일어나서 몇 걸음 물러나 우물의 벽면에 몸을 기댔다.

'젠장, 내가 제일 싫어하는 게 쥐하고 뱀이야…….'

온몸을 휘감는 소름에 몸을 떨며 무량은 반사반서를 쳐다보았다.

하지만 정작 반사반서는 길고 흉측한 꼬리를 힘없이 꿈틀거릴 뿐 뒤집힌 채 배를 드러내고 있었다.

바닥에 닿기 직전 내공심법으로 중력에 저항한 덕분에 충격이 완화되기는 했다. 그러나 워낙 높은 곳에서 떨어진 만큼 무량은 삭신이 쑤셔왔다. 그러니 밑에 깔린 반사반서는 최소한 반신불수가 되었을 게 뻔했다.

그런데 그게 끝이 아니었다.

찍— 찌기기긱— 찍— 찌기기긱—

잠시 후 반사반서의 끔찍한 울음소리가 사방에서 들려왔다.

반사반서는 한두 마리가 아니었던 것이다. 도대체 어떻게 된 것인지 이제껏 무랑이 보지 못했던 크고 작은 굴 속에서 녀석들이 머리를 드러내기 시작했다.

'젠장! 꿀에 동료애는 있다 그거지? 그나저나 저것들이 떼로 몰려들면 골치 아파지겠는걸?'

무랑은 길게 한숨을 내쉰 후 천천히 호흡을 가다듬었다. 여차하면 또 날아올라 우물 벽에 찰싹 달라붙어 있을 생각이었다.

찍— 찌기기긱— 찍— 찌기기긱—

반사반서들은 무랑을 경계하며 천천히 쓰러져 있는 동료를 에워싸기 시작했다.

'난 아무 잘못 없다! 그러게, 왜 혼자 이 어두컴컴한 우물 바닥을 배회하냔 말이지. 사고가 언제 터질 줄 알고. 그냥 조용히 그 녀석을 데려가서 간호나 해. 복수를 한다거나 하는 바람직하지 않은 생각은 조용히 접고.'

일 대 다수일 경우, 결코 약한 모습을 보이면 안 된다는 것쯤 무랑도 잘 알고 있었다. 그는 최대한 눈을 가늘게 내리뜬 채 반사반서들을 노려보았다.

하지만 그 순간이었다.

캬— 찌지직, 캬— 캬—

"헉—!"

이제껏 분위기만 살피던 반사반서들이 일제히 쓰러져 있는 동료를 물어뜯기 시작했다.

순식간에 피가 사방으로 튀었고, 반사반서들은 붉게 물든 잇몸과 날카로운 송곳니를 드러낸 채 맹수에 가까운 울음소리를 냈다.

'어휴— 저놈들도 무척 허기지게 살고 있는 모양이군. 아무리 그래도 그렇지 어떻게 지들 동료를 물어뜯냐. 하여간 생긴 대로들 놀아요. 젠장! 그나저나 저놈들이 나 무랑의 식욕까지 빼앗아가는군.'

무랑은 아예 사색이 되어 바르르 몸만 떨었다.

쏴—아, 쏴아아—

청사가 모습을 드러낸 것도 그때였다. 반사반서들의 소란에 식욕이 동한 것인지, 청사는 긴 혀를 날름거리며 천천히 그것들을 향해 미끄러져 나갔다.

찍— 찌기기긱— 찍— 찌기기긱—

반사반서들은 청사의 습격에 기겁을 하며 흩어졌지만 이미 늦었다. 청사가 반사반서 한 마리를 잽싸게 낚아챈 것이다.

투두둑.

반사반서의 뼈, 혹은 각질이 부러지는 소리가 살벌하게 우물 안으로 울리는 순간 붉은 선혈이 여기저기로 튀었다.

찍— 찌기기긱— 찍— 찌기기긱—

제 굴을 찾아 달아나던 반사반서들이 걸음을 멈추고 매섭게 뒤돌아본 것도 그 순간이었다.

피! 먹이! 허기진 짐승들에게 있어 그것은 생명과 맞바꿀 만한 절대가치였다. 긴 혀를 날름거리던 반사반서들은 순식간에 청사에게 달려들었다. 어차피 청사는 이미 한 마리의 반사반서를 물고 있다.

먹이를 집어삼키고 있는 뱀처럼 위험에 노출된 동물은 없다. 뱀은 절대 집어삼키던 먹이를 내뱉지 않는다.

찍— 찌기기긱— 찍— 찌기기긱—

우물 안은 순식간에 아수라장이 되어갔다.

청사는 먹이를 문 채 심하게 몸을 뒤틀며 꼬리로 반사반서들을 쳐냈고, 반사반서들 역시 목숨을 걸고 청사를 물어뜯었다. 처음 한동안은 청사의 힘이 반사반서들을 압도했지만, 시간이 지날수록 그 움직임이 둔해졌다.

아무리 강한 동물일지라도 일 대 다수의 싸움은 불리할 수밖에 없었다. 특히 상대가 먹이에 굶주린 짐승들일 경우엔.

그륵— 그르르륵……

아주 미세한 소리가 사방의 벽면을 타고 좁혀지고 있었다. 그것은 울음소리라기보다는 마치 점액질을 이룬 어떤 액체가 서로 비벼지며 기포를 만들어내는 듯한 소리에 가까웠다.

'위쪽이다!'

무량은 숨소리도 제대로 내지 못한 채 천천히 고개를 들어 위를 쳐다보았다.

'미치겠군…….'

미칠 만도 했다. 웬만한 자라보다 큼지막한 두꺼비들이 우물 벽을 빼곡하게 메운 채 기어 내려오고 있었다. 서로의 등을 밟고 지나치는가 하면, 아예 벽면에 달라붙어 저희들끼리 물어뜯기도 했다.

우물 바닥에서 4, 5장가량 떨어져 있는 굴 속에 살고 있었던 것인지, 두꺼비들의 행렬은 5장여 높이에서 꾸준히 이어져 내려왔다. 그리고 어느 한순간, 기어 내려오기를 포기한 두꺼비들이 무더기로 떨어지기 시작했다.

투툭… 투투툭……!

늙은 은행나무가 태풍에 휩쓸리며 은행을 떨구듯, 두꺼비들은 지극히 자연스럽게 벽면에서 몸을 떨구었다.

바닥이 제법 탄력을 갖춘 부엽층이라 대부분의 두꺼비들이 멀쩡하게 몸을 뒤집어 바닥을 기긴 했으나, 간혹 튀어나온 돌에 떨어져 그대로 내장이 터져 버리는 경우도 있었다.

무랑은 웃옷을 벗어 들어 머리에 덮어쓴 채 떨어져 내리는 두꺼비들을 쳐냈다.

하지만 꾸준히 벽면을 타고 내려온 두꺼비들이 어느새 무랑의 어깨에 걸쳐지거나, 맨살에 달라붙었다. 더욱이 바닥에 떨어져 있던 두꺼비들 역시 바짓가랑이를 타고 기어올랐으므로 무랑 역시 순식간에 두꺼비 떼에 뒤덮이고 말았다.

이제 우물 바닥은 청사와 반사반서, 거무튀튀하며 비정상적으로 큰 두꺼비들로 온통 난장판이 되어버렸다. 그리고 그것들은 서로 뒤엉켜 물고 뜯으며 주린 배를 채우고, 그러다가 적에게 물려 죽어 나갔다.

하지만 그것이 다가 아니었다.

스슥, 스스스슥—

이제껏 잠잠하던 뱀들이 곳곳의 구멍에서 기어나와 두꺼비들을 덮치고 반사반서에게 물리고 물며 뒤엉키기 시작했다. 천적과 천적, 그것의 천적들이 서로에게 엉겨 붙은 채 먹기 위해, 살기 위해 발악을 하고 있었던 것이다.

악몽이 따로 없었다. 벽에 붙어 서 있던 무랑은 넋을 잃은 채 벽면을 타고 주르륵 미끄러져 내렸다. 두꺼비들이 엉겨 붙었던 살갗이 부어오르며 정신이 몽롱해졌다. 방금 전 자신과 반사반서를 덮친 것들은 독두꺼비였던 것이다.

살수 무랑 67

3
실수 무량

'배고파. 너무 배가 고파서 참을 수가 없어……!'
 얼마의 시간이 흐른 것인지 알 수 없었다. 다만 너무 고통스럽다는 것, 그리고 미치도록 허기지다는 느낌만이 무량의 의식을 사로잡고 있었다.
 온몸이 마비된 것인지 손가락 하나 까딱할 힘이 없었다. 부어오른 눈두덩이 눈을 가려 앞이 보이지 않았다. 입술도 부어올라 숨 쉬는 것조차 쉽지 않았다. 거북한 숨소리가 어렵게 입술을 비집고 나올 뿐이었다.
 얼굴만 그런 것이 아니었다. 마치 뼈와 살이 분리된 것처럼 온몸이 퉁퉁 부어 이물감을 느끼게 했다.
 '배고파. 너무 배가 고파서 참을 수가 없어! 내 살이라도 뜯어 먹고 싶어!'

우물 안은 빼곡하게 어둠이 들어차 있었고, 무랑은 한 치 앞도 볼 수 없었다. 독두꺼비의 독이 무랑귀불에게 받은 공력까지 흩어놓은 것인지도 모른다.

무랑은 마치 한 마리의 애벌레가 된 느낌이었다. 손도 다리도 쓸 수 없었다. 자신이 왜 꿈틀거리는지조차 모른 채 아주 조금씩 꿈틀거리고 있을 뿐이었다.

'고통스러워. 너무 고통스러워서 차라리 죽고 싶어!'

청각이 마비된 것인지, 아니면 천적과 천적들이 모두 서로에게 물려 죽은 것인지 무랑의 귀에는 아무것도 들려오지 않았다. 다만, 자신이 고통스레 몸부림치며 뇌까리는 끔찍한 비명만이 머리 속에서 윙윙거릴 뿐이었다.

'아니야, 이렇게 죽을 수는 없어! 개똥밭에서 굴러도 이승이 낫다던데… 히히, 하긴 이 끔찍한 우물 안보다는 차라리 저승이 나을지도 몰라. 헤헤헤, 또 내가 제법 착하게 살아왔잖아? 고생도 죽도록 했고. 염라대왕 앞에서 말발만 잘 세우면 천당에 갈 수 있을지도 모르지. 고 삼삼한 선녀들이 잠자리 날개처럼 하늘거리는 야한 복장으로 내 발을 닦아주며 시중을 들지도 모를 일이지. 아마 나 정도 외모면 하늘나라 평정하는 데도 별 무리가 없을 거야. 거기도 일부다처제를 존중하는 사회일까? 아니면 섭섭한데. 배고파. 너무 배가 고파서 내 살이라도 뜯어먹고 싶어… 이러다가 죽으면 굶어 죽는 거잖아? 평소에 보시도 해본 적이 없으니 곧장 아귀도(餓鬼途) 행이겠군. 거기는 목마름과 배고픔으로 가득 찬 세상이라던데. 아마 무산 사형이라면 거기서 자살할 거야. 어휴— 왜 갈수록 질적으로 퇴보하고 있는 거니, 무랑아? 멍청아!'

무랑은 죽을힘을 써서 손가락을 움직여 보았다.

…….
　꿈틀거린 것인지 아닌지 알 수 없다. 뼈마디가 모두 제각각 떨어져 나가고 모든 신경이 끊어져 버린 것처럼 손끝의 느낌이 전혀 전해지지 않았다.

　몇 시진이 흐른 것인지, 며칠이 흐른 것인지 알 수 없었다. 가수(假睡) 상태, 혹은 가사(假死) 상태에 빠져 멍하니 어둠을 응시하고 있었을 뿐이다.
　눈을 감을 수 없었다. 눈을 감으면 그대로 죽어버릴 것 같았다. 두 눈이 충혈된 것인지, 쓰라린 고통이 전해졌다. 금방이라도 눈의 핏줄들이 터져 버릴 것 같았다.
　'농귀, 엽수. 그리고 무량귀불… 모두 다 씹어 먹고 말 테다.'
　이제 무량의 분노는 비교적 명확한 몇몇 대상에게 모아지고 있었다. 자신을 이 어두컴컴한 땅속에서 죽어가게 만든 자들.
　'히히, 이건 뭐야. 뭐가 내 손에 잡힌 거야? 먹을 수 있는 거지, 그렇지?'
　분노가 극에 달한 순간 무량의 손이 꿈틀거렸다. 그리고 무엇인가 물컹한 것이 손에 잡혔다. 더 생각할 것도 없었다. 다만 자신이 아직 살아 있고, 씹어 먹을 힘이 남아 있다는 것을 깨달았을 뿐이다.
　'그래, 네가 무엇이 되었건 고맙다. 고마울 따름이다. 내 피가 되고 살이 되려무나… 흐히히.'
　무량은 그 물컹한 무엇인가를 힘겹게 집어 잘근잘근 씹기 시작했다. 얼마만한 크기인지, 어떤 형태인지 감을 잡을 수 없었다. 알고 싶지도 않았다.

"우왝—"

갑자기 속 안에서 뜨거운 이물질이 솟구쳐 올랐다. 얼마간 씹어 삼킨 고기거나, 핏덩이일 것이다.

'헤헤, 어딜……!'

무랑은 입 안으로까지 토해진 이물질을 꿀꺽 삼켜 버렸다. 비릿한 느낌이 들었으나, 그것도 잠시였다. 오히려 서서히 포만감이 느껴지기 시작했다. 고마운 일이다. 무랑은 계속해서 손에 들린 동물을 씹었다. 아니, 물어뜯은 다음 그대로 집어삼켰다.

'허기지다. 허기져! 먹고 또 먹어도 허기가 진다. 내가 이미 죽어 아귀 지옥에 떨어진 걸까? 상관없다. 먹을 것만 있으면 지옥이라도 상관없다!'

무랑은 다시 손을 뻗어 주위에 널려 있는 고깃덩이 하나를 집어 들었다. 그리고 또 씹었다. 이제 무랑에게 남은 본능은 오로지 그 하나였다. 그것은 생존욕도, 식욕도 아니었다. 그저 무엇보다 강한 증오였을 뿐이다.

몇 개나 되는 고깃덩이를 집어 먹었을까. 무랑의 몸 안에서 다시 뜨거운 무엇인가가 치밀어 올랐다. 보다 비리고 보다 이물스런 느낌이었다. 무랑은 그것을 다시 꿀꺽 집어삼켰지만, 그 순간 온몸이 불에 타는 것처럼 뜨겁게 달구어졌다.

"으아악—"

그 뜨거운 덩어리는 곧장 무랑의 머리로 솟구쳤고, 뇌를 녹여 버릴 것처럼 고통스런 화기를 품은 채 머리 속을 휘집어놓았다.

'허기져, 허기지단 말이야……!'

점점 몽롱해지는 의식을 부여잡기 위해 안간힘을 썼지만 소용없는 일이었다. 이미 모든 판단 능력과 자제력이 상실된 상태였다.
 무랑은 또다시 의식을 잃은 채 잠인지 죽음인지 모를 나락 속으로 곤두박이치기 시작했다.

 벌써 몇 번이나 똑같은 행위들이 반복되었다. 어렴풋이 정신이 들면 손에 닥치는 대로 집어삼켰고, 뜨거운 불덩이가 머리로 솟구쳐 오르는 순간 정신을 잃곤 했다.
 이번에도 다를 바 없었다. 무랑은 바닥을 기며 손에 잡히는 대로 씹어댔다.
 하지만 얼마나 오랫동안 그 짓을 한 것인지, 이제 우물 바닥엔 먹을 만한 것이 쉽게 손에 잡히지 않았다.
 열흘? 보름? 한 달? 알 수 없었다. 조금의 의식이라도 남아 있다면, 무랑은 먹을 것을 찾아 입에 집어넣었던 것이다.
 '이게 뭐야, 먹을 게 없는 거야? 썩은 고기라도 좋아. 뭐든 먹게 해 줘. 허기져. 허기가 진단 말이야—'
 무랑은 이제 두더지처럼 변해 있었다.
 너무 오랫동안 땅속 깊은 곳에서 햇볕을 받지 못한 탓에 시각이 마비되었고, 청각조차도 의심스러웠다. 명확한 소리가 아무것도 없었던 것이다. 그저 바람 소리 같은 공명음이 귓전을 맴돌 뿐이어서 소리로 무엇인가를 판단한다는 것 자체가 불가능했다.
 '히히, 그래. 조금만 더 지나면 두더지처럼 땅굴을 파서 저 위로 올라갈 수 있을지도 모르지. 하지만 나중에 땅굴을 파더라도 지금 당장은 뭔가 먹어야 하잖아? 아무거라도 좋아. 먹을 거, 먹을 걸 달란 말이야……!'

무랑은 다시 바닥을 기어다니며 먹을 것을 찾기 시작했다.
'흐헤헤, 그래. 아주 큼지막한 게 걸렸군. 좀 썩은 것 같긴 하지만 그러면 어때? 이제 그 정도쯤은 아무렇지도 않아. 아니, 오히려 더 맛있어. 어차피 이 지옥 같은 곳엔 썩은 음식이 어울리지. 아주 고맙게 먹어주마!'
무랑은 아예 바닥에 웅크린 채 먹이에 입을 가져다 댔다. 그리고 닥치는 대로 뜯어 먹기 시작했다. 결코 옛날의 무랑이 아니었다. 그의 눈에선 이제 부리부리한 안광이 흩뿌려지고 있었다. 무랑 자신은 알지 못했지만.
"으아악—"
한동안 잠잠하다 싶었던 열기가 다시 무랑의 온몸을 휘돌며 고통을 주었다.
마치 모든 내장이 녹아버릴 것 같은 고통이었다. 그 뜨거운 열기는 예전과 마찬가지로 곧장 머리로 솟구쳐 올랐다. 이미 녹아버렸다고 생각하고 있던 뇌가 푹푹 쪄 들어가는 느낌이었다.
"으악— 끄아아악—"
무랑의 입을 비집고 새어 나온 비명은 그 어느 때보다 처절하고 고통스럽게 느껴졌다. 꼭 죽음의 그림자에 휩싸인 사람의 비명 같았다.
하지만 그 반대였다.
잠시 후, 무랑은 자신의 대천문을 뚫고 허공 중으로 뻗쳐 오르는 강력한 기운을 느낄 수 있었다. 도저히 감을 잡을 수 없는 기운이었다.
더욱이 몸 밖으로 뻗어 나간 기운이 다시 무랑의 소천문을 뚫으며 몸속으로 퍼져 나갔다. 우물 안의 정경이 확연하게 눈에 들어온 것도 그 순간이었다.

이제까지 느껴보지 못한 강한 생명력이었다. 몸 구석구석의 고통이 사라졌고, 살과 뼈, 혈관을 타고 흐르는 맑은 피가 마치 새롭게 태어나는 듯한 느낌을 주었다.

무랑은 조용히 우물 안을 둘러보았다.

모든 사물을 뚜렷하게 볼 수 있었다. 우물 바닥 군데군데 뼈와 살점이 떨어져 있었고, 머리부터 몸통까지 반쯤 뜯어 먹힌 청사가 자신의 발치에 가로누워 있었다.

'히히, 이 알 수 없는 힘은 뭐야? 내가 다시 살아난 거야? 이상하다… 배가 고프지 않아. 아귀지옥에서 벗어난 걸까? 흐히히. 알 게 뭐야.'

무랑은 이제 자신의 몸을 훑어보기 시작했다.

이상한 일이었다. 몸에서 아무런 무게가 느껴지지 않았다.

'젠장, 이건 또 무슨 일이야? 내가 왜 공중에 떠 있는 거야?'

그랬다. 어찌 된 일인지 무랑의 몸은 바닥에서 약 반 자가량 떠 있었다. 알 수 없는 힘에 휩싸여 자신의 의사와는 상관없이 공중부양 상태에 있었던 것이다.

"후우—"

무랑은 가볍게 한숨을 내쉰 후 바닥으로 내려섰다.

그제야 무랑은 자신이 자신도 모르는 사이 무공 비급에 적혀 있던 것과 같은 방식으로 호흡을 하고 있다는 사실을 깨달았다.

단전으로 들이마신 숨이 가사 상태에서 보았던 부처의 호흡 경로를 따라 몸 곳곳으로 흐르고 있는 것이 확연히 느껴졌다.

'내가 몽유불천밀공(夢遊佛天密攻)을 터득했단 말인가? 히히, 상관없어. 뭐가 되었든 나는 다시 살아난 거야. 흐히히, 내가 살아났다면 이제 너희가 죽을 차례인 거야. 하지만… 너희가 누구지? 누가 죽어야 한다는 거지? 내가 누구를 증오하고 있었던 거지?

머리가 텅 비어버린 느낌이었다. 생각과 생각의 연결이 뚝뚝 끊어졌다. 오로지 주체하지 못할 살기만이 온몸을 휘돌고 있었다.

'모르겠다! 모르겠다! 모르겠다……!'

잠시 우물 바닥을 배회하던 무랑은 천천히 고개를 들어 천장을 쳐다보았다. 저 까마득한 곳에 희미한 빛이 어려 있는 것이 보였다. 그만큼 우물이 낮아지거나 공력이 증가한 것이다. 물론 후자일 확률이 높았다.

'그래, 햇빛이 쬐고 싶어……!'

무랑은 천천히 공력을 끌어낸 후 우물의 아가리를 향해 몸을 날렸다.

"오라버니, 혹시 예삐가 뱀쥐들한테 물려 죽은 건 아닐까?"

농귀는 엽수의 무릎을 베고 누워 하늘을 쳐다보면서 무심하게 말했다. 푸른 하늘빛이 눈동자까지 파랗게 물들이고 있는 느낌이었다.

"그… 그럴 수도 있다."

"아니야, 교주님은 한 번도 틀린 적이 없어. 우리 예삐는 무한한 잠재력을 가지고 있다고 교주님이 말씀하셨단 말이야. 호호. 하지만 잠재력은 누구나 가지고 있는 거지? 운이 나쁘면, 아니, 대부분의 사람들이 그 힘을 써보지도 못한 채 죽어가잖아. 호호, 그럼 우리 예삐도 뱀이나 뱀쥐들 밥이 되겠네?"

"처… 청사가 지켜줄 거다."

엽수는 농귀가 무엇을 바라는지 알 수 없어 일관된 대답을 할 수 없었다. 그저 자신의 대답이 농귀를 흡족케 해주길 바랄 뿐이었다.
"호호, 오라버니, 청사를 너무 믿지 말아요. 나도 뱀을 다루지만 언제 뱀에게 물려 죽을지 몰라. 난 오라버니 빼고는 아무도 믿지 않아요."
무랑을 우물 안에 집어넣은 지 열흘째. 농귀와 엽수는 한시도 우물 근처를 떠나본 적이 없다.
몽유불천밀공은 무량귀불 1인이 이끄는 직속 부대 구세불검(救世佛劍)의 단원들이 반드시 익혀야 할 신공이었다. 농귀와 엽수 또한 이 우물에서 그것을 익혔다.
하지만 구세불검 모두의 실력이 엇비슷한 수준이라고는 할 수 없었다. 각자가 전문으로 하는 무공이 있었고, 내공의 수위도 저마다 달랐다.
농귀와 엽수는 비교적 높은 위치에 있었으나 구세불검 단원들 중 최고는 아니었다. 그들 역시 구세불검이 몇 명으로 이루어져 있는지, 절정고수가 몇 명이나 있는지 알지 못했다.
"오라버니, 우리가 며칠 만에 이 우물을 벗어날 수 있었죠?"
"그… 글쎄? 너무 오래되어서……. 아마 닷새쯤 되었던 거 같은데."
"아니에요. 꼬박 9일이 걸렸어요. 하마터면 우물 안에서 제가 오라버니를 뜯어 먹을 뻔했어요. 너무 허기져서. 오라버니는 그런 생각 안 했어요?"
"응? 응… 나… 난……."
엽수는 고개를 숙여 바닥을 바라보며 잠시 생각에 잠겼다.
농귀를 여자라고 생각해 본 적은 단 한 번도 없었다. 그저 늘 함께 있었기에 잠시라도 떨어지면 불안했고, 이유없이 그녀가 안쓰럽게 느겨질 뿐이었다. 행여라도 농귀가 우울해하면 마음이 아팠고, 그녀가 좋아하면 덩달아 기분이 좋아졌다.
 그런데 언제부턴가 농귀는 엽수 자신이 알 수 없는 무엇을 갈구하고 있는 것 같았다. 그리고 슬퍼하는 것 같았다. 농귀 역시 어쩔 수 없는 여자였다. 엽수로서는 그녀가 원하는 것이 무엇인지 알 길이 없었다. 그저 한없이 안쓰러워할 수밖에.
 아니, 어쩌면 농귀는 여자로서가 아니라 인간으로서 슬퍼하고 있었던 것인지도 모른다. 한 번도 사람답게 살아보지 못했으므로.
 엽수는 그저 그런 농귀로 인해 슬픔이라는 것을 얼마간 맛볼 수 있었을 뿐이다. 자신의 슬픔을 보지 못하는, 보다 슬픈 짐승이었기 때문에.
 쏴— 쏴아아—
 고개 숙이고 있는 엽수의 귀에 아득한 소리가 밀려왔다. 마치 소라 껍질을 귀에 댔을 때처럼 아득한 파도 소리였다.
 "오라버니……!"
 농귀의 다급한 목소리에 엽수는 고개를 번쩍 들었다.
 "히히, 난쟁이들이 여기에서 날 기다리고 있었구나?"
 "……."
 무랑이었다. 그가 우물의 시커먼 아가리를 벗어나 약 한 자가량 허공에 뜬 상태로 멈춰 서 있었다.
 도저히 짐작할 수 없는 강력한 기운.
 엽수가 들었던 파도 소리는 여전히 우물 안에서 맴돌고 있었다. 무랑이 내뿜는 강기가 우물의 벽과 벽을 부딪치며 아득한 공명음을 만들어냈던 것이다.

"며칠이나 지난 거지?"

무랑은 농귀와 엽수 앞으로 내려서며 담담하게 물었다.

"여… 열흘!"

농귀가 더듬거리며 들릴 듯 말 듯한 소리로 대답했다.

미처 예상치 못했던 일이다. 무랑의 모습은 끔찍할 정도로 황폐한 몰골이었다. 온몸에 달라붙어 있는 마른 핏자국. 머리는 지저분하게 풀어진 채 뒤엉켜 있었고, 마치 벌레가 파먹은 것처럼 울퉁불퉁하게 일어선 피부.

그러나 무엇보다 끔찍한 것은 맹수의 눈처럼 매섭게 빛나는 눈빛이었다.

마치 숨이 옥죄는 느낌이었다. 농귀와 엽수 역시 몽유불천밀공을 익혔고, 무랑보다 하루 빨리 우물에서 벗어났다.

하지만 지금 무랑의 몸에서 느껴지는 강기와 눈빛만으로 숨통을 조이는 듯한 살기를 내뿜지는 못했다.

'절정고수가 되었다……. 믿겨지지 않아!'

농귀는 무랑을 통해 이제껏 한 번도 가져 보지 못한 두려움을 느끼고 있었다.

그것은 엽수도 마찬가지였다. 무랑에 대한 무랑귀불의 기대가 큰 것은 알고 있었으나 단 열흘 만에 사람이 이렇게 달라지리라곤 상상도 못했다.

"가만있자… 우물 안에서 난 누군가를 미치도록 죽이고 싶었어. 그게 너희 난쟁이들이었나? 히히, 잘 생각이 나지 않는군. 그래, 언젠간 생각이 나겠지. 그런데 이상하군. 얼마 전까지만 하더라도 난 내 살을 파먹고 싶을 만큼 배가 고팠는데 이젠 그렇지 않아. 자, 그럼 이제 난

뭘 해야 하지? 혹시 너희들은 알고 있나?'

비단 겉모습만 바뀐 게 아니었다. 무랑의 목소리, 억양, 그리고 말투까지도 전혀 다른 사람의 것이 되어 있었다.

[오라버니, 우리 예쁘가 아주 건방져졌는데요?]

[조… 조심해야 할 것 같다.]

농귀와 엽수는 멍하니 얼굴을 마주한 채 전음을 주고받았다. 무랑이 내뿜는 기도에 눌려 함부로 행동할 수 없었던 것이다.

"그사이 벙어리가 되었니, 난쟁이들아?"

"……."

무랑의 말에 농귀가 가늘게 눈을 치뜬 채 노려보았다. 아무리 기에서 눌린다 해도 계속되는 난쟁이란 말은 참을 수가 없었던 것이다.

반면 엽수는 잔뜩 몸을 웅크린 채 긴 팔로 농귀의 허리를 감싸 안고 있을 뿐이다. 행여 농귀가 분을 참지 못하고 성급하게 행동할까 봐 걱정이 되었기 때문이다.

"흐히히. 왜, 난쟁이라는 말에 기분이 나쁜가? 좋아, 그럼 이제부터 이름을 붙여주어야겠구나. 싸가지없는 꼬맹이, 너는 제법 예쁘게 생겼으니까 예쁘가 되는 거야. 그리고 꼽추 난쟁이는 성성이처럼 생겼으니까 성성이라고 불러주마. 이제 한결 기분이 좋아졌겠지?"

"……."

"……."

한순간 농귀와 엽수의 몸이 바르르 떨렸다. 계속되는 모멸감을 참을 수 없었던 것이다.

하지만 아무도 무랑을 상대로 싸울 엄두를 내지 못했다. 비록 담담하게 말하고 있으나 무랑의 눈빛은 살기로 번득이고 있었기 때문이다.

지금 같은 상황에서라면 누가 되었든 죽음을 면하기 어려웠다.
"다시 한 번 묻겠다. 이제 난 뭘 해야 하지?"
살기로 가득 채워졌음에도 한편으론 초점을 잃은 채 흐릿해져 있는 눈빛. 그런 눈빛으로 무랑은 농귀와 엽수를 가만히 내려다보았다.
서늘한 가을바람이 멍하니 서 있는 농귀와 엽수를 스쳐 지나가고 있었다.

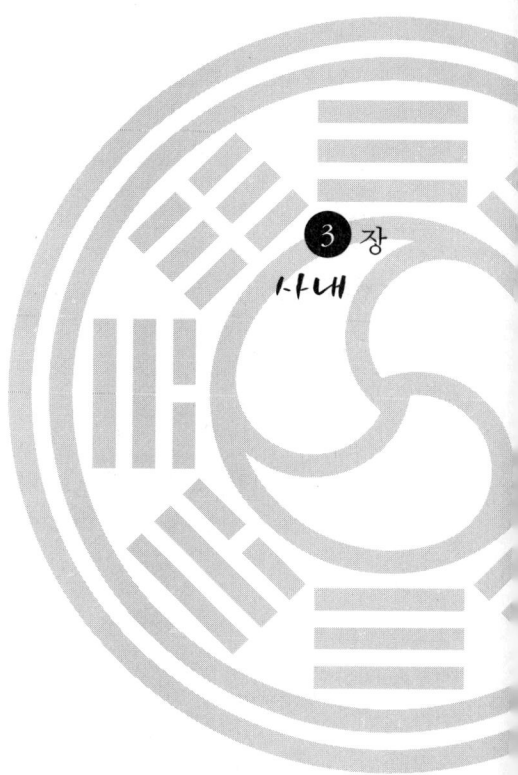

3장 사내

사흘을 떨어져 있다가
만났을 땐, 소매로 눈을 비비고
서로를 봐야 한다.
그래야만 사내대장부다.

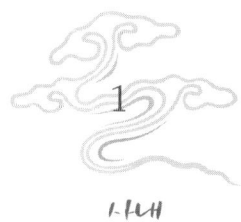

1
사내

『삼국지(三國志)』〈오지(吳志)〉에 사별삼일 즉당괄목상대(士別三日 卽當刮目相對)라는 말이 나온다.

오(吳)나라의 장수 가운데 하나인 여몽(呂夢)은 지지리도 무식했다. 어느 날 그의 무식함을 참아주는 데 한계를 느낀 손권이 '싸움질만 하지 말고, 머리도 좀 써보시게' 라고 젊잖게 나무란 일이 있는데, 그 말에 충격을 받은 여몽은 학문에 정진하게 되었다.

후에, 노숙이란 이가 여몽을 만나게 되었는데, 여몽은 과거와는 달리 꽤나 유식한 인물이 되어 있었다. 한자로 자기 이름을 쓰는 것은 물론이요, 곱셈과 덧셈까지.

놀란 눈으로 자신을 바라보는 노숙에게 여몽은 이렇게 말했다.

"선비가 사흘을 떨어져 있다가 만나면 눈을 비비고 다시 볼 만큼 달라져 있는 법이지요."

이 일로 인해 괄목상대(刮目相對)라는 사자성어가 생겨나게 되었다. 하지만 석금이에 비하면 여몽의 변화는 그야말로 새 발의 피였다.

"히히, 두목, 석금이는 두목에 비하면 아직 조족지혈(鳥足之血)이다. 공자님이 말씀하시길 '군자는 행위로써 말하고 소인은 혀로써 말한다' 했는데, 석금이는 아직 소인배에 불과하다."

"세상에… 석금이 그동안 고생 많았겠구나. 천 방주가 생각보다 혹독한 훈련을 시킨 모양이야."

"아니다, 두목. 공자님이 말씀하시길 '높은 낭떠러지를 보지 않고서 어찌 굴러 떨어지는 근심을 알고, 깊은 연못에 가지 않고서 어찌 빠져죽는 근심을 알겠느냐? 또한 큰 바다를 보지 않고서 어찌 풍파에 시달리는 근심을 알겠느냐?'고 하셨다. 석금이는 다른 사람들에 비하면 아직 경험이 일천해 아는 것도 적다."

"……."

무산은 아무 말도 할 수 없었다. 그저 얼마간의 현기증을 느꼈을 뿐. 하지만 인정할 건 인정해야 했다. 석금이가 변한 것이다.

"두목, 내 얼굴에 뭐 묻었나? 쑥스럽게 왜 빤히 쳐다보냐? 히히, 군자는 몸을 정갈하게 하라고 했는데 석금이는 몸이 둔해서 가끔 뭘 묻히고 다닌다. 히히, 어쨌든 두목 만나니까 참 좋다."

"석금아, 혹시 내가 너한테 못할 짓 한 건 아니지? 특별히 머리가 아프거나 하지는 않니? 정말 잘 지내고 있는 거 맞지?"

"두목 오늘 이상하다? 석금이 걱정 많이 했구나. 하지만 석금이는 요즘 무척 행복하다. 공자님이 말씀하시길 '수백 개의 산골짜기 물줄기가 강과 바다로 흐르는 이유는 그것들이 항상 낮은 곳에 있기 때문이다. 다른 사람들보다 높은 곳에 있기를 바란다면 그들의 아래에 있고, 그들보다 앞서기를 바란다면 그들의 뒤에 위치하라. 이와 같이하여 사람들의 뒤에 있을지라도 그의 무게를 느끼지 않게 하며 그들보다 앞에 있을지라도 그들의 마음을 상하게 하지 말라' 고 하셨다. 석금이는 우리 사부영감하고 그 말씀을 행하며 하루하루 겸허하게 살아가고 있다. 그리고 서책과 함께하는 나날이 석금이는 더없이 즐겁다."

"끄아아—"

무산의 입에서 비명에 가까운 감탄성이 터졌다.

오늘 저녁나절, 당문의 식솔들은 소림사 근처에 자리 잡은 여곽에서 천우막 일행과 합류했다.

천우막은 이미 사흘 전에 도착해 그 여곽에 머무르고 있었다.

소림사 근처의 모든 여곽과 객잔은 무림인들로 인산인해를 이루었다. 하나의 방을 두고 서로 검을 뽑는가 하면, 먹을 것을 두고도 시비가 끊이지 않았다.

강호의 관심이 온통 이번 비무대회에 쏠려 있는 만큼, 참가 자격이 없는 구경꾼까지 숭산에 몰려들었기 때문이다.

그 와중에도 천우막은 미리 두 개의 방을 당문 몫으로 준비해 두었다. 만약 천우막이 방을 구해놓지 않았다면 무산 일행은 노숙을 할 뻔했다.

일행은 합류하자마자 식사를 함께 하며 회포를 풀었고 곧 방을 분배했다.

방을 넉넉하게 보유하기 위해 천우막과 석금이는 그동안 두 개의 방을 쓰고 있었으므로 그들 여덟 사람이 쓸 수 있는 방은 모두 네 개가 되었다.

결국 취설과 당개수, 천우막이 하나의 방을 쓰기로 했고, 무산과 석금이, 당비약과 당유작은 각각 두 개의 방을 나누어 쓰게 되었다. 물론 나머지 하나는 당수정의 몫이었다.

 그런데 석금이와 함께 방에 들어선 무산은 우선 소탁 위에 놓여진 몇 권의 책 때문에 놀라야 했다. 석금이가 요즘 심심풀이로 읽기 시작했다는 것인데, 주로 병법이나 시학, 철학에 관계된 책들이었다.

 무산은 그것이 석금이가 준비한 농담이려니 생각했다. 하지만 아니었다. 두런두런 이야기를 나누던 무산은 곧 석금이의 식견에 혀를 내두르게 되었다.

 사람이 바뀌어도 이 정도까지 바뀔 수는 없었다. 석금이는 무산과 이야기하는 도중에도 꾸준히 서책에 눈길을 주었다. 요즘 시경을 읽고 있는데, 그 아름다운 시들로 인해 인생이 즐겁다는 것이다.

 '정말 믿어지지 않는 일이군.'

 무산이 잠시 상념에 잠긴 사이 석금이는 다시 서책에 눈을 주고 있었다.

 "석금아, 그렇게 재미있니? 두목이랑 얘기하는 것보다 더 재미있어?"

 "헤헤, 미안타, 두목. 석금이는 그동안 배움이 짧아 한이 많았다. 인생의 절반 가까운 시절을 무지 속에서 보냈으니, 이제 열심히 공부해야 할 때다."

 "석금아… 내 눈 똑바로 봐라!"

 무산은 석금이가 보고 있던 책을 탁, 소나게 덮은 후 그의 눈을 뚫어져라 쳐다보았다. 지극히 맑고 맑은 눈빛. 게다가 예전에는 보이지 않던 혜지가 눈동자에 어려 있었다. 아무리 보아도 정상이다.

 하지만 무산은 끝내 그것을 인정할 수 없었다.

 "석금아… 내가 누구지?"

 "두목, 이상하다!"

"너도 이상하지? 자, 다섯에서 셋을 빼면 몇이지?"
무산은 손가락을 접어가며 아주 진지하게 물었다.
"둘!"
"끄아―"
"헤헤, 석금이가 요즘 산술 공부하는 거 알고 있구나? 그런데 덧셈이나 뺄셈은 재미없다. 석금이가 관심있는 것은 산술을 이용한 좀 더 복잡한 공학이다. 사실 산술이라는 것은 사람의 머리 속에서 가상으로 이루어지는 추상적 작업이다. 곧 가정과 명제를 통해 이끌어내는 부동의 결론, 그게 산술의 목적인 거다. 하지만 석금이는 그 산술을 통해 토지를 적절하게 재분배하고 수해를 막을 수 있는 둑을 쌓거나 멋진 집을 짓고 싶다. 요즘 나름대로 그것을 정리하고 있긴 한데, 지금까지 대충 정리된 그 방식에 기하학이라는 이름을 붙이고 싶다. 히히, 두목. 기하학이라는 이름 어떠냐?"
"컥, 서… 석금아! 드… 등 좀……!"
무산은 석금이의 대답에 기(氣)가 막혀 하마터면 어색한 자세로 주화입마에 들 뻔했다. 그 정도는 아니더라도 먹은 게 없힌 것만은 확실했다.
의심의 의지가 없었다.
'석금이는 천재다……! 석.금.이.는. 천.재.다……! 동네 사람들, 석금이는 천재다아―'
하지만 뭔가 허전했다. 그리고 불안했다. 마치 가슴을 촉촉이 적셔주던 그 무엇이 봄눈처럼 녹아 흔적도 없이 사라져 버리지나 않을까 두려웠던 것이다.
"히히. 두목 마음 다 안다. 두목은 석금이가 고생할까 봐 안쓰러운 거지? 두목아, 묵자(墨子)는 '개 한 마리를 훔치면 불인(不仁)이라고 하면서, 한 나라를 훔치고 이를 의(義)라고 한다' 고 말한 적이 있다. 석금이는 나라를 훔친 의인보다는 개를 훔치는 불인이 되고 말았다. 하지만 석금이의 생각은 이렇다. 거지야말로 공자님 말씀처럼 가장 낮고 낮은 바다라고 말이다. 그래서 다른 사람보다 아래에 있고 다른 사람보다 뒤처져 있고 싶다. 석금이는 정말 거지가 좋다. 아무래도 팔잔가 보다. 히히, 물론 사부영감이나 해구신 할아버지처럼 훌륭한 거지가 될 수 있을지는 모르겠다. 또 두목의 기대에 못 미칠지도 모른다. 그래도 두목의 은혜만큼은 절대 잊지 않을 거다. 그리고 해구신 할아버지의 뜻을 좇아 좋은 세상을 만들기 위해 노력할 거다. 그래서 석금이는 두목이랑 같이 놀고 싶은데도 지금 책을 읽고 있는 거다. 두목이 섭섭했다면 미안타."

"석금아……."

무산의 충격은 이제 절정에 달했다. 하지만 그 와중에도 머리 속에서 지워 버리지 않고 맴도는 생각 하나는 있었다.

'석금아… 혹시 깡구 고기 남은 거 없니?'

비무대회 개최 이틀 전.

적선 사미 일행이 무산이 묵고 있는 여곽에 들어왔다. 그녀들 역시 일찌감치 예약을 해두었던 것인지, 점소이는 곧장 2층 방으로 안내했다.

그런데 공교롭게도 그녀들의 방은 당문 식솔들이 묵고 있는 방과 마주해 있었다. 제일 먼저 그 사실을 안 것은 무산과 당수정이었다.

"헉! 부인, 저 늙은여우가 왜 하필 이 여곽에 들었을까요?"

"글쎄요."

무산과 당수정은 긴 소매로 대충 얼굴을 가린 채 말을 주고받았다.

그들은 여곽의 1층에 자리 잡은 식당에서 차를 마시고 있었으므로, 적선 사미 일행이 들어오는 순간부터 꾸준히 지켜볼 수 있었다.

적선 사미와 우담화, 여래, 그리고 구소희. 아미파의 참석 인원 역시 그렇게 조촐했다. 원래 청빈함을 미덕으로 삼는 것이 불가 제자들의 마음가짐이었다. 하지만 무산은 무림맹 소속의 아미파가 그렇게 적은 인원으로 참가했다는 사실이 언뜻 이해가 가지 않았다.

"요즘 신도들이 절에 공양을 안 하는 모양이오. 아미파 같은 거대문파에서 네 명만 온 걸 보면 말이오."

적선 사미의 모습이 사라지기를 기다려 무산이 농담을 던졌다.

"저… 서방님, 혹시 불가에 원한이라도 맺혀 있나요? 스님들을 특히 못마땅하게 여기시는 거 같아요."

"헤헤, 그럴 리가 있겠소. 오히려 그 반대라오. 나도 한때는 출가를 꿈꾼 적이 있었지. 절을 생각하면 왠지 마음이 평온해졌거든. 은은한 풍경 소리도 좋고, 적요한 새벽 한때의 풍치도 일품이지요. 더욱이 나는 고아 출신이지 않소. 얽매인 곳이 없으니 한평생 염불이나 외며 산다 해도 특별히 아쉬워할 사람이 없었소. 다만, 불가가 아닌 당신과 인연이 있었던 거겠지요. 물론 지금의 삶 역시 즐겁소."

무산은 잠시 회상에 젖어 촉촉한 눈빛을 빛냈다.

"그런데 왜 스님들을 경시하고 있다는 느낌이 들죠?"

"간단하오. 스님이 괴로워야 중생이 편안하거든."

"……."

"그나저나 부인, 내가 어제 물레방앗간 하나를 봐두었소. 오늘 밤엔 기필코 합궁을 합시다."

"호호, 서방님, 정말 스님 될 생각이 있긴 있었나요?"

"……."
당수정의 반격에 무산은 얼마간 얼굴을 붉혀야 했다.
하지만 탁자 밑으로 손을 뻗어 당수정의 허벅지를 만지는 일은 잊지 않았다. 스님이 되겠다는 무산의 꿈이 깨진 것은 불교계를 위해선 제법 다행스런 일이 아닐 수 없었다.

천우막과 당개수가 적선 사미와 마주친 것은 그날 저녁이었다. 지난번 객잔에서와 마찬가지로, 그들은 같은 장소에서 저녁 식사를 하게 된 것이다.
"푸하하, 적선 선배를 이곳에서 또 뵙습니다."
적선 사미를 발견한 천우막은 당개수와 함께 적선 사미 일행이 앉아 있는 식탁으로 가서 인사를 건넸다.
하지만 적선 사미는 아직 감정의 앙금이 남아 있는 것인지 차가운 표정으로 그들을 쳐다보았다. 그리고 뚱하게 입을 열었다.
"이번엔 또 무슨 시비를 걸려고 두 분이 이 자리를 찾은 것입니까?"
"……."
"……."
적선 사미의 말에 천우막과 당개수는 은근히 기분이 상했으나 곧 표정을 풀었다. 그녀와 적대 관계를 유지해서 좋을 것이 없었기 때문이다.
"하하, 무슨 말씀을. 강호에 누가 있어 감히 적선 선배와 같은 생불께 시비를 가리자고 덤벼들겠습니까."
천우막은 사람 좋은 웃음을 웃은 후 적선 사미 일행을 둘러보았다. 그제야 맞은편에 앉아 있는 구소희를 발견하고는 다시 한 번 너스레를 떨기 시작했다.

"어허, 어린 보살님도 여기 계셨군. 지난번엔 이 늙은이가 술에 취해 혹시 주접을 부리지나 않았는지 모르겠군."

"소녀, 천 방주님을 다시 뵈옵니다. 지난번엔 유익한 가르침 많이 받았습니다. 앞으로도 좋은 말씀 계속 들려주세요."

구소희는 혹시 천우막이 구용각에 관한 말을 꺼낼까 봐 일찌감치 선수를 쳤다.

적선 사미도 이제까지와는 달리 난처한 빛을 띠기 시작했다. 그녀 역시 구소희와 똑같은 걱정을 하고 있었던 것이다.

"천 방주, 그리고 당 문주. 두 분 모두 즐거운 저녁 되시기 바라오. 음식이 식기 전에 어서 가서 드시지요."

"허허, 이거 동석이라도 하고 싶으나 거지 때문에 스님들의 체면이 깎일 것 같습니다. 그럼 그만 물러가지요."

천우막이라고 해서 적선 사미가 마음에 들 리 없었다. 그는 당개수와 함께 지체없이 등을 돌려 일행에게 돌아갔다.

'천우막, 당개수, 조만간 네놈들의 코를 납작하게 만들어주마. 그리고 무림맹에서 너희 거지 떼와 들개들을 몰아내 주마.'

'늙은여우, 아직 하늘 높은 줄 모르는구나. 하지만 이틀 후엔 알게 될 것이다. 아미파라는 작은 우물 밖에는 개방이라는 천하가 있음을.'

'부디 당문의 제자들과 만나지 않길 비는 것이 좋을 게요.'

적선 사미와 천우막, 당개수의 동상이몽은 서로의 입가에 묘한 미소를 띠게 했다. 하지만 비무대회의 결과에 따라 그 미소는 부끄러움으로 변할 수도 있었다.

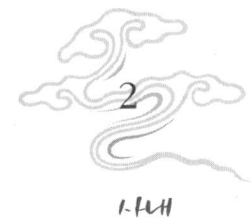

2

사내

"옴— 바라 마니다니 사바하."

무랑의 주위에는 일곱 명의 사내들이 피를 흘린 채 쓰러져 있었다.

그가 방금 전 왼 것은 지장보살멸정업진언(地藏菩薩滅定業眞言)이었다. 죽은 사내들이 살아생전 무슨 죄를 지었건 지장보살께서 모든 죄업을 소멸시켜 주시길 바란다는 내용이다.

살수 무랑! 우물에서 벗어난 그는 꼬박 사흘 동안 구세불검의 단원으로서 재교육을 받았다. 기존의 살수 훈련과는 달리 정신 교육에 치중해 치러졌다.

이미 말했듯 무량귀불 1인이 이끄는 직속 부대 구세불검은 철저하게 비밀리에 움직이며 그 규모나 공작에 관해선 교주 외에 아무도 아는 이가 없다.

다만 무랑은 자신을 교육시킨 보리검(菩提劍)이란 인물이 구세불검을 이끄는 우두머리임을 어렴풋이 눈치 챌 수 있었다.

보리검은 나이를 짐작할 수 없는 목소리에 복면까지 쓰고 있었다. 따라서 그 정체를 파악할 수 없었다. 그는 무랑에게 각종 진언의 의미와 구세불검의 수칙을 가르쳐 주었으며 천무밀교의 교리 중 중요한 대목들을 간추려 대략 들려주었다.

하지만 그 교육이 첫날부터 수월하게 진행되었던 것은 아니다. 무랑이 본성을 잃은 채 마기(魔氣)에 휩싸여 있었기 때문이다.

더욱이 무랑은 우물 안에서 몽유불천밀공을 익힘으로써 무량귀불에게 받은 내공을 온전히 활용할 수 있게 되었다. 그 힘을 꼭 한번 확인해 보고 싶었다. 그리고 천무밀교에 대한 회의도 뿌리깊었다. 그런 모든 이유를 제외하더라도 강한 살기에 휩싸여 있어 어떤 식으로든 자신을 진정시킬 필요가 있었다.

이런저런 이유로 무랑은 교육 첫날 보리검에게 비무를 청했다. 사실 비무라기보다는 목숨을 건 일전에 가까웠다.

하지만 보리검의 무공은 가히 신의 경지였다. 게다가 무랑 자신으로선 도저히 측정할 수 없는 내공을 가지고 있었다. 무랑은 그와의 일전을 통해 흔히 말하는 천외천을 보게 된 것이다.

보리검과 함께한 그 사흘 동안 무랑은 구세불검의 살수로 거듭났다.

한 가지 이상한 점이 있긴 했다. 구세불검은 정보 수집과 교주 호위, 암살 등 여러 가지 일들을 도맡고 있었다. 그런데 어찌 된 일인지 무랑에게는 살수의 직분만이 주어졌다.

서서히 이성이 돌아오면서 무랑은 자신의 상태를 얼마간 파악할 수 있었다.

우물 안에서의 끔찍한 경험으로 인한 충격은 깨끗이 사라졌으나 정신은 여전히 온전한 것이 아니었다. 마치 두 개의 영혼을 가진 사람처럼 느껴졌다. 무랑 자신의 이성이 자신을 통제할 수 있는 범위는 절반 정도밖에 되지 않았던 셈이다.

나머지 절반은 철저하게 구세불검과 천무밀교의 영향을 받고 있었다.
'위험하다……!'
무랑의 반쪽은 그렇게 말하고 있었다.

천무밀교가 아무리 사파의 성격이 짙다 해도 이렇게 속성으로 내공을 쌓고, 전문적인 살수로 키워진다는 것은 도대체 이해할 수 없는 일이었다. 어쩌면 자신은 일회용으로 사용되기 위해 만들어진 꼭두각시에 불과할지도 모른다는 의심이 자연스럽게 생겨났다.

하지만 무랑의 또 다른 반쪽은 이렇게 말하고 있었다.
'이것이 네 길이다!'

그럴 수도 있었다. 무량귀불이 굳이 무랑을 얻기 위해 삼문협까지 찾아온 것만 보아도 알 수 있는 일이다. 천무밀교는 철저하게 인연의 고리를 통해 연결된다. 단순히 일회용에 그칠 인재를 얻기 위해 교주가 몸소 움직이지는 않았을 것이다.

보리검의 교육이 끝날 즈음 무랑은 더 이상 갈등하지 않았다. 일회용이든 아니든 우물 속에서 겪었던 그 끔찍한 시간보다는 나을 것이기 때문이다. 그것으로 충분했다.

무량귀불이 이미 밝혔듯 무랑에게 주어진 첫 번째 임무는 흑자린의 암살이었다.

기초 교육이 끝난 만큼 무랑은 곧바로 암살 작업에 들어가게 되었다. 암살에 필요한 기본 정보가 건네졌고, 후견인으로 지목된 농귀와 엽수가 동행하는 것으로 결정되었다. 물론 암살은 철저하게 무랑 1인이 처리해야 한다. 농귀와 엽수는 그저 뒤를 봐주기 위해 동행하는 것 뿐이다.

무랑이 받은 지령문은 아래와 같다.

一. 암살 대상:흑자린(구왕문의 모사).
二. 암살 장소:숭산.
三. 암살 시간:무림맹 비무대회가 끝나기 이전.
四. 암살 방법:본인의 판단에 따른다. 단, 흔적이 남아선 안 된다.
五. 특기 사항:겁이 많은 인물로 강호에 모습을 드러낼 땐 늘 다수의 호위무사를 거느린다. 역용술과 임기응변에 능하며 두뇌 회전이 빠르다.

물론 이 외에 흑자린의 초상화와 그가 비무대회에 참가하는 이유, 경계해야 할 인물 등에 대한 상세한 정보가 추가되었다.

하지만 무랑은 이미 흑자린과 만난 경험이 있고, 현재 강호의 판도에도 얼마간의 지식이 있었다. 굳이 구세불검에서 설명하지 않아도 이번 일이 쉽지 않을 것이란 사실 또한 잘 알고 있었다.

무랑이 흑자린의 모습을 떠올릴 때 엉뚱하게도 함께 연상된 인물이 있었던 것이다.

구절심! 무랑은 막연히 이번 명령을 수행하는 과정에서 그를 만나게 될지도 모른다는 생각을 하게 되었다.

"옴— 바라 마니다니 사바하."
무랑은 다시 한 번 지장보살멸정업진언을 읊조렸다.

비록 강한 살기에 휘달리고는 있었으나 자신이 비로소 첫 살인을 했다는 사실로 인해 쉽게 마음을 진정시킬 수 없었다.
천무밀교 본전을 떠나 숭산에 다다른 무랑은 객잔에 드는 대신 숲 속에 거처를 마련했다. 여러 사람들의 눈에 띄는 것을 피하기 위해서이기도 했고, 방이 없어서이기도 했다.
그런데 어젯밤, 무랑은 숲 속에서 여덟 명의 사내를 만났다. 아니, 만났다기보다는 발견했다는 표현이 맞을 것이다. 사내들은 미처 무랑의 존재를 눈치 채지 못했으므로.
무성한 나무들에 가려 달빛조차 새어들지 않는 곳이었다.
무랑은 별 무리 없이 어둠 속에서 사물을 볼 수 있었으나 사내들은 달랐다. 비록 무림인이라 해도 그 정도의 공력을 쌓는다는 것은 쉬운 일이 아니었다.
"밖의 동태는 어떠한가? 스읍……!"
"아직 구황문의 움직임은 없습니다. 과연 흑자린이 소림사에 나타날까요? 숭산 전체를 정파의 무리들이 채우고 있는데."
"확실한 정보다. 스읍……! 구황문에 위장 잠입한 부하가 보낸 서신을 받았다고 하지 않는가."
"그렇다고는 해도 흑자린이 워낙 교활한 인물이다 보니……."
사내들은 동굴 입구에 모여 낮은 목소리로 흑자린에 대한 이야기를 주고받았다.
무랑은 그들에게서 멀지 않은 넝쿨 안에 숨어 그들의 대화에 귀를 기울였다. 그런데 사내들 중 한 명의 목소리가 결코 낯설지 않았다. 특히 스읍, 하는 괴이한 소리는 꽤나 인상적인 것이었기에 머지않아 목소리의 주인이 누구인지 짐작할 수 있었다.

마치 방금 전 사막을 건너오기라도 한 것처럼 검은 천으로 얼굴과 온몸을 감싸고 있는 사내. 분명했다. 그는 살모와였다. 그가 아직 죽지 않고 살아 있었던 것이다.

사실 사내들이 모여 앉아 있던 동굴은 무랑이 며칠째 거처로 삼고 있었던 곳이다. 그런데 바깥 동정을 살피고 온 사이 새롭게 그들이 장악하고 있었다.

아마 흑자린이란 이름이 거론되지 않았다면 무랑은 미련없이 다른 잠자리를 찾아 자리를 떴을 것이다. 하지만 사내들이 자신과 비슷한 목적으로 숭산에 온 것임을 안 이상 그냥 물러설 수 없었다.

더욱이 그들 무리의 우두머리가 살모와가 맞다면 그야말로 반가운 일이었다. 물론 인사를 나눌 만큼 친숙한 사이라는 의미는 아니다.

살모와. 북천문의 행동대장 중 한 명으로, 지난번 장안 외곽 유흥가의 한 객잔에서 마주친 적이 있었다. 당시 그는 흑자린이 뿌린 독 가루에 당해 얼굴이 온통 녹아 들어가는 중상을 입었다. 하지만 당장 보기에 무공은 여전한 듯했다. 더욱이 소뢰왕을 비롯한 북천문의 고수들이 대부분 죽은 만큼, 이제 그는 북천문 잔당의 우두머리가 된 듯했다.

'재미있군.'

무랑은 가볍게 미소 지으며 그들의 대화에 계속 귀를 기울였다.

"문주님, 흑자린이 숭산에 모습을 드러낸다면 그것은 구황문의 고수들 역시 상당수 이곳에 왔다는 의미입니다. 아무래도 정면 승부는 어려울 듯합니다."

"스읍……! 내게도 다 생각이 있다. 나 살모와, 반드시 받은 만큼 돌려주리라. 그것도 똑같은 방식으로 말이야. 스으읍……!"

살모와는 빠드득 이를 갈며 음산하게 말했다.

'역시 살모와였군. 그런데… 문주라? 아직 북천문에 대한 미련을 버리지 못했단 말인가? 그래서 또다시 강호에 모습을 드러내겠다? 흐음… 어리석구나.'

더 이상 들어봐야 별다른 내용이 나올 것 같지 않자 무량은 조용히 넝쿨 안에 몸을 눕혔다. 그들을 어떻게 처리해야 할지는 천천히 생각해도 되는 것이었으므로.

그렇게 하루가 갔다.
그런데 방금 전 무량이 굳이 살모와 일행을 벤 데에는 어쩔 수 없는 사정이 있었다.
"흑자린이 드디어 모습을 드러냈단 말이더냐?"
"예, 교주님. 분명 흑자린이었습니다."
정탐을 나갔던 사내 하나가 돌아와 살모와에게 보고를 올렸다.
예상했던 일이다. 무량은 그들을 통해 구황문의 소식을 듣기 위해 자리를 뜨지 않고 있었고, 드디어 기다리던 소식을 듣게 되었다.
"그를 호위하는 자가 몇이나 되더냐? 또 무기는 무엇을 집고 있더냐? 인원에 따라, 상대의 무기에 따라 암습의 방식이 바뀔 것이다."
"제가 식별할 수 있는 자는 대략 일곱 명 정도였습니다. 모두 검을 집고 있었으며 상당히 고강한 무공을 지니고 있는 듯했습니다."
"스읍……. 그래, 그들은 지금 어디에 있느냐?"
"예, 숭산 초입의 만루주가라는 객잔에 머물고 있습니다. 아마도 내일 소림사로 들어갈 모양인데, 과연 소림에서 그들을 받아줄까요?"
"흑자린은 바보가 아니다. 스읍……. 분명 자신들이 접수한 어느 무림세가의 이름을 빌어 잠입하겠지. 적어도 구경 정도는 가능하니까."

살모와는 잠시 무엇인가를 고민하는 눈치였다.

당장의 형편으로 본다면 자신들은 결코 소림사 안으로 들어갈 수 없는 처지였다. 그렇다면 흑자린에 대한 복수를 오늘 밤 안으로 끝내야 했다.

무랑 또한 고민하지 않을 수 없었다. 자칫 살모와로 인해 자신의 계획이 무산될 수도 있다는 생각이 들었기 때문이다.

언뜻 같은 목적을 가지고 있는 만큼 유리한 상황처럼 보이지만 전혀 그렇지 않았다. 살모와가 행동을 개시할 경우 무랑은 그를 암살할 기회를 잃을 수도 있는 것이다.

일을 조용히 처리하기 위해선 살모와 일행을 저지시킬 필요가 있었다.

"웅천, 오늘 밤 흑자린을 제거한다. 하지만 그 일은 나 살모와의 몫이다. 스읍……. 너희는 이곳에서 기다리고 있어라. 만약 새벽까지 내가 돌아오지 못한다면 이제부터 네가 북천문을 맡는다. 스읍……."

"교주……!"

웅천이라 불린 사내는 무엇인가를 말하고 싶어했으나 말을 마친 살모와는 곧장 자리에서 일어났다. 그리고 이제껏 얼굴을 가리고 있던 천을 풀었다.

"내 모습을 잘 보아라."

"……."

잠시 정적이 맴돌았다. 부하들은 더 이상 살모와를 막으려 하지 않았다.

'끔찍하군……!'

무랑의 표정이 잠시 굳어졌다.

살모와의 얼굴엔 형태가 없었다. 마치 제멋대로 진흙을 뭉개놓은 것처럼 하나의 덩어리를 이루고 있을 뿐 코와 입, 귀의 형태조차 없었다.

왕방울처럼 툭 불거져 있던 두 눈 역시 녹아내린 피부에 덮여 상당 부분 가려져 있었다. 밤톨을 입에 문 것처럼 불룩하던 양볼 역시 바람 빠져나간 허파처럼 꺼져 있었다. 얼굴의 형태 자체가 일그러져 버린 것이다. 그저 몇 개의 구멍이 뚫려 그것이 눈과 입, 콧구멍이라는 것을 알 수 있을 뿐이었다.

어찌 보면 그렇게라도 살아 있는 것이 천운이었는지도 모른다. 흑자린이 뿌린 독 가루는 살을 파고들어 내장까지 녹일 만큼 악독한 것이었기 때문이다.

하지만 그것은 살아 있으되 사람으로 살아 있는 것은 아니었다. 괴물처럼 끔찍한 그 얼굴로는 살아 있는 것에 기쁨을 느낄 수 없을 것이다. 아니, 한 가지가 성취된다면 기쁨을 느끼게 되는지도 모른다. 바로 흑자린에 대한 복수다.

무랑은 살모와로 인해 우물 속에서의 기억을 되살렸다. 온통 어둠뿐인 동굴 안에서 끔찍한 동물들을 씹어 먹으며 견딘 그 며칠은 사람으로서의 삶이 아니었다. 지금의 살모와도 그럴 것이다. 그에겐 오로지 한 가지 목적만이 남은 것이다.

웅천을 비롯한 북천문의 잔당들은 더 이상 아무 말도 하지 못했다. 그저 묵묵히 고개를 떨구었을 뿐이다.

"스읍……. 약도를 그려라."

살모와는 정탐을 나갔다 온 사내에게 짧고 단호하게 명령을 내렸다.

사내는 땅바닥에 흑자린이 묵고 있는 객잔의 위치를 그리며 설명했고, 살모와는 시종 침묵을 지키며 사내의 설명에 귀를 기울였다.

땅거미가 질 무렵, 살모와는 작은 봇짐 하나를 꾸려 동굴을 떠났다.

얼굴은 다시 검은 천에 휩싸였으며 손에는 검 한 자루가 들려 있었다. 모르긴 몰라도 소매나 봇짐 속에는 하나씩의 갈고리가 숨겨져 있을 것이고, 운이 좋다면 오늘 밤 그것들은 흑자린의 온몸에 박혀들 것이다.

'하지만 네게는 그만큼의 운도 없을 것이다.'

무랑은 씁쓸한 표정으로 그런 살모와를 쳐다보았다.

천에 휩싸였음에도 기이할 정도로 큰 머리가 좁은 몸통 위에서 흔들리고 있었다. 그 모습만큼은 과거의 살모와와 다를 바 없었다. 얼굴을 드러냈을 때보다 오히려 천 안에 가려졌을 때 보다 살모와답다는 것, 살모와의 슬픔은 그것이다.

무랑은 검을 집고 천천히 몸을 일으켰다. 이제 살모와를 따라가면 자연히 흑자린과 만나게 되는 것이다. 일이 순조롭게 풀려가고 있었다.

그런데 그때였다.

"우리도 함께 간다."

흑자린의 모습이 시야에서 사라진 후 웅천이라는 사내가 단호하게 입을 열었다.

"우리가 따라가겠습니다. 만약 일이 잘못될 경우 우호법님만이라도 돌아가셔야 합니다. 북천문은 언젠가 다시 일어설 겁니다."

또 다른 사내가 웅천을 제지하며 일어섰다.

"아직 모르겠는가? 북천문은 이제 존재하지 않는다. 아니, 십수 년 전부터 이미 존재하지 않았다. 전대 교주도 알았고, 새로 교주가 된 살모와도 안다. 그리고 나도 안다. 지금 나는 북천문의 마지막을 장식하기 위해 가는 것이다. 너희들은 이제 너희들의 길을 찾아 떠나라."

"우호법! 당신이 아는 것처럼 우리들도 알고 있소. 그리고 우리들 역시 그 마지막을 장식하기 위해 가고자 하는 것입니다. 그렇지 않다면 추역강을 만난 바로 그날 북천문을 떠났겠지요. 함께 갑시다……!"
 웅천을 비롯한 일곱 명의 사내들은 결연히 뜻을 모았다.
 이제 그들에겐 서열이나 미래조차도 무의미했다. 이미 오래전 삶의 의미를 잃었기 때문이다.
 "어리석구나!"
 무랑이 덤불을 헤치며 모습을 드러냈다.
 평소 같았다면 그들의 장렬한 최후를 지켜봐 주었을 것이나 지금은 그럴 형편이 아니었다. 흑자련을 베기 위해선 치밀한 계획이 있어야 했다. 엉뚱한 자들이 설치면 자칫 계획이 무산될 수도 있다.
 "누구냐?"
 사내들은 일제히 검을 뽑아 겨누며 외쳤다.
 "구세불검! 죄 지은 중생의 죄를 사하고, 가련한 중생의 번뇌를 거두며 어리석은 중생의 삶을 취한다."
 무랑은 낮게 읊조리며 검을 쥔 손에 힘을 실었다.
 아직 그들을 어떻게 처리해야 할지 결정하지 못했다. 반쪽과 반쪽이 이루는 갈등, 단지 그것이 무랑의 검에 힘을 실었을 뿐이다.
 "쳐라!"
 웅천의 입에서 짧은 명령이 떨어졌고, 일곱 명의 사내들은 일제히 검을 날렸다.
 '너무 느리다.'
 사내들의 검을 일일이 쳐내며 무랑은 비로소 고수들의 세계를 이해할 수 있었다.
 고수의 눈에는 상대의 빈틈과 위치, 검을 찔러 들어오는 모든 방향이 확연히 들어온다. 꺾이고 싶어도 꺾일 수 없는 이유가 거기에 있다.

하지만 무랑은 여전히 갈등할 수밖에 없었다.
'죄 지은 중생의 죄를 사하고, 가련한 중생의 번뇌를 거두며, 어리석은 중생의 삶을 취한다? 저들은 과연 어디에 해당되는 것일까?'
방금 전 자신이 읊조린 구세불검의 살수 강령을 떠올렸다. 그럼에도 여전히 알 수 없었다.
'그래, 조금 더 지켜보자.'
무랑은 검에 주입되고 있던 강한 힘을 갈무리했다. 그리고 가볍게 검을 비틀어 빠르게 사내들을 쳐 나갔다.
"흡!"
"헉!"
…….
사내들은 차례로 비명을 내지르며 검을 놓쳤다. 그리고 바닥에 쓰러져 오른쪽 어깨를 부여잡으며 멍한 눈으로 무랑을 바라보았다.
하지만 아무도 피를 흘리지는 않았다. 방금 전 무랑은 칼등으로 사내들의 어깨를 내려쳤을 뿐이다.
"돌아가라. 흑자린은 너희들 같은 하급무사의 손에 죽을 인물이 아니다."
무랑은 쓰러진 사내들을 쳐다보며 냉랭하게 말했다.
"다시 묻겠다. 넌 누구냐?"
웅천은 바닥에 떨어져 있던 검을 왼손으로 집어 들며 물었다.
웅천도 알고 있었다. 자신을 쓰러뜨린 자의 정체가 무엇이건 자기 힘으론 도저히 감당할 수 없는 고수라는 것을. 그럼에도 그는 다시 검을 들었다. 살고 싶지 않았으니까.
나머지 사내들 역시 마찬가지였다. 바닥에 떨어진 검을 집고 힘겹게 일어섰다.

'알 수 없는 일이다. 도대체 저들에게 북천문은 무엇이었을까? 하지만 이해할 수 있을 것도 같다. 어쩌면 저들은 자신들의 영혼을 북천문에 맡긴 것인지도 모른다. 그렇다면 나는… 나 역시 천무밀교에 내 영혼을 맡긴 것일까?'

무랑의 온몸에서 살기가 피어오르기 시작했다.

"셋까지 세겠다. 살고 싶은 자들은 검을 놓아라."

말을 마친 무랑은 두 눈을 감은 채 조용히 수를 세어 나갔다.

"하나(제발 검을 놓아라)… 둘(너희를 베고 싶지 않다)… 셋(결국 이렇게 되는 것인가?)……."

취앙—

"으악!"

"헉!"

…….

강렬한 쇳소리와 파공음 사이사이 사내들의 비명 소리가 들렸다. 하나, 둘, 셋… 일곱!

마지막 사내를 쓰러뜨리고 나서야 무랑은 눈을 떴다. 주위는 흥건히 피에 젖어 있었고, 사내들은 미동도 없이 쓰러져 있었다.

"옴— 바라 마니다니 사바하."

무랑의 입에서 지장보살멸정업진언(地藏菩薩滅定業眞言)이 흘러나왔다. 죽은 사내들이 살아생전 무슨 죄를 지었든, 지장보살은 아마도 그들의 모든 죄업을 씻어줄 것이다. 방금 전 무랑이 구세불검의 이름으로 가련한 중생의 번뇌를 거두었듯이.

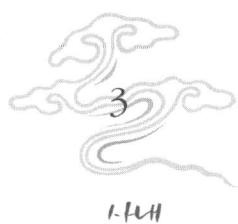

3. 사내

"야, 이놈아! 누구는 뭐 땅 파서 장사했는지 아느냐? 돈 버는 게 그렇게 쉬우면 네가 벌어 쓰면 될 거 아니냐?"

"어허, 왜 이러시나, 팽이. 우정이라는 게 이런 게 아니지 않은가. 자네, 그 대사 벌써 잊은 건 아니겠지? '나 열해도 팽이는 죽는 순간 이렇게 말할 것이다. 승신검 일소천이 있었기에 내 삶이 아름다웠노라고'. 카하, 나는 잠자리에 들 때마다 그 노을보다 아름답던 대사를 읊조린다네. 이보게, 팽이. 우리 한 병만 더 시키세."

무림맹 비무대회 전야.

팽이와 일소천은 늦은 시각까지 술을 나누고 있었다. 벌써 동이 술이 바닥나 가건만 일소천은 아직 잠자리에 들 생각을 하지 않았다. 술, 특히 공술이라면 사족을 못 쓰는 위인이었기 때문이다.

술 좋아하기로 따지자면 팽이도 일소천 못지않았다. 하지만 최근 팽가객잔(두백지향)의 사정이 좋지 않아 많은 여비를 준비해 오지 못한 만큼 팽이는 그만 판을 접고자 한 것이다.

'늘 느끼는 거지만 무서운 늙은이야. 무심코 내뱉은 그 대사를 기억하고 있다니……'

'히히, 이놈아. 넌 멀었다. 혹시 이런 순간이 올까 해서 내가 외워두었느니라.'

팽이와 일소천은 잠시 서로의 얼굴을 빤히 쳐다보았다.

"좋다, 그럼 내일 아침 모두 굶어도 되겠느냐?"

"푸헤헤, 우리 아이들이야 굶는 데 이골이 난 놈들이니 뭐 대들기야 하겠느냐. 게다가 수업료를 받는 것도 아니고, 공짜로 무공을 전수해 주었다. 이 늙은이가 젊어 팔팔한 그놈들을 못 거둬 먹였다고 해서 욕 될 것은 없다. 우리 아이들은 아무 걱정 말고 재천이 그놈 단속이나 잘 하려무나."

"이놈의 늙은이, 큰일 날 소리 하는구나. 세상의 모든 사람들이 굶는다 해도 우리 두백이는 한 끼도 굶을 수 없다. 나 팽이가 두 눈 뜨고 살아 있는 한 두백이는 내가 거두어먹일 것이다. 그러니 두백이 혼자 아침 먹을 때 부담스런 눈길을 준다거나 해서는 아니 되느니라."

"……"

일소천은 하마터면 마시고 있던 술을 코로 쏟아낼 뻔했다.

'감동이다. 어허, 이 늙은이가 내 삶의 자세를 되돌아보게 하는구나. 그나저나 도대체 얼마나 외로웠으면 저 지경까지 되었을까……. 그러고 보면 나 일소천이는 복받은 인생인 게야. 아무렴, 그렇지…….'

술잔을 내려놓은 일소천은 안쓰럽다는 표정으로 팽이를 빤히 쳐다보았다.

그런데 한순간 팽이의 두 눈에 이채로운 빛이 어리고 있었다. 그는 객잔 한 편에 시선을 고정시킨 채 길게 한숨을 내쉬었다.
"팽이야, 이놈. 또 뭘 보았기에 그러느냐?"
일소천은 일단 질문 먼저 던진 후 팽이의 시선이 닿는 곳을 향해 고개를 돌렸다. 일소천이 바라보니 객잔 구석에는 두 남녀가 앉아 있었다.
사내는 등을 보인 채 앉아 있어 그 모습을 확인할 수 없었으나 여인은 그야말로 절세가인이었다. 더욱이 가슴을 절반쯤 드러내다시피 옷고름을 풀어놓고 있어서 팽이 이외의 많은 사내들이 그녀에게 시선을 고정시키고 있었다.
"에라, 이 뻔뻔한 수놈아. 크히히! 네놈도 아직 건재하구나. 하긴, 나이 백수(白壽)를 넘긴 나도 아침마다 고생을 하는데 젊은 네놈이야 오죽하겠느냐. 흐히히, 그나저나 고 계집 정말 삼삼하구나."
"이놈, 주접 좀 그만 떨거라. 내가 익히 아는 여인이니라."
팽이는 손을 뻗어서 일소천의 면상을 밀어내며 점잖게 말했다.
"네가 저 계집을 알아? 푸헤헤, 혹시 잃어버린 손녀딸이라고 우길 작정이더냐?"
"그놈 정말 말 많다. 잠자코 있어보거라. 오늘 또 좋은 구경 하게 생겼느니라."
팽이의 얼굴에 갑자기 만족스런 웃음이 고이고 있었다.
방금 전 객방을 빠져나와 식당 한구석에 자리 잡은 남녀는 구절심천형과 가연이었다. 팽이는 계단을 내려오는 순간부터 그들을 쭉 지켜보고 있었다.
그 두 사람은 지난번 장안 외곽 유흥가의 한 객잔에서 마주쳤을 때와 달라진 것이 없었다. 얼마간 퇴폐적인 분위기를 가졌으나 한편으론 세상 그 무엇보다 고결해 보이는 가연과 천형의 삶을 살아가고 있는 구절심.

'그나저나 구절심이 왜 이곳에 나타난 걸까? 설마 무림맹 비무대회에 참가하기 위해서는 아닐 테고……'

팽이는 고개를 가로저었다. 한 가지 확실한 것은 이번에도 그가 바람처럼 나타나 바람을 잠재운 후 사라지리라는 것이었다.

"컥… 커헉! 흐읍—"

구절심의 상태는 지난번 만났을 때보다 훨씬 악화되어 있는 듯했다. 입가에 댄 손수건을 한시도 떼지 못했다.

"또 아파하는군요. 하지만 곧 괜찮아질 거예요."

가연은 풀어진 가슴 안으로 손을 집어넣어 하얀 천 조각을 꺼냈다. 그리고 그것으로 구절심의 입가를 닦아준 후 그의 손에 쥐어주었다.

이제 객잔 안에 머무르던 사내들의 눈길은 보다 노골적으로 가연을 향하고 있었다. 가연이 구절심에게 건넨 것은 분명 가슴을 가리고 있던 천이었기 때문이다.

하지만 정작 구절심과 가연은 아무에게도 눈길을 주지 않은 채 서로의 얼굴만을 바라보고 있었다.

"비파를 연주해 주겠소?"

언제 들어도 음산한 구절심의 목소리가 객잔의 소음을 깨뜨렸다.

"그럼요. 이 비파는 언제나 당신을 위해 노래하고 싶어하지요."

가연은 식탁 위에 놓아두었던 비파를 당겨 가슴에 안았다. 그리고 왼쪽 다리를 들어 식탁에 가볍게 걸쳤다.

객잔 안을 떠돌던 미풍이 그녀의 치마를 가볍게 흔드는 순간 하얀 속살이 드러났다.

　차르릉……!

　비파의 현을 한 차례 튕긴 가연은 애잔한 연가의 곡조를 타기 시작했다. 온몸을 애무당하듯 끈적끈적하면서도 가슴을 울리는 음이었다.

　팽이와 일소천은 물론 모든 이들의 눈이 가연 한 사람에게 모아졌다.

　그녀의 탄주는 밤새의 울음도 멎게 했으며, 탐욕스럽게 빛나던 사내들의 눈빛까지도 순하게 만들었다. 가히 천상의 음이었다.

　"조금만 참아요. 내 손으로 당신의 고통을 잠재울 거예요."

　가연의 입에서 나온 나지막한 말은 비파 탄주에 묻혀 조용히 사라졌다. 그리고 이제 그 곡조는 절정에 달하고 있었다.

　"얼마를 내면 방금 전의 그 연주를 다시 들을 수 있겠소?"

　한 사내의 돌발적인 행동으로 인해 객잔의 분위기가 냉각되기 시작했다.

　가연의 탄주가 끝난 지 채 반 각이 되지 않아서였다. 사내들의 눈길은 여전히 가연의 풀어헤쳐진 가슴에 모아져 있었다.

　그런데 화려한 비단옷을 걸친 사내 하나가 그 눈길들을 흩어놓으며 구절심의 식탁 앞에 선 것이다.

　검을 메고 있는 것으로 보아 무림인임에는 틀림없었으나 그 복장은 지나치게 화려했다. 나이는 대략 30세 즈음으로 보였으며 얼마간 부드러운 인상이었다.

　"그만 돌아가 주시겠나?"

　사내의 물음에 답한 것은 구절심이었다.

구절심은 사내의 모습을 보지도 않은 채 빈 찻잔에 차를 따르며 음산하게 말했다. 이미 몇 번 경험해 본 일이기라도 한 듯 담담한 표정이었다.

"나는 당신에게 물은 것이 아닌데?"

사내 역시 구절심에게는 관심이 없다는 듯 한번 흘낏 쳐다보았을 뿐이다.

"아니, 넌 잘못 생각하고 있다. 이 세상 누구도 가연에게 그런 식의 질문은 할 수 없다. 그 순간 피에 굶주린 내 검이 그 작자의 숨통을 끊어놓을 테니까. 좀 전의 질문은 내가 들은 것으로 하겠다."

"푸하하하! 이 여인의 연주를 듣기 위해선 목숨이라도 걸어야 한단 말인가?"

사내는 호탕하게 웃은 후 비로소 구절심에게 시선을 주었다. 그리고 한순간 흠칫 놀라는 기색이었다.

결코 살아 있는 사람의 몰골이 아니었다. 피부는 온통 검게 죽어 있었으며 툭 불거져 나온 광대뼈에는 가죽만이 남아 있었다. 게다가 퀭한 두 눈의 동공에는 온통 핏발이 서 있었다. 살아서 숨을 쉬고 있다는 것 자체가 놀라울 뿐이었다.

하지만 사내는 다시 평정을 되찾은 듯 도도하게 입을 열었다.

"내 질문이 잘못되었다면 다시 묻겠다. 내가 이 여인을 품기 위해선 얼마를 내야 하지? 이번엔 네게 질문을 했으니 네가 대답을 해도 돼."

명백한 시비였다. 분명 세도가의 자식으로 자신의 무공에 자부심을 가지고 있는 자일 것이다. 그런 배경이 지금처럼 거만하고 버릇없는 말버릇을 만들어냈을 것이다.

"자네 이름 먼저 말해 보겠는가?"

구절심은 여전히 음산한 음성으로 물었다. 지극히 평이해서 그의 감정이 어떤 것인지 도무지 알아챌 수 없는 억양이었다.

"그래, 그것이 싸움없이 이 여인을 넘길 수 있는 명분이 될 수도 있겠지. 내 이름은 묘청운. 청해묘가의 차기 문주다. 자네가 무림인이라면 한 번쯤 들어보았을 거야. 자, 이제 내 물음에 답할 차례지?"

묘청운이라는 사내는 싸늘하게 웃으며 구절심을 내려다보았.

묘청운! 구절심은 물론 그 이름을 들어보았다. 강호의 모든 소식은 살수의 귀에 제일 먼저 닿게 되니까.

원래 청해묘가는 도가 계열의 명문으로, 문주의 자리는 대대로 세습되었다. 그런 만큼 묘청운은 현재 묘가의 문주 묘자영의 장남이란 얘기다.

청해묘가의 현 문주인 묘자영은 상당히 비범한 인물로 알려져 있었다. 탁월한 능력으로 과거 그 어느 때보다 묘가를 살찌게 했으며 묘가의 명성을 드높였다. 문제는 아들을 지나치게 버릇없이 키웠다는 것이다.

청해 지역에선 묘자영의 이름만큼이나 묘청운의 이름이 잘 알려져 있었다. 주색잡기, 음주가무에 있어 늘 거론되는 인물이었고, 무공 실력 또한 최고였다. 청해 명문인 곤륜파의 웬만한 고수들도 묘청운 앞에서 꼬리를 감출 정도였다.

같은 도가 계열인만큼 묘청운은 어린 시절 잠시 지도자 교육 과정의 일환으로 곤륜파에서 위탁 교육을 받았었다. 그런데 그의 소질에 반한 곤륜파의 장문인 역선(易仙) 유운학이 운룡대팔식이나 분광뇌풍검법 등 대부분의 곤륜 절기를 전수해 주고 말았다.

속가제자에게 절기를 가르쳐 주는 경우는 아주 드물었으나 역선은 묘청운에게 큰 애정을 가지고 있었으므로 얼마간의 위험 부담을 감수한 것이다.

하지만 결국 그 일로 인해 청해 지역에선 곤륜파와 묘가 사이에 미묘한 갈등이 싹트게 되었다. 묘청운이 곤륜파의 절기들을 변형해 묘가의 무공을 만든 후 그것들이 곤륜의 무공보다 실용적이고 강하다고 떠벌리고 다녔기 때문이다.

그 소문을 듣게 된 역선 유운학은 당연히 노발대발했다. 결국 그는 곤륜의 기재들을 묘청운과 겨루게 했다. 진실을 밝힌다는 명분으로 묘가에 비무를 신청한 셈이다.

비무는 총 다섯 차례에 걸쳐 이루어졌는데, 다섯 번 모두 묘청운의 승리로 끝났다. 곤륜의 기재 다섯이 차례로 패하는 어처구니없는 일이 벌어진 것이다.

그 일로 곤륜은 초상집 분위기였다. 하지만 그 와중에도 역선은 자기 방에 틀어박혀 혼자서 박장대소했다고 한다. 자신이 손수 키워낸 제자가 청해제일이 되었으니 그것이 기뻤던 것이다.

하지만 그 자랑스러운 묘청운은 평소의 파락호 기질로 인해 오늘 큰 실수를 범하고 말았다. 물론 구절심을 알아보지 못해 범한 실수였다.

"네 수급을 청해묘가로 보내주겠다. 그것이 위안이 되길 바란다."

구절심의 말은 아주 간결했다.

객잔의 분위기는 순식간에 찬물을 끼얹은 것처럼 변해 버렸다. 대부분이 무림인들이었던 만큼 어떤 상황이 벌어질지 짐작하고 있었던 것이다.

"어라, 이 사람 제법 세게 나오는군."

구절심의 음산한 대답에 묘청운은 비로소 상대가 만만치 않은 인물임을 자각했다.

아니, 사실 반송장에 가까운 그의 몰골을 확인했을 때부터 얼마간 두려운 마음이 싹트긴 했다. 다만 먼저 시비를 걸고 그냥 물러가기 뭣해 호기를 부린 것인데 아무래도 그것이 화를 부를 것 같았다.

자칫 죽음을 자초한 것일지도 모른다고 묘청운은 생각했다.

"네 생각보다 아주 빨리, 간결하게 끝날 것이다. 두려워하지 말거라."

구절심은 검을 들고 천천히 일어섰다. 묘청운이 준비할 시간을 주기 위해서였다.

차르릉……!

잠시 두 사람의 모습을 지켜보던 가연이 다시 비파를 퉁기기 시작했다.

'이거 뭐야. 역시 내가 사람을 잘못 건드린 거야? 왜 비파 탄주가 위령곡(慰靈曲)처럼 들리는 거지? 이거 정말 기분이 꿀꿀한걸?'

묘청운은 현기증이 일었다.

반송장에 가까운 구절심이었다. 하지만 그의 눈에서 흘러나오는 정갈한 살기는 묘청운 자신이 이제껏 경험해 보지 못한 위압감을 만들어냈다. 온몸에 소름이 돋고 가벼운 경기까지 일고 있었다.

'검을 뽑기도 전에 내 목이 달아날 수 있다……!'

무공의 수위가 높을수록, 자질이 뛰어날수록 쉽게 죽지 않는 이유 중 하나는 자신과 상대의 실력 차를 일찌감치 깨달을 수 있기 때문이다.

묘청운은 길게 한숨을 내쉬었다. 두렵기는 했으나 도저히 물러날 상황이 아니었다. 각 문파의 무림인들이 모두 지켜보고 있다. 더욱이 자기가 먼저 건 싸움이었다. 이제 와서 꽁무니를 뺀다면 다시는 얼굴을 들고 다닐 수 없다.

'한번 해보지 뭐.'

단순하게 생각하기로 했다.

묘청운은 대여섯 걸음 천천히 뒤로 물러선 후 검을 뽑아 들었다. 일단 거리를 벌린 만큼 검을 뽑는 즉시 죽을 염려는 없다. 얼마간 목숨을 연장한 셈이다.

구절심 역시 아주 천천히 묘청운을 따라가며 검을 뽑았다. 결코 서두르지 않았다.

"한 가지만 물어봅시다."

묘청운은 계속 뒤로 물러서며 물었다.

"뭐지?"

구절심의 목소리엔 변화가 없었다. 지극히 음산하고 담담할 뿐이다.

"당신의 이름. 처음엔 알지 못했으나 이제는 알 것 같소, 내가 당신의 상대가 되지 못하리란 것. 당신이 이름을 밝혀준다면 나 역시 젊은 나이에 죽을 수밖에 없었던 명분 하나는 얻게 될 것 같아서……."

"나는 무혼(無魂)이다."

구절심은 잠시 갈등하는 모습을 보이다가 담담하게 말했다. 그리고 길게 한숨을 내쉰 후 검을 칼집에 도로 꽂으며 입을 열었다.

"검을 거두어라. 네 소원대로 가연이 너를 위해 탄주를 해주었다. 생각해 보니 이제 더 이상 싸울 필요가 없다."

구절심은 천천히 뒤돌아서서 비파를 탄주하고 있는 가연에게 걸어가기 시작했다.

구절심이 돌아선 이유를 알 수 없었으나 그 순간 묘청운은 비로소 숨통이 트이는 것을 느꼈다. 마치 죽음 직전에 다다랐다가 구사일생으로 살아난 느낌이었다. 확실히 깨달은 것이 있다면, 고수는 결코 검으로 승부를 내지 않아도 된다는 것 정도였다.

하지만 한순간 구절심의 걸음이 뚝 멈추어졌다. 그리고 음산한 음성으로 물었다.

"혹, 아직도 저 여인을 품고 싶은가?"

비로소 묘청운의 두 번째 질문이 생각난 것이다.

하지만 묘청운은 아무런 대답도 할 수 없었다. 이미 대답을 한 것이나 진배없으므로.

"헤헤헤, 가연이를 품고 싶은 것이야 세상 모든 사내의 마음이지. 네놈이 죽고 나면 아마 내가 제일 먼저 그 아이를 품자고 덤벼들 것이야. 헤헤헤헤!"

2층 객방에서 내려오던 사내 하나가 농지거리를 내뱉었다.

목소리에 비해 비교적 젊어 보이는 그 사내는 가무잡잡한 피부에 생쥐처럼 작고 둥근 눈으로 구절심과 묘청운을 번갈아 쳐다보고 있었다.

구절심은 사내를 향해 천천히 고개를 돌린 후 아무 말 없이 식탁에 앉았다. 다소 짜증스럽다는 표정이긴 했으나 묘청운을 바라볼 때처럼 살기가 어리지는 않았다. 퍽 익숙한 농담을 들었을 때처럼 무심하기까지 했다.

'가만있자… 저 인간도 어디선가 본 듯한데?'

팽이가 고개를 갸우뚱하며 생각에 잠겼다.

아주 즐거운 마음으로 구절심과 묘청운의 싸움을 기다리고 있던 팽이였다. 두 사람의 대치가 싱겁게 끝나자 퍽 섭섭한 마음이 들었다. 하지만 새로 등장한 사내로 인해 얼마간 희망의 불씨를 되살렸다.
 그런데 아무리 생각해도 언젠가 만난 적이 있는 사내였다.
 '푸히히. 그래, 내 눈은 못 속인다. 저놈 저거… 흑자린이란 놈 아니야? 네놈이 아무리 역용술이 뛰어나다 해도 감히 이 팽이까지 속일 순 없지. 푸히히히.'
 팽이는 사내의 작고 번들거리는 눈으로 인해 결국 그 정체를 밝혀낼 수 있었다. 얼굴을 가득 덮고 있던 사마귀와 주름은 사라졌지만 두 눈만은 어떻게 해볼 수 없었던 것이다.
 "소천아, 이놈아. 섭섭해하지 마라. 푸히히. 조만간 어마어마하게 큰 싸움이 벌어질 수도 있느니라. 푸헤헤."
 어느새 홍미를 잃은 채 술 동이만 박박 긁고 있는 일소천을 바라보며 팽이가 흡족한 표정으로 말했다. 세상 그 무엇보다 싸움 구경 좋아하는 이, 바로 열해도 팽이였다.

4장
죽음의 미학

우주의 그 어느 향기보다
진한 것, 죽음의 향기다.
중요한 것은 어떤 상황에서
그 향기와 만나게 되느냐다.

1
죽음의 미학

흑자린의 등장으로 객잔 안의 사람들은 일단 진정을 되찾았다.

구절심은 조용히 차를 마셨고, 묘청운 역시 처음의 자리로 돌아갔다. 묘청운으로선 젊은 혈기를 다스림으로써 목숨을 건진 것이고, 구절심은 처음의 평온을 되찾았으니 어느 한쪽도 손해를 본 것은 아니다.

싸움이란 그런 것이다. 결말을 보지 않을 때 가장 평화롭다. 하지만 세상이 늘 평화로운 것은 아니다. 결말을 보아야 하는 사람이 있기 때문이다.

흑자린은 구절심과 가연이 앉은 식탁에 동석을 해서 함께 차를 나누었다. 그는 이미 이순(耳順)을 넘긴 나이이므로 세상에 아무것도 걸릴 것이 없었다.

구절심도 가연도 그에겐 그저 가엾은 인생에 불과했다. 두 사람 모두 불치의 병을 지녔고, 한때 신의를 꿈꾸었던 비이사 흑자린 자신, 아무에게도 도움이 되지 못함을 잘 알고 있었기 때문이다.
　객잔의 문이 열리고 한 사내가 들어선 것은 그들 세 사람의 차가 거의 비워질 무렵이었다.
　사내는 얼굴을 검은 천 속에 숨기고 있었다. 하지만 아무도 그를 의식하지 않았다. 객잔 안의 사내들은 여전히 가연, 그 한 사람에게 눈길을 주고 있었을 뿐이다.
　그런 이유가 아니더라도 마찬가지였을 것이다. 강호를 주유하는 대부분의 사람들은 남의 사연엔 그다지 관심이 없다. 검을 들었다는 것 자체가 하나의 질곡을 헤맨다는 의미이므로 모두 자신의 질곡만을 볼 뿐이다.
　천으로 얼굴을 가린 사내, 그는 북천문의 마지막 교주 살모와였다.
　한때 사파제일의 문파로 군림했던 북천문, 하지만 이제 그 위명은 과거의 기억 속으로 사라졌다. 그런 만큼 존재하지 않는 대상에 얽매여 있는 살모와는 귀신에 들린 자와 다를 바 없었다. 그리고 분명 그 결말은 허무하게 매듭 지어질 것이다.
　한차례 객잔을 둘러보던 살모와의 시선은 구절심 일행에게 멎었다.
　물론 팽이를 스쳐 보긴 했으나 그를 기억해 내지는 못했다. 살모와의 정신은 온통 흑자린 한 사람에게 집중되어 있었기 때문이다.
　하지만 살모와가 흑자린을 바로 알아본 것은 아니었다. 그저 구절심의 존재를 통해 흑자린이 이 객잔에 머물고 있음을 확신했을 뿐이다.
　"고량주 한 병이면 되네."
　주문을 받으러 온 점소이에게 살모와는 아주 간결하게 말했다.
　그 목소리는 지극히 낮고 들떠 있었다. 물론 평소의 버릇처럼 '스읍…' 하고 입맛을 다시는 듯한 소리는 내지 않았다. 목소리도 나름대로 변조했다.

　구절심 일행에서 4, 5장가량 떨어져 있는 식탁에 자리를 잡은 만큼 나름대로 조심하기 위해서였다.

　"우리는 그저 비무대회를 구경하러 온 것이야. 구경꾼들이 말썽을 피워서야 안 될 일이지. 자, 조용히 차나 나누다 올라가세."

　흑자린은 점소이를 불러 차를 한 주전자 더 주문했다.

　하지만 그 순간, 자신의 잔에 술을 따르던 살모와의 동작이 딱 멈춰졌다. 목소리를 통해서 역용술로 변장해 있는 흑자린의 정체를 간파한 것이다.

　'흑자린……! 오늘 우리는 함께 죽음을 맞이하게 될 것이다.'

　살모와는 평정을 되찾았다. 따르다 만 잔에 술을 따른 후 술잔을 들어 가만히 그 향을 음미했다.

　화주(火酒)는 죽음과 같다. 살아 있는 사람은 알지 못한다. 하지만 살모와는 알고 있었다. 그는 이미 죽음의 그림자를 안고 있기 때문이다.

　살모와는 이제 흑자린의 가슴에 언제 검을 꽂을지, 그 하나만을 염두에 두고 있었다.

　언뜻 생각하기에 살모와가 이 객잔을 찾은 것은 구황문에 대한 응징으로 이해될 수도 있었다. 그러나 꼭 그렇지만은 않았다. 진정 구황문에게 복수하고자 했다면, 흑자린이 아닌 추역강을 제거해야 옳았으므로.

　살모와는 어쩌면 자신의 복수를 위해 이곳에 온 것일 수도 있었다. 굳이 혼자서 객잔을 찾은 이유도 그 때문이었을 것이다. 다만 살모와 자신조차도 그 사실을 인식하지 못하고 있을 뿐이다.

　어쨌든 중요한 것은 그가 여전히 북천문이라는 귀신에게 혼을 빼앗기고 있다는 것이다. 자신과 북천문을 하나로 생각할 만큼.

잠시 후 또 한 사내가 그 객잔의 문을 열고 들어왔다.

사내 역시 입구에 멈춰 서서 객잔 내부를 둘러보았다. 이번에도 그에게 눈길을 주는 사람은 점소이뿐이었다.

"헤헤, 손님, 숙박은 아니지요? 방은 며칠 전에 가득 찼습니다요. 그저 간단한 식사나 술만 드실 수 있습니다요."

점소이는 요 며칠 앵무새처럼 똑같은 말만 반복해 왔다.

"그것이면 충분하네."

사내는 여전히 객잔 내부를 둘러보며 아무렇게나 대답했다.

하지만 한순간 그의 몸은 얼음처럼 굳어버렸다. 그것도 잠시, 사내는 얼굴을 가리고 있던 삿갓을 더욱 깊게 눌러쓴 후 외진 곳에 위치한 식탁으로 천천히 걸음을 옮겼다.

삿갓을 눌러쓴 사내, 그는 구세불검의 일원으로 첫 암살을 지시받고 숭산에 오게 된 무량이었다.

평범하지 않은 하루였다. 바로 몇 시진 전, 자신의 암살 대상이 아닌 일곱 명의 사내들을 죽임으로써 첫 살인을 했다. 그리고 이 객잔에 들러 뜻하지 않게 그동안 자신과 깊게 인연을 맺어온 몇몇 사람들을 보게 되었다.

사부 패랑검 일소천과 열해도 팽이, 구절심, 가연. 그들과의 인연이 마치 전생의 기억처럼 가물거리기까지 했다.

'인연이란 참 묘하다. 나는 다시 태어났건만 전생의 인연은 여전히 이어지고 있다.'

무량은 검을 탁자 위에 가로질러 놓은 후 깊게 한숨을 내쉬었다.

달라진 것은 아무것도 없었다. 사람들은 여전히 술을 즐기며 아슬아슬하게 드러나는 가연의 속살을 넘봤고, 점소이들은 이리저리 바쁘게 움직이며 주문을 받았다. 요 며칠 계속된 풍경이었다.

하지만 그 평범한 풍경 속에는 아주 복잡한 인연으로 얽히고설킨 몇몇 사람들이 앉아 있었다.

당랑포선(螳螂捕蟬)이라는 말이 있다. 사마귀가 매미를 잡으려고 엿보고 있지만, 그 사마귀는 뒤에서 까치가 노리고 있음을 모른다는 의미다. 덧붙여 그 까치의 뒤에는 활을 겨누고 있는 사냥꾼이 있으며, 그 사냥꾼 또한 누군가의 표적이 될 수도 있다.

오(吳)나라 왕 수몽(壽夢)이 군사력만 믿고 성급하게 초(楚)나라를 공격하려 할 때 그것을 막기 위해 한 시종이 만들어낸 교훈이다.

이 이야기는 『장자(莊子)』에서 당랑박선(螳螂搏蟬)이라는 말로 다시 등장한다. 활을 겨눈 포수가 장자로 바뀌었을 뿐 이야기는 같다.

흔히 눈앞의 이익을 탐하다가 눈이 어두워져 바로 뒤에 닥칠 화를 알지 못한다는 뜻으로 해석되지만, 사실 그다지 교훈적일 것은 없다.

어차피 인간 세상은 그런 끊임없는 먹이 사슬에 의해 돌아간다. 등 뒤가 두렵다 하여 먹이를 포기한다면, 결국은 굶어 죽게 될 것이다. 그렇게 볼 때 당랑포선은 인간 세상을 그린 하나의 풍경화일 뿐 특별한 교훈은 되지 못하는 셈이다.

무랑은 그것을 잘 알고 있었다. 그는 실수로 거듭 태어났고 이미 죽음 따위에 연연하지 않기 때문이다.

그런 만큼 무랑이 바라보는 객잔 안의 풍경은 답답한 것도, 두려운 것도 아니었다. 다만, 삶이라는 것 자체가 안쓰럽게 느껴질 뿐이었다.

『장자(莊子)』의 인간세(人間世) 편에는 당나귀를 소재로 한 또 하나의 사자성어가 나온다.

당비당거(螳臂當車), 즉 사마귀가 수레를 막기 위해 두 팔을 벌리고 있다는 의미로, 흔히 미약(微弱)한 역량으로 강적에 대항(對抗)하려 하는 어리석음을 경계할 때 쓰인다.

춘추 시대 말기, 거백옥이 노나라의 명사였던 안합에게 준 조언으로 안합은 결국 그 조언을 따름으로써 목숨을 건지게 된다. 복잡하게 얽힌 정권 다툼에서 발뺌을 한 것이다.

하지만 이 이야기 역시 그다지 교훈으로 삼을 만하지 못하다. 수레바퀴 앞에서 두 팔을 벌린 채 버티고 설 수밖에 없는 사마귀의 운명을 간과했기 때문이다.

지금 객잔 안에 머물고 있는 사람들의 운명이 하나같이 그처럼 기구했다. 구절심과 가연, 역용술로 자신을 숨기고 있는 흑자린, 그리고 죽음을 각오하고 흑자린을 노리고 있는 살모와, 더불어 무랑 자신. 그들 모두 거역할 수 없는 운명의 수레바퀴 앞에서 사마귀처럼 두 팔을 벌린 채 물러서지 않고 있는 것이다.

과연 어느 누가 그들을 어리석다고 비웃을 수 있을까. 그것이 바로 무림이고 강호다. 보다 근본적으론 검을 든 이들의 운명이다.

차르릉……!

맑은 현의 조율에 이어 한동안 끊겼던 가연의 비파음이 다시 이어지기 시작했다. 객잔 안의 사내들은 이제 지그시 눈을 감거나 몽롱한 시선으로 가연의 손에 들린 비파에 눈길을 주었다. 언제 들어도 애잔한 가락이었다.

'사랑은 늘 아프다. 연인을 위해 망가져 가기 때문이다. 망가져 가는 연인을 지켜보아야 하기 때문이다. 그렇게 가여운 것들의 이름이 바로 사랑이다.'

무랑은 가연을 처음 만나던 순간을 떠올리며 지그시 눈을 감았다.

까마득한 유년의 기억에서 첫 살인을 자행한 몇 시진 전의 기억까지가 빠르게 스쳐 갔다. 마치 자신이 아닌 다른 누군가의 삶을 훔쳐보는 듯한 느낌이었다.

"잘 가라, 흑자린……!"

살모와의 목소리가 객잔을 가른 것은 그 순간이었다.

무랑은 깜짝 놀라 두 눈을 부릅뜨고 살모와의 목소리가 들린 곳을 쳐다보았다.

"헉……!"

흑자린의 입에서 다급한 신음성이 터져 나오고 있었다.

객잔 안의 침묵은 한순간에 깨졌다. 침묵을 이끌어내던 가연의 비파 소리도 멎었다. 마치 평화롭던 어느 여름날 쏟아져 내린 소나기처럼 어수선한 동작과 목소리들로 객잔은 순식간에 아수라장이 되었다.

하지만 그런 소란도 잠시였다. 사람들의 눈은 다시 구절심과 가연이 앉아 있는 식탁 쪽으로 모아져 미동도 않았다.

살모와의 검은 정확히 흑자린의 왼쪽 어깨를 관통해 있었다. 그리고 흑자린의 오른쪽에 앉아 있던 구절심의 검은 살모와의 목을 겨누고 있었다. 만약 살모와가 조금이라도 더 움직인다면 구절심의 검은 분명 그의 목을 가로그을 것이다.

"아파……! 나 흑자린은 아픈 걸 몹시 싫어한다. 그만 이 검을 빼줘!"

"그만 짖어라. 내게 더 이상의 자비가 남아 있을 것으로 생각하느냐, 흑자린?"

"혹시… 살모와?"

"풋하하하하— 마치 귀신을 만난 듯한 기분이지?"

그들의 대치 형국은 아주 묘했다.

한 사람이 죽을 수도, 두 사람이 죽을 수도 있다. 만약 구절심이 섣불리 움직인다면 살모와와 흑자린 모두 죽게 될 것이고, 살모와가 빈틈을 보인다면 살모와 그 자신만의 목숨이 흩어질 것이다.

구절심은 재빨리 냉정을 되찾으며 검을 쥔 손에 힘을 실었다.

'너무 방심하고 있었다.'

구절심이 이곳까지 온 것은 흑자린의 호위를 위해서였다. 가연의 생명을 연장시킬 구산혼의 대가로 제시된 또 하나의 조건. 어떻게 해서든 흑자린을 살려내야 했다.

"살려줘… 살모와 네가 되었든 구절심 네가 되었든 나를 살려줘……."

흑자린은 가벼운 경기까지 일으키며 바르르 몸을 떨었다.

"크크크. 하찮고 하찮은 흑자린아, 그렇게도 살고 싶더냐? 가엾은 쥐새끼. 하지만 과연 네가 살 수 있을까? 이 잘 벼리어진 검이 바로 네놈의 그 더러운 심장 위에 있느니라. 단 1촌만 더 내리그어진다면 너는 고통스런 죽음을 맞게 되지. 그리고 나와 함께 지옥에 떨어지게 될 거야. 천 년, 만 년, 아니, 수천만 년이 지나도 나는 네 옆에 달라붙어 있을 거야. 아마도 넌 지옥의 나찰보다 나 살모와를 더 두려워하게 될 거다. 네놈의 간을 도려내고, 네놈과 잠자리를 같이 하며, 네놈의 혀를 뽑아 잘근잘근 씹을 것이다. 자, 흑자린아. 이제부터 우리, 두려움이 무엇인지, 끔찍한 고통이 무엇인지 맛보기 시작하자꾸나."

살모와의 검이 지그시 살을 찢어내며 비틀어졌다.

조금만 더 움직여도 흑자린은 죽음을 맞게 된다.

구절심 역시 살모와의 목에 겨누고 있던 검에 지그시 힘을 실었다. 살모와의 목에서 가느다란 선혈이 내비치는가 싶더니 그대로 검을 타고 내려왔다. 그리고 그 피는 곧 흑자린을 찌르고 있는 살모와의 검으로까지 옮겨졌다.

"낄낄… 흑자린아, 네 피와 내 피가 서로 섞이고 있구나. 우리는 지금 피로 맺어지고 있는 것이다. 수천만 년을 함께하기 위한 맹세로 이보다 훌륭한 의식이 있을까? 두려운가? 하지만 아직 멀었다. 이 정도의 두려움으로는 아무것도 알 수 없지."

"사… 살모와, 우린 하… 함께 살 수도 있다."

"생각보다는 어리석군. 지금 네 눈에는 내가 살기 위해 이곳에 온 것으로 보이느냐? 잘 보아두거라, 흑자린. 혹시 지옥에서 만났을 때 너로 인해 변한 내 모습을 본다면 알아보지 못할지도 모르니까. 낄낄, 물론 내가 너를 알아볼 테니 걱정할 필요는 없지만."

말을 마친 살모와는 왼손으로 자신의 얼굴을 가리고 있던 천을 풀어 헤쳤다.

"으… 으아악!"

흑자린은 자신도 모르게 비명을 내질렀다.

끔찍했다. 자신이 사용한 독에 당했음을 잘 알고 있었으나 막상 문둥이보다 흉측하게 변해 버린 살모와의 모습에 바르르, 몸을 떨기까지 했다.

하지만 흑자린은 곧 낮게 호흡을 가다듬으며 입을 열었다.

"고… 고의가 아니었다, 살모와. 하지만 내게는 다행히 네 얼굴을 원래보다 훌륭하게 되돌려놓을 수 있는 의술이 있다. 부… 부디 너를 고칠 수 있는 기회를 주어라."

"끝까지 어리석은 희망을 품고 있구나. 하지만 내게도 기회를 주지."

살모와는 왼손을 품속에 집어넣어 하얀 종이 뭉치 하나를 꺼냈다.

흑자린과 구절심은 묵묵히 그 모습을 지켜볼 수밖에 없었다. 설사 상황이 더 나빠진다고 해도 그것을 막을 방법이 없었기 때문이다.

"어렵게 구한 단혼사다. 네놈이 내게 쓴 독처럼 끔찍한 독성을 가지고 있지. 자, 이제 우린 똑같은 고통을 겪게 될 거야. 다행히 네놈이 뛰어난 의술을 가지고 있다니 그 의술을 너 자신을 위해 쓰면 되겠구나. 크크크!"

말을 마친 흑자린은 지그시 구절심에게 눈을 돌렸다.

"구절심, 우연히 엮이기는 했으나 너와 나의 인연은 깊지 않다. 또한 너는 더 이상 흑자린을 도울 방법도 없다. 어차피 흑자린은 오늘이 제삿날이 될 수밖에 없어. 네가 나와 함께 죽을 이유는 없으니 그만 물러서라."

"……."

구절심은 아무 말 없이 가연의 얼굴을 바라보았다. 만약 살모와가 단혼사를 흩뿌린다면 가연 역시 그 자리에서 죽고 말 것이다.

선택은 두 가지였다. 지금 당장 살모와의 목을 베거나 검을 거둔 채 물러서는 것. 어느 쪽을 선택한다 해도 흑자린은 죽게 된다. 그리고 흑자린이 죽는다면 어차피 구절심 자신과 가연도 함께 죽게 될 것이다.

"구절심……."

흑자린이 가늘게 떨리는 목소리로 구절심을 불렀다.

그는 구절심이 결코 쉽게 자신을 저버리지 못하리란 것을 잘 알고 있었다. 가연을 위해선 구산혼이 반드시 필요했기 때문이다.

하지만 그것은 허망한 기대였다.

"흑자린… 약속을 지키지 못했으니 구산혼을 받지 않겠다. 그 대신 마지막 부탁 하나는 들어주지. 어차피 나는 일이 필요한 살수니까."

"……."

흑자린의 얼굴이 싸늘하게 굳어졌다.

　더 이상 죽음을 피해갈 방법이 없었다. 지금과 같은 상황에서 구절심이 아무 도움이 되지 못하리란 것은 흑자린 역시 잘 알고 있었다.

　"하하, 하하하하……! 신의를 꿈꾸던 흑자린의 삶이 여기에서 끝나는 것인가? 하지만 안타까워할 이유는 없겠지. 그래, 구절심… 마지막 부탁을 이야기하겠다. 부디, 부디… 나처럼 죽지 말아라. 너는 아름답게 죽어라. 남은 두 알의 구산혼은 내 봇짐 안에 들어 있다. 그것은 내가 줄 수 있는 마지막 선물이다."

　체념을 한 것인지 이제 흑자린은 담담한 목소리로 말했다.

　흑자린의 말이 떨어지는 것과 동시에 구절심의 검이 살모와의 목을 벴다. 더 이상 간결할 수 없는 동작이었다.

　"컥……!"

　"흡……!"

　낭자한 선혈, 허무한 단말마! 살모와와 흑자린은 동시에 바닥에 나뒹굴었다. 그리고 살모와의 손에 들려져 있던 단혼사는 그대로 자기 주인의 얼굴 위로 뿌려졌다.

　살모와의 얼굴은 순식간에 녹아 들어가기 시작했다. 아무런 신음도 없었다. 그저 살을 녹이며 생기는 기포들이 아주 미세한 소리를 만들어낼 뿐이었다.

　반면, 흑자린은 아주 고통스럽게 바닥을 나뒹굴었다. 그러나 그것도 잠시, 흑자린 역시 결국 숨을 거둔 채 객잔의 마룻바닥에서 천천히 식어갔다.

2
죽음의 미학

"이보게, 두백이. 이거 분위기가 정말 살벌하구먼."
주유청이 낮은 목소리로 말했다.
이재천과 주유청은 방금 전 밖의 소란으로 인해 객방을 나왔다. 그리고 복도 난간을 짚은 채 아래층을 내려다보고 있었다.
아래층에는 두 사내가 쓰러져 있었다. 두 사내 모두 죽은 것인지 미동조차 없었다. 게다가 그중 한 사내는 얼굴의 형체를 알아볼 수 없을 만큼 끔찍한 모습이었다.
방금 전 죽음을 맞이한 흑자린과 살모와였다.
"내가 이럴 줄 알았네."
"혹 자네가 아는 사람들인가? 이 사건의 전말을 알고 있어? 궁금하네, 두백이. 어서 들려주게나. 도대체 저 두 사람이 왜 저렇게 되었는지."

"다 자네 사부 때문이라네. 우리 팽 사부는 근검 절약을 제일의 미덕으로 치고 있는데, 패랑검, 즉 자네 사부는 한정없이 게으르면서도 남의 돈 우려먹는 데는 이골이 나지 않았는가. 저것 보게. 지금도 자기 혼자 술 동이를 박박 긁고 있네그려."

이재천의 말에 주유청은 황당한 눈빛으로 그를 빤히 쳐다보았다.

'정말 대범한 놈이다. 사람이 죽어 나간 마당에 제놈 사부 주머니 걱정이나 하고 있다니. 팽가객잔의 미래가 밝구나.'

주유청은 이재천의 반응이 내심 놀라울 뿐이었다.

흑자린과 살모와의 죽음으로 인해 객잔은 잠시 정적에 휩싸여 있었다. 하지만 그런 침묵은 결코 오래가지 않았다.

"분명 네가 구절심이냐?"

무거운 정적을 깨며 한 노인이 일어나 소리쳤다.

노인의 수염은 복부까지 닿을 만큼 길게 늘어져 있었다. 눈썹도 길어 양쪽 눈초리를 텁수룩하게 덮고 있었으며, 곤륜 도사의 복장을 하고 있었다. 반면 얼굴의 피부는 맑고 탱탱해서 백발과 흰 수염만 아니라면 한결 젊어 보일 듯했다.

"나와 인연이 있소?"

자리에 앉아 있던 구절심이 노인을 힐끔 바라본 후 짧게 물었다.

"인연이라? 그런 것은 중요치 않다. 다만, 네놈이 구황문의 개 구절심이 맞다면 이 자리에 앉아 있을 수 없다. 지금 이 객잔에는 무림정파의 대협객들이 자리해 있다. 감히 너 같은 사파의 개가 함께할 수 있는 자리가 아니란 말이다."

노인은 곤륜파의 전대 장문인 역선 유운학이었다.

한때 묘청운의 사부이기도 했던 그는 처음부터 구절심을 눈여겨보고 있었다. 가연 때문이기도 했고 범상치 않은 살기 때문이기도 했다.

특히 묘청운과 시비가 붙고, 기도만으로 그를 제압한 것을 본 이후엔 더욱 그랬다. 적당한 시비거리만을 찾고 있었던 것이다.

유운학은 아주 괴팍한 인물로, 사실 자신이 몸담고 있는 곤륜파나 강호를 생각하기보다는 자기 자신, 혹은 자신의 제자들에 대해 집착하는 경향이 있었다. 그런 만큼 구절심이 묘청운에게 망신을 준 데 대해 얼마간 아니꼬운 마음을 가질 수밖에 없었다.

하지만 유운학의 시비에도 구절심은 냉담한 반응을 보일 뿐이었다.

"이 객잔의 주인이 정한 규칙이오?"

"뭣이라? 지금 나를 객잔 주인의 하수인 정도로 여기는 것이냐?"

"그렇다면 누가 정한 규칙이오?"

"이런 씹어 먹어도 시원찮을 놈! 나다. 바로 나 역선 유운학이 정한 규칙이다!"

유운학은 얼굴까지 붉게 물들이며 흥분했다.

하지만 그것 역시 구절심과 한판 붙기 위한 연기에 불과했다. 유운학은 쉽게 흥분하거나 생각이 없는 사람이 아니었다. 그저 너무 괴팍하고 싸움을 좋아해서 가끔 지나친 억지를 부릴 뿐이었다.

"그럼 이제 난 어떻게 해야 하오?"

묘청운을 대할 때와는 달리 구절심은 차분하고 겸손하게 물었다.

"너는 사파의 개니, 개처럼 네 발로 기어서 이 객잔을 빠져나가거라."

"지금 나와 싸우고 싶은 것이오? 하지만 오늘은 내 절친한 벗이 죽었소. 더 이상 피를 보고 싶지 않소. 그렇다고 개처럼 길 마음도 없으니 노인을 개처럼 기게 만들어놓아야겠구려."

구절심은 자리에 그대로 앉아 담담하게 말했다.
"구절심! 감히 내 사부를 욕되게 하다니, 차마 용서하기 힘들다!"
새롭게 싸움에 끼어든 이는 묘청운이었다.
그는 곤륜의 역선 유운학이 나설 때부터 오늘 구절심에게 당한 수치를 씻을 기회가 온 것이라고 판단하고 있었다.
비록 곤륜파와 청해묘가가 최근 사이가 벌어졌으나 유운학과 묘청운 자신은 돈독한 사제지정을 쌓아왔기 때문이다. 그들이 이 객잔에 함께 머물게 된 것도 그런 이유에서였다.
"다들 죽고 싶은 것이냐?"
또 한 사내가 싸움에 끼어들었다.
"나는 구황문의 기모람이다. 내가 이 객잔의 규칙을 다시 정하마. 정파라는 이름으로 강호를 더럽히고 있는 무림맹의 개들은 이 객잔을 네 발로 기어나가야 한다."
"나는 구황문의 노학봉이다. 오늘 내 칼에 더러운 개 피를 묻히지 않게 해라."
"나는 구황문의 오두엽이다. 감히 정파의 잡것들이 구황문의 이름을 더럽혔으니 내 필히 이 철퇴로 응징하리라."
"……"
우후죽순이었다. 이제껏 조용히 앉아 술만 마시고 있던 사내들이 하나둘 일어서며 자신들의 정체를 밝혔다. 그 수는 대략 10여 명 정도였다. 반면 객잔의 식당에 앉아 구경하고 있는 무림인들은 모두 40여 명 정도였다.
방금 전 자리에서 일어난 사내들은 모두 흑자린의 호위와 함께 나름의 목적을 띠고 파견된 구황문의 무사들이었다.

죽음의 미학 133

혹자린의 죽음은 워낙 순식간에 벌어진 일이라 미처 손도 쓰지 못했다. 결국 하나의 임무를 완수하지 못한 셈이다. 그럼에도 그들은 아직 남은 임무가 있었기에 정체를 드러낼 수 없었다. 그래서 이제껏 묵묵히 앉아 있었던 것이다.

하지만 지금은 상황이 달랐다. 유운학으로 인해 일이 크게 번지고 만 것이다. 더 이상 정체를 드러내지 않을 이유가 없었다. 어차피 객잔에 있는 사람들 전체를 쓸어버려 입막음하거나 임무를 포기하고 복귀할 형편이었기 때문이다.

구황문의 무사들이 정체를 드러냄으로써 객잔 안의 분위기는 삽시간에 대치 국면에 들어갔다. 그들 외에 그 객잔에 머물던 40여 명의 사내들은 대개 무림맹 비무대회를 목적으로 숭산에 온 정파의 무림인들이었기 때문이다.

"이 자리의 여러 대협들께서도 구절심 천형에 대해선 잘 알고 계시리라 믿습니다. 여기 구절심이 방금 전 죽은 구황문의 마귀 혹자린과 함께 숭산에 온 데는 뭔가 불온한 목적이 있는 것이 분명합니다. 비록 이자가 고수라고는 하나 감히 여러 대협들을 상대하지는 못할 겁니다. 함께 응징하시는 것이 바람직합니다!"

갑작스런 상황으로 분위기가 묘하게 변하자 묘청운이 큰 소리로 떠들며 정파무림인들의 협조를 구했다.

묘청운의 말이 떨어지자 40여 명 가운데 대다수의 무림인들이 검을 뽑아 들며 자리에서 일어섰다. 정파와 사파의 대립인만큼 동참하지 않을 수 없었던 것이다.

하지만 그 와중에도 묵묵히 자리를 지키고 앉은 세 사람이 있었다. 싸움 따위에는 애당초 관심이 없다는 듯 바닥난 술 동이를 혀로 핥고 있는 일소천과 헤벌쭉이 웃으며 싸움 구경에 들떠 있는 열해도 팽이, 그리고 깊게 삿갓을 눌러쓴 무랑이 바로 그들이었다.

물론 무림인이 아닌 몇몇 사람들이 섞여 있었으나, 그들은 이내 슬금슬금 자리에서 일어나 객잔을 빠져나가기 시작했다. 자칫 불똥이 튀지나 않을까 두려웠기 때문이다.

'이것 참, 일이 묘하게 돌아가는군.'

일소천이나 팽이와는 달리 무랑은 좌불안석이었다. 일어설 상황도 아니었고, 그렇다고 잠자코 앉아 있자니 너무 눈에 띄는 것 같았다. 자칫 일소천이나 팽이가 자신을 알아보기라도 하는 날엔 일이 아주 복잡해지는 것이다.

살모와가 흑자린을 죽임으로써 무랑 자신의 임무는 끝난 것이나 다름없었다.

사실 무랑은 살모와의 실력으로 구황문의 호위를 뚫고 흑자린을 죽이는 것이 불가능하다고 판단했었다. 그래서 살모와를 일찌감치 제거해 거치적거리지 않게 할까도 생각했으나 그냥 내버려 두었다.

차라리 살모와가 흑자린의 호위무사들 시선을 흩어놓는 사이 잽싸게 흑자린을 암살하고 달아날 생각이었던 것이다.

하지만 오늘이 제삿날이 될 것을 알았는지 흑자린은 평소답지 않게 조심성을 잃었다. 그리고 살모와 역시 대결이 아닌 기습을 선택했으므로 절호의 기회를 얻게 된 것이다. 결국 두 사람 모두 죽고 말았지만, 살모와로선 여한이 없는 죽음이었을 것이다.

'잠시 더 지켜보는 수밖에……'

의외로 일이 쉽게 풀려 버리는 바람에 무랑에겐 얼마간의 시간적 여유가 생겼다.

죽음의 미학 135

기회가 된다면 무림맹 비무대회를 보고 가고 싶었다. 어차피 자신은 흑자련이 죽는 과정에서 누구에게도 정체가 드러나지 않았으며, 강호에 이름이 나지 않은 만큼 구절심처럼 공동의 적으로 몰리지도 않을 것이다.

무랑은 술잔의 술을 한입에 털어 넣은 후 혀를 굴리며 천천히 음미했다. 실로 오랜만에 느껴보는 여유였다.

"푸히히, 소천아. 이 팽이의 말이 딱 들어맞았지? 히히, 그만 좀 핥아 먹고 느긋하게 싸움 구경이나 하자꾸나."

"친구야, 우리 술 한 동이만 더 시키자. 싸움 구경도 술 마시면서 해야 더 재미있는 것 아니냐. 오랜만에 열해도 팽이의 대범한 모습을 좀 보여주려무나."

"푸히히, 그래. 기분이다. 한 동이 더 시켜라. 이럴 때 아니면 또 언제 즐기겠느냐. 푸히히. 아휴, 세상은 왜 이렇게 즐거운지 몰라."

열해도 팽이와 일소천은 그야말로 천하태평이었다.

세상에 거리낄 것이 없으므로 걱정도 없었다. 그들이 살아가는 나날은 즐겁거나 무료한 날, 그 둘 중 하나였다. 지극히 단순화된 생활 양상. 다행히 오늘은 더없이 즐거운 날이 될 것 같았다.

"이런… 역시 네놈들은 사특한 뜻을 품고 숭산에 찾아온 것이구나. 하지만 나 역선 유운학이 있는 한 결코 뜻을 이루지 못하리라."

한차례 객잔을 둘러보던 유운학이 실소를 터뜨리며 검을 뽑아 들었다.

"이제 개처럼 길 준비가 된 것이오?"

구절심은 천천히 몸을 일으켰다.

피할 수 없는 싸움이었다. 그렇다면 즐기는 수밖에.

하지만 아니었다. 구절심은 결코 싸움을 즐긴 적이 없다. 살기 위해 검을 들었고, 사랑하는 여인을 위해 검을 놓을 수 없었을 뿐이다. 그래서 결코 패할 수도 없었던 것이다.

"더 망설일 것도 없습니다. 오늘 구절심과 구황문의 쓰레기들을 쓸어버리도록 하지요, 사부님!"

잠시 가연에게 시선을 주던 묘청운이 구황문의 무사 하나에게 검을 날리며 말했다.

채챙, 챙, 챙……!

객잔은 순식간에 아수라장이 되었다.

묘청운을 시작으로 정파의 무림인들이 일제히 구황문의 무사들에게 달려들었고, 검과 검이 빠르게 맞부딪치며 피를 튀기기 시작했다.

"헉……!"

"으아악—"

…….

대략 4대 1 정도로 정파무림인들의 수가 압도적이었으나 막상 싸움의 주도권은 구황문의 무사들이 쥐고 있었다.

어쩌면 당연한 일이었는지도 모른다. 그들은 구황문의 2급 무사들로, 대륙의 어느 문파 고수들도 두려워하지 않을 수준이었다. 구황문 1급 무사가 30여 명 안팎에 불과한 점을 고려한다면, 2급으로 판정된 그들은 각 분타의 분타주 이상의 실력을 가졌다는 이야기가 된다.

더욱이 구황문은 현재 천무밀교와 함께 사파의 양대 세력을 이루고 있다. 소림이나 무당과 비할 바가 안 되는 어마어마한 규모였다.

이들이 숭산에 파견된 목적은 크게 두 가지였다. 첫째는 흑자린의 경호였고, 둘째는 정파무림 각 파의 절기들을 연구하는 것이었다.

이번 무림맹 비무대회에는 대부분의 무림정파들이 참여한다. 각 파의 무공을 일목요연하게 정리할 수 있는 좋은 기회였다.

구황문은 강호 쟁패를 위해 조만간 무림정파와 결전을 벌일 계획이었으므로 그들의 무공을 파악할 필요가 있었다.

물론 구황문 내부에는 무림 각 문파에서 퇴출되거나 배문한 인물들이 제법 있었다. 그들은 자신들이 몸담았던 문파의 절기들을 나름대로 정리하는 업무를 도맡았다. 그로 인해 구황문은 다양한 무공을 보유하거나 그 무공을 깰 수 있는 해법을 찾아 만반의 준비를 기하고 있었다.

하지만 이번에 치러지는 무림맹 비무대회는 각 파에서 새롭게 창안된 무공이나 미처 보유하지 못한 무공들을 몸소 일견할 수 있는 좋은 기회였다. 따라서 구황문 내에서 제법 눈썰미가 있는 무사들을 추려 이곳 숭산에 보내게 되었던 것이다.

물론 그들은 하나같이 신분을 위장하고 있었으며, 방금 전 흑자린이 죽기 전까지만 해도 완벽하게 계획을 추진하고 있었다. 그런데 결국 일이 이렇게 꼬이고 만 것이다.

그럼에도 그들이 자신들의 임무를 포기하는 쪽을 선택한 데는 또 그만한 이유가 있었다. 자신들 외에도 몇 개의 무리가 똑같은 방식으로 여러 객잔에 포진되어 있었기 때문이다. 즉, 이 객잔에 머무는 무사들은 흑자린의 경호를 1차 목적으로 했던 셈이다.

굳이 구황문의 최고 모사인 흑자린이 몸소 이 숭산을 찾은 데도 나름의 목적이 있었다.

흑자린은 구황문의 수뇌 중에서도 가장 주도면밀한 인물이었다. 구황문이 어쩔 수 없이 초화공과 손을 잡게 되었지만, 흑자린은 좀체 초화공을 신뢰할 수 없었다.

더욱이 초화공을 둘러싼 강호의 소문을 정리했을 때, 그가 자신들이 모르는 모종의 음모를 가지고 있음을 눈치 챌 수 있었다. 따라서 흑자린은 이번 무림맹 비무대회의 분위기를 살피는 동시에 초화공과 무림맹의 관계를 세밀히 분석할 계획이었다.

그런데 그것이 살모와로 인해 무산된 것이다.

"네놈의 기도가 제법 정갈하구나!"

막상 서로에게 검을 겨눈 상태에서 유운학은 얼마간의 위압감을 느꼈다.

묘청운과 마찬가지로 구절심의 자세에서 만만치 않은 고수의 힘을 느꼈던 것이다. 그것은 내공이나 무공 초식을 뛰어넘은, 타고난 싸움꾼으로서의 강한 인상이었다.

"당신은 죽을 수도, 죽지 않을 수도 있소. 신중하게 생각하시오."

구절심은 다소 피곤한 듯 느리게 말했다.

마치 시체처럼 생명력이라곤 느껴지지 않는 모습이었으나 검을 겨누고 있는 자세만은 너무도 견고해 도저히 빈틈을 찾을 수 없었다.

"자신이 죽을 것이란 생각은 해보지 않았는가?"

"내 죽음은 당신과는 무관한 것이오."

"……."

주위에선 치열한 공방이 펼쳐지고 있음에도 유운학과 구절심은 서로의 기도를 뿜어내며 가만히 정지해 있을 뿐이다.

"컥… 커흡!"

견고하던 구절심의 자세가 흐트러진 것은 한순간이었다.

구절심은 허리를 꺾으며 심한 기침을 했고, 검붉은 선혈이 입으로 쏟아져 나왔다. 몸의 상태가 점점 악화되고 있었던 것이다.

"받아라, 구절심!"

유운학이 부드럽게 검을 뻗치며 외쳤다.

기회였다. 얼마간의 갈등이 일긴 했으나 이미 검을 뽑은 이상 물러설 수 없는 것이고, 그렇다면 구절심을 쓰러뜨리는 수밖에 없었다.

자신이 물러서기엔 일이 너무 크게 확산되었다. 더욱이 지금과 같은 기회가 아니라면 쉽게 구절심을 쓰러뜨릴 수 없을 것이다.

부드럽게 뻗치는 듯하던 유운학의 검이 한순간 예리한 살기로 변했고, 구절심은 힘겹게 허리를 펴며 검을 쳐냈다.

채채챙……!

유운학의 검과 구절심의 검은 정확히 세 번 맞부딪쳤다.

"흡!"

유운학은 다급히 뒤로 물러서며 신음성을 내뱉었다.

온몸에 소름이 돋았다. 역선 유운학. 그는 방금 전 분광뇌풍검법으로 균형을 잃은 구절심을 공략했으나 오히려 자신이 균형을 잃은 채 물러서야 했다. 구절심은 단순히 방어만 했을 뿐이지만 만약 한 초식만 더 고집했더라도 유운학 자신의 심장은 이미 멈추어져 있었을 것이다.

'무서운 자다. 나 역선 유운학의 검을 한낱 부지깽이로 만들었다.'

유운학의 이마로 땀이 배어나고 있었다.

천외천(天外天)! 드넓은 대륙에 어찌 자신을 능가하는 고수가 없을까. 유운학은 단 한 번도 자신이 강호제일의 검객이라고 자만한 적이 없었다. 하지만 이제껏 자신을 능가하는 검객을 만난 적도 없었다.

만약 오늘 구절심을 만나지 못했다면 천외천을 보지 못한 채 죽음을 맞이할 수도 있었을 것이다.

기분이 묘했다. 비록 죽음의 공포로 온몸이 마비되는 것 같았으나 한편으론 더 큰 하늘을 보게 되었다는 환희에 몸을 떨기도 했다. 유운학은 어쩔 수 없는 검객이었던 것이다.

"크으읍… 컥!"

구절심은 다시 검을 바닥에 꽂아 힘겹게 몸을 지탱하며 객혈을 했다. 손으로 입을 틀어막을 새도 없이 검붉은 선혈이 뚝뚝 떨어져 내렸다.

'아쉽구나. 구절심 같은 자가 저렇듯 폐인이 되어 있다니. 나 역선 유운학이 오늘 네 목숨을 거두어주마. 검객은 검에 의해 죽을 때 가장 아름답기 때문이다.'

유운학은 크게 심호흡을 한 후 자세를 바로잡았다. 그리고 서서히 내력을 끌어올렸다. 따스한 기운이 전신을 휘돌다가 서서히 붉은 빛을 내뿜기 시작했다.

하지만 그 순간이었다.

"구절심! 아니, 무혼(無魂)이라고 불러야 하나? 이거 영 미안하지만, 나 묘청운은 사파의 무리가 활개 치고 다니는 것을 결코 좌시할 수 없다. 이 여인을 살리고 싶거든 검을 버려라."

묘청운의 목소리였다.

힘겹게 검에 의지해 있던 구절심이 천천히 고개를 돌렸다.

"사실 좀 미안하긴 하군. 나 역시 도(道)를 아는 검객, 이런 방법을 쓰고 싶지는 않았지만 내 사부가 위험에 처한 것을 가만히 보고만 있을 수는 없지 않은가? 이미 말했듯 나는 당신의 상대가 되지 못하니 이런 구차한 방법을 쓸 수밖에."

묘청운은 가연의 목에 검을 겨눈 채 사특한 미소를 머금고 있었다.

묘청운을 바라보는 구절심의 눈에 불길이 치솟았다. 하지만 그것도 잠시, 구절심은 고개를 치켜들고 공허한 웃음을 웃기 시작했다.
"하, 하, 하, 하……! 혹시 죽음의 향기를 아는가? 죽음의 향기는 세상의 그 어느 향기보다 감미롭다. 그런데 왜 나는 너에게서 그 향기를 느끼게 되는 것일까?"
구절심은 구부정하게 굽혀져 있던 몸을 일으켰다. 그리고 천천히 묘청운을 향해 걸음을 옮겼다. 하지만 그 눈길은 가연에게 향해 있었다.
가연. 그녀의 눈은 언제나처럼 몽롱했다. 기쁨이나 슬픔, 고통. 아무 것도 느끼지 못하는 백치의 눈빛. 그런 만큼 지금 이 순간에도 두려움이나 걱정 따위를 품고 있지 않았다.
"또 아픈가요? 하지만 아무 걱정 하지 말아요. 내가 다 낫게 해줄게요."
가연은 촉촉이 젖은 목소리로 말했다.
지금 그녀의 눈에는 오직 구절심만이 보여지는 것이다. 아니, 언제나 그랬다. 그녀는 오직 구절심만을 바라보고 있었으며, 구절심의 이야기만을 듣고 있었다.
가연의 목에 검을 겨누고 있던 묘청운이 바르르 몸을 떨었다.
'이게 뭐지? 도대체 왜 이들은 두려움을 느끼지 못하는 것일까? 죽는 것이 두렵지 않은 걸까? 왜… 도대체 왜……?'
무슨 영문인지 알 수 없었다.
하지만 구절심의 눈동자를 쳐다보고 있던 묘청운은 비로소 깨닫게 되었다. 그의 눈엔 아무것도 없었다. 방금 전 자신을 보며 피워냈던 살기도, 분노도 이미 자취를 감추었다. 그저 이해할 수 없는 공허함과 애틋함만이 자리 잡고 있었다.

죽음의 미학

'저것이 죽음의 빛깔일까?'
묘청운은 가연의 목에서 검을 거둔 채 서서히 뒷걸음질치기 시작했다.
구절심이나 가연과는 달리 이제 묘청운에게 남은 것은 온전한 두려움뿐이었다. 검게 말라비틀어진 구절심의 몰골은 이미 살아 있는 사람의 것이 아니었다. 굳어 있는 표정도, 움직임도. 다만, 가연을 바라보는 눈빛만이 꺼져 가는 불씨처럼 안쓰럽게 빛을 내고 있었을 뿐이다.
객잔 안의 소란은 어느새 완전히 잦아들었다. 어느 순간부터 정파의 무림인들과 구황문의 무사들은 검을 늘어뜨린 채 구절심과 가연, 묘청운과 유운학을 지켜보고 있었던 것이다.
구절심이 다가갈수록 묘청운은 사시나무 떨듯 몸을 떨었다. 마치 죽음이 다가오는 것 같았다.

한순간 묘청운의 눈이 구절심 뒤편에 있는 유운학에게 향했다. 그리고 이채로운 빛을 띠기 시작했다.

"하압—"

묘청운의 검이 가연의 가슴을 찔러 들어간 것도 그때였다.

"허엇—"

가연이 여린 신음성을 내며 고꾸라졌고, 곧 검붉은 선혈이 옷을 적시며 새어 나왔다.

"가아아악—"

구절심의 입에서 노성이 터졌다. 그리고 두 눈을 부릅뜬 채 빠르게 검을 날려 묘청운에게 달려들었다.

그런데 그 순간 또 한 번의 기합성이 터졌다.

"갈!"

구절심 뒤편에 서 있던 유운학이었다.

방금 전, 유운학은 묘청운에게 가연을 찌르라는 눈짓을 보냈다. 그리고 그 자신은 온몸을 휘돌던 내기를 검으로 옮겨 구절심을 벨 기회를 노리고 있었던 것이다.

예상대로 구절심이 이성을 잃은 채 묘청운을 베기 위해 달려들었고, 유운학 자신은 그 틈을 이용해 구절심의 뒤를 공격해 들어갔다.

하지만 유운학의 검이 구절심을 찔러 들어가는 순간 뜻밖의 일이 벌어졌다.

탓, 채, 챙……!

객잔 어디선가 여섯 개의 젓가락이 날아들어 정확히 유운학의 팔과 검에 세 개씩 박혀들었다.

"흡!"

유운학은 균형을 잃은 채 앞으로 고꾸라졌고, 그 순간 이미 구절심의 검은 묘청운의 심장에 박혀들고 있었다.

…….

마치 시간이 정지된 듯한 느낌이었다. 아니, 엿가락처럼 좌악좌악 늘어져 있는 느낌이었다.

구절심은 묘청운의 심장에 박힌 검을 뽑아낸 후 가연에게 눈길을 돌렸다. 그의 두 눈을 태워 버릴 것 같던 푸르스름한 불길은 이미 꺼져 있었다.

"컥, 커흡!"

가연은 묘청운의 검을 등에 꽂은 채 고통스럽게 몸을 꿈틀거렸다.

검은 그녀의 오른 가슴 부위를 관통하고 있었으므로 다행히 즉사(卽死)는 면했으나 치명상이었다.

구절심은 가연의 등에 꽂힌 검을 천천히 뽑아냈다. 그 순간 가연이 고통에 몸을 떨었고, 구절심은 헝겊으로 상처 부위를 지압하며 그녀의 몸을 감싸 안았다.

바닥에 고꾸라져 있던 유운학이 몸을 일으킨 것도 그 순간이었다. 그는 이해할 수 없다는 눈빛으로 객잔을 둘러보았다.

정파와 구황문의 사내들이 어수선하게 서 있는 가운데서도 세 사람이 조용히 식탁 앞에 앉아 있었다.

'저자들이 나 유운학의 검에 젓가락을 꽂았단 말인가?'

유운학의 짐작은 틀리지 않았다.

일소천과 팽이, 무랑은 유운학이 구절심을 암습하는 순간 일제히 젓가락을 던졌다. 그것도 손과 검에 정확히 하나씩.

이제 객잔 안의 사람들은 구절심과 함께 일소천, 팽이, 무랑 세 사람에게 시선을 집중했다. 그들이 유운학에게 젓가락을 날렸음을 잘 알고 있었기 때문이다.

"팽이야, 이상하다. 저 녀석이 왠지 낯설지 않구나."

"헤헤, 그럼 가서 한번 확인해 보거라. 혹시 아느냐? 널 버리고 제 어미랑 달아난 풍년이 놈일지? 헤헤. 그런데 이상하다. 나 역시 왠지 낯설게 느껴지지 않는구나."

일소천과 팽이는 자신들과 동시에 젓가락을 날린 무랑을 쳐다보며 수군거렸다. 일종의 교감이라고 할까? 동시에 같은 생각을 했다는 것이 신기했던 것이다.

'휴— 파(派)는 속일 수 없군. 전생의 인연이 이렇게 질겨서야 어디 훌륭한 구세불검의 살수로 거듭날 수 있겠는가!'

무랑은 삿갓을 더욱 깊게 눌러쓴 후 아예 고개까지 숙였다.

"두백이, 혹시 방금 저 삿갓 쓴 사내가 젓가락 날리는 모습을 보았는가?"

"음, 제법이더군. 마치 거울을 보는 듯했다네. 그 신속함과 간결함, 유려한 힘 등이 나와 너무도 흡사했거든."

"아니, 자네도 그렇게 느꼈는가? 나 역시 거울을 보는 듯한 착각에 빠졌었는데."

주유청과 이재천은 잠시 서로의 얼굴을 빤히 쳐다보았다.

"혹시 자네와 내가 닮았다고 생각하는가?"

"무슨 그런 치가 떨리는 이야기를… 차라리 방초 낭자처럼 날 곰탱이라고 부르게. 오히려 그게 속 편하겠네."

"휴— 알았네, 곰탱이. 사실 나, 자네 이야기 듣고 충격 많이 받았다네."

"……."

객잔 안으로는 어색한 침묵이 흘렀다.

구절심은 가연을 안은 채 허탈한 모습으로 앉아 있었고, 가연은 고통스런 신음을 내뱉으며 멍하니 구절심을 바라보았다.

정파의 무림인과 구황문의 무사들 역시 그 어색한 침묵을 어떻게 깨뜨려야 할지 고민하고 있는 듯했다.

그때 역선 유운학이 천천히 몸을 일으켰다.

"구절심, 미안하다. 하지만 이것은 어디까지나 정파와 사파의 운명이다. 네가 오지 않아야 할 곳에 왔기 때문에 이런 불상사가 생겨난 것이다. 너 자신을 원망해라. 하지만 굳이 나를 원망하겠다면, 나 역시 외면하지 않겠다."

유운학은 구멍이 숭숭 뚫린 검을 든 채 어색하게 말했다.

힘겹게 검을 들기는 했으나 유운학의 팔은 흥건히 피에 젖어 있었다. 세 개의 젓가락이 관통한 자리로 흘러내리는 피였다. 단순히 피만 흐르는 것이 아니었다. 젓가락은 팔의 뼈까지 관통했으므로 금이 가거나 부러져 있는 듯했다.

하지만 정작 구절심은 침묵을 지키고 있었다.

그는 여전히 가연을 품은 채 망연한 눈으로 그녀를 바라보고 있을 뿐이었다. 마치 맹인처럼, 귀머거리처럼 아무것도 듣고 보지 못하는 사람 같았다.

"구절심, 복수를 하고 싶지 않은가?"

유운학은 당혹스런 음성으로 다시 말했다.

유운학은 자신의 수가 야비했다는 것을 잘 알고 있었다. 또한 그런 수가 아니었다면 결코 구절심을 꺾을 수 없다는 사실 역시 잘 알고 있었다. 결국 실패했고 그런 만큼 수치스러움은 더했으나 후회하지는 않았다.

기억되는 것은 승리 혹은 패배, 그 둘 가운데 하나였다. 어떤 방식이 되었든 승리한 자에겐 변명의 구실이 남게 마련이다. 구절심은 소문이 좋지 않은 살수인데다 최근 구황문의 하수인으로 여러 정파의 인물들을 제거했다. 그를 꺾기만 한다면 정파무림에선 어느 누구도 유운학 자신을 탓하지 않았을 것이다.

하지만 유운학은 결국 구절심을 베지 못한 채 바닥을 나뒹굴었을 뿐이다. 이제 아무도 그의 편에 서지 않을 것이며, 유운학에겐 수치스런 행동에 대한 변명의 여지도 남지 않았다. 그리고 그런 처지는 구황문의 무사들 역시 잘 알고 있었다.

"이놈, 유운학! 한때 한 문파의 장문인까지 지냈던 자가 부끄러움을 모르는가? 혀를 깨물고 죽어도 시원찮을 놈이 여전히 오만을 부리는구나. 오늘 너희 정파 무리의 야비함과 편협함을 보았다. 네놈의 피로 그 더러운 것들을 본 나 기모람의 눈을 씻어내겠다."

구황문의 무사 중 하나인 기모람이 유운학 앞으로 나서며 검을 겨누었다.

정파의 무림인들 중 누구도 그를 제지하거나 유운학을 위해 나서는 사람은 없었다. 이미 한차례 검을 섞어본 만큼 구황문의 무사들이 상당한 고수라는 것을 알고 있었기 때문이다. 더욱이 유운학은 사특하고 졸렬한 수로 구절심의 뒤를 노렸다. 그를 감쌀 어떤 명분도 없었다.

정작 기모람을 막은 것은 구절심이었다.

"기모람, 검을 거두시오. 이건 나 구절심의 일이오."

아주 낮고 담담한 목소리였다.

구절심의 말에 기모람은 순순히 검을 거둔 채 물러섰다. 그 역시 유운학의 목을 거두는 것이 구절심의 일이라 생각하고 있었던 것이다.

"유운학, 이것이 어디까지나 정파와 사파의 운명이라고 했는가?"

유운학을 바라보는 구절심의 눈에선 알 수 없는 피로가 느껴졌다.

"그렇다."

"이 자리에 있는 정파의 무리 모두가 너와 같이 행동했을 수도 있단 말인가?"

"아마도……."

유운학은 어정쩡하게 대답한 후 주위를 둘러보았다.

많은 정파의 무림인들은 시선을 피하거나 무거운 침묵으로 일관했을 뿐 부정이나 긍정의 반응을 보이지 않았다.

구절심의 눈은 어느새 그런 반응을 보이고 있는 정파무림인들을 훑고 있었다.

"내가 직접 묻지."

구절심은 자리에서 일어섰다. 그리고 신음하고 있는 가연을 한번 쳐다본 후 검을 들었다.

"단 한 번만 묻겠다. 방금 전 유운학의 행동이 졸렬하고 수치스러운 것이었다고 생각하는가? 만약 그런 자가 있다면 지금 이 자리에서 유운학의 목을 베라. 살 수 있는 기회는 오로지 그 방법뿐이다."

"……."

객잔 안은 마치 무거운 정적에 짓눌린 듯한 분위기였다.

정파의 무림인들은 여전히 서로의 눈치를 살피며 침묵으로 일관했을 뿐 누구도 앞으로 나서지 않았다.

"기모람, 식솔들을 데리고 밖으로 나가주시오."

구절심은 아주 천천히 입을 떼었다.

기모람은 흠칫 놀랐으나 이내 아무 말 없이 자신의 수하들을 객잔 밖으로 내보냈다. 그리고 자신은 천천히 구절심을 스쳐 지난 후 신음하고 있는 가연을 어깨에 둘러맸다.

"아무도 객잔 밖으로 나가지 못할 것이오. 또한 우리들 중 누구도 이 안으로 들어오지 않을 것이오. 이것은 더 이상 우리 구황문의 일이 아니며, 오로지 구절심 당신의 일일 뿐이오."

"고맙소."

구절심은 기모람의 어깨에 걸쳐진 가연의 얼굴을 스쳐보며 담담하게 말했다.

기모람이 객잔의 문을 열고 나간 후 객잔 식당엔 이제 유운학을 비롯한 30여 명의 정파무림인과 구절심이 남게 되었다.

그들은 팽팽한 긴장감을 만들어내며 서로 대치했다.

물론 일소천과 팽이, 무랑이 여전히 식탁에 앉아 있었으나, 더 이상 아무도 그들에게 시선을 주지 않았다. 그들 역시 마치 정물처럼 조용히 술잔이나 빈 술 동이에 눈길을 주고 있었을 뿐이다. 그리고 바닥엔 얼마 전 구황문과의 싸움 도중 다치거나 숨진 10여 명의 정파무림인들이 늘어져 있었다.

"지금부터 시작되는 싸움은 단순히 정파와 사파의 운명이라고 생각하겠다. 나는 하나고 너희는 다수이므로 내가 죽게 될 확률이 높겠지. 혹 내 목숨을 끊게 되는 사람이 있다면 조금의 동정이나 죄의식도 느끼지 마라. 나 역시 너희를 죽이면서 아무런 동정이나 가책을 느끼지 않을 것이다."

구절심은 길게 늘어서 있는 정파무림인들 하나하나와 눈을 마주치며 말했다. 그 어느 때보다 맑은 목소리였다.

정파무림인들은 의혹의 눈초리로 구절심을 지켜보았다. 하지만 그 눈빛이 경악으로 바뀐 것은 지극히 짧은 순간이었다.

"간다!"

단호한 한마디와 함께 구절심의 몸이 허공으로 솟구쳤다.

…….

'믿어지지 않는 일이다.'

무량은 언젠가 팽가객잔에서 팽 영감이 십천사들을 죽일 때 시간이 역행하고 있다는 느낌을 받은 적이 있었다. 마치 서로 다른 시간을 가진 하나의 영상이 둘로 나뉘고 그것들이 시간에 역행해 배치된 듯한 움직임, 그리고 순간순간 정지되는 영상.

무량은 오늘 똑같은 경험을 하고 있었다.

무량의 시선은 여전히 허공에 정지된 구절심에게 가 있었으나 이미 그곳에 구절심은 없었다.

"크헙!"

구절심의 검이 제일 먼저 가른 것은 유운학의 목이었다.

짧은 비명성에 놀라 무량이 눈길을 돌렸을 때 유운학의 몸통은 머리와 분리되어 바닥을 나뒹굴고 있었다.

정파무림인들은 경악의 눈빛을 빛내며 검을 든 채 뿔뿔이 흩어져 갔다.

하지만 그것도 하나의 착시 현상에 불과했다.

"으아악—"

"헉!"

"흡……!"

무랑의 눈길이 비명성을 쫓아가 있을 때 구절심은 거기에 없었다. 다만 선혈을 내뿜으며 쓰러져 있는 사내들만이 보여질 뿐이었다.

하지만 그런 일방적인 살겁도 오래가진 않았다. 구절심의 움직임이 현저하게 느려지고 있었던 것이다.

챙, 채채챙……!

"컥, 크헙……!"

구절심은 객혈을 토해내며 자신을 둘러싼 사내들의 검을 힘겹게 쳐냈다. 그리고 한쪽 벽면으로 물러섰다.

그의 옷은 온통 피로 물들어 있었으며 입가로는 붉은 선혈이 뚝뚝 떨어져 내렸다. 여기저기 검이 스친 흔적도 역력했다. 하지만 아직 심각한 부상을 입지는 않은 듯했다. 구절심의 옷을 적시고 있는 피는 그가 쓰러뜨린 사내들의 피였던 것이다.

남은 정파의 무림인들은 대략 10여 명. 운이 좋았거나 실력이 뛰어난 자들이었다. 그들은 서서히 진형을 갖추며 구절심을 에워쌌다.

"컥, 크헙……!"

구절심은 고통스럽게 객혈을 계속 해대며 허리를 꺾었다.

마치 서 있을 힘조차 없는 것처럼 몸을 비틀거렸다. 그를 지탱해 주는 것은 언제나처럼 검 한 자루였으나 이제 그 검은 무기가 아닌 지팡이에 불과했다. 구절심은 검단을 바닥에 찍은 채 검의 손잡이에 비틀거리는 상체를 의지하고 있었던 것이다.

"구절심, 네 말대로 너를 벰에 있어 조금의 동정이나 가책을 느끼지 않겠다."

텁수룩한 수염으로 온통 얼굴을 덮어버린 사내 하나가 검을 치켜든 채 냉랭하게 말했다.

수염의 사내. 그는 지금 베지 않는다면 언제 구절심의 검에 목숨을 잃을지 모르는 처지임을 잘 알고 있었다. 마음에 거리낌이 없는 것은 아니었으나 베어야 했다.

하지만 그는 너무 망설였다.

쇄액—

수염의 사내가 검을 휘두르는 순간 검에 의지해 있던 구절심은 튕기듯 허공으로 치솟아 회전하며 검으로 사내의 정수리를 찍었다.

"헉!"

수염사내는 단말마와 함께 그대로 바닥에 나동그라졌고, 나머지 사내들은 혼비백산하여 흩어졌다.

하지만 구절심의 상태는 여전히 좋지 않았다. 힘겹게 착지를 했으나 한쪽 무릎을 바닥에 댄 채 검을 세워 몸을 지탱해야 했다. 입으로는 연신 가쁜 숨을 내쉬었다.

아홉 명의 사내들은 잔뜩 긴장한 모습으로 잠시 눈짓을 주고받았다. 그리고 잠시 후 모종의 합의를 이끌어냈다.

"지금이다!"

제법 나이 든 사내 하나가 외치는 것과 동시에 무림인들은 일제히 구절심에게 쏟아져 들어갔다.

채채채챙—

"끄아악—"

"으… 으아악!"

…….

빠르게 맞부딪친 검과 검. 뒤이어 터져 나온 비명성.

구절심은 마치 불사신 같았다.

사내들의 검이 찔러 들어오는 순간 그는 빠르게 검을 쳐내며 바닥으로 몸을 굴렸고, 그대로 드러난 사내들의 하체를 일제히 베어 들어가며 허공으로 치솟았다.

허공에 치솟은 구절심의 검이 객잔의 불빛을 반사하며 화려하게 그은 직선. 그것으로 싸움은 끝났다.

쿠, 쿠, 쿵……!

아홉 명의 사내가 바닥을 나뒹구는 데는 채 일 촌의 시간도 걸리지 않았다.

정파무림인들이 얼마간의 간격을 두고 쓰러진 후 구절심은 힘겹게 착지하며 비틀거렸다. 그리고 연이어 가쁜 기침과 함께 선혈을 토해냈다.

허공에서 검을 휘두르던 순간 구절심의 발치에 닿았던 등불 하나가 곡선을 그으며 흔들리고 있었다. 그 등불에 비친 구절심의 그림자가 등불과는 반대의 방향으로 흔들렸고, 객잔은 이제 완전한 정적에 휩싸였다.

5장 무림맹 비무대회(1)

동물의 세계에서 대부분의 종족은
생식, 영역, 굶주림을 이유로 싸운다.
하지만 인간만은 싸우기 위해
적당한 이유를 찾아 헤맨다.

1
무림맹 비무대회(1)

"뻐꾹, 뻐꾹……!"
"서방님, 뻐꾸기는 낮에 우는 새랍니다."
"헉! 소쩍, 소쩍꿍, 쩍꿍……!"
"호호, 조금만 기다리셔요. 이제 거의 다 되었습니다."
무림맹 비무대회가 시작되는 날, 새벽녘!
하지만 아직은 인시(寅時) 초입인지라 날이 밝으려면 얼마간의 시간이 더 있었다.
"부이~인."
"휴— 다 되었습니다, 서방님. 들어오셔요."
"끄아아—"
무산은 차마 입을 다물 수 없었다.
열려진 창문으로 들어온 달빛, 그 달빛이 비추고 있는 농염한 여체(女

體). 보일 듯 말 듯 치켜 올려진 속치마. 눈이 부셨다.

"서방님, 오늘은 약속대로 이야기만 나누기로 해요."

당수정은 무릎을 살짝 들어 올리며 간드러진 목소리로 말했다.

그 순간 속옷은 아슬아슬하게 속살을 드러내고 있었다. 위험 수위를 넘어도 한참 넘어선 자세다.

"끄, 끄아아아—"

"밤은 왜 이리 짧은 걸까요? 이제 조만간 새벽이 밝을 텐데… 아쉬워라—"

"커컥……"

정말 이야기만 나누고 싶었다.

적어도 오늘 같은 날은 그래야 했다. 정도무림의 협객들이 한자리에 모여 강호 정의를 수호하기 위해 뜻을 모으는 날이다. 당연히 무(武)와 협(俠)의 뜻을 기리며 경건한 담론을 나누어야 했다.

이 늦은 시각에 굳이 두 사람이 모이기로 한 이유 역시 그것이었다.

"서방님, 추워요. 소녀는 비에 젖은 새끼 사슴이에요."

"이건 운명이오, 부인. 내 가슴은 새끼 사슴을 위해 피워놓은 따스한 모닥불이라오. 그대, 당당하게 이 모닥불 곁으로 오시구려."

"아, 따뜻해라. 새끼 사슴은 지금 더없이 행복해요. 그러나… 그러나… 변함없이 떠오를 태양이 미워요. 흐흐흑……!"

"새끼 사슴을 위해 이 모닥불은 당장이라도 달려나가 닭의 모가지를 비틀고 싶소! 아, 하늘은 어찌하여 닭을 만들고 새벽을 만들었을까?"

"어머. 너무 시적이에요, 모닥불님!"

……

강호의 도가 시궁창에 떨어지는 순간이었다.

하지만 아무도 비 맞은 새끼 사슴과 모닥불을 욕할 수 없는 일이긴 했다. 두 사람 모두 너무 간절했기 때문이다. 마른 장작이나 다름없는 청춘이었고, 모두가 잠든 이 밤은 장작에 불을 당길 수 있는 절호의 기회였다.

"정말 이야기만 나누려고 했는데……."

"쉿! 난 지금 새끼 사슴의 숨소리를 듣고 있소."

"어머, 현기증……!"

무산은 당수정의 옷을 슬그머니 벗겨냈다. 그리고 지그시 덮쳤다. 마른 장작에 불이 지펴지는 순간이었다.

창밖에선 부엉이가 울기 시작했고, 잠시 거친 숨소리가 이어졌다. 두 사람의 맥박이 빠르게 뛰기 시작했다.

그러나 1촌, 2촌, 3촌(삐익). 부엉이가 정확히 세 번 울었을 때 모든 일이 끝났다.

"끄아아아―"

…….

…….

…….

"면목이 없소, 수정."

"……."

생각과는 달리 무산에게 그 새벽은 너무 길었다. 아주아주 길었다.

달빛은 숨이 막히도록 아름다웠다.

시간은 여전히 신시(申時) 초입. 모든 이들이 잠든 그 시각에 무산은 홀로 여곽 주위를 맴돌며 자기 머리를 쥐어뜯었다.

'이런 바보, 머저리… 토끼……!'

무산은 깊고 깊은 자학의 늪에 빠져들고 있었다.

'아니, 어떻게 부엉이가 세 번 우는 사이에 고꾸라질 수 있는 거지? 나는 아마 토끼 중에서도 가장 빠른 토끼일 거야. 흐흐흑! 수정이의 싸늘하게 식은 눈빛을 잊을 수가 없어. 얼마나 고심해서 마련한 자리인데……'

물론 무산이 처음부터 토끼였던 것은 아니다. 적어도 당수정과 처음으로 잠자리를 같이 했을 때만 해도 흉포한 야수였고, 낙양 시내가 떠나갈 듯한 광란의 도가니를 만들었다.

이후, 당수정이 무산의 자존심을 짓밟기 위해 변태토끼란 신조어를 만들어내면서 점차 왜소해지기 시작했고 그것이 현실화되었을 뿐이다.

'이유가 뭘까? 내가 왜 이렇게 됐을까?'

무산은 깊게 한숨을 내쉬며 고민에 빠졌다.

이제 몇 시진 후면 무림맹 비무대회가 개최되지만 지금 무산은 그런 잡스러운 것에 신경을 쓸 여유가 없었다. 어떻게 해서든 토끼를 벗어나 다시 한 번 당수정과 광란의 도가니에 빠져들어야 했다. 그것이 남자의 자존심이다.

「쯧쯧… 이런 순간이 찾아올 줄 알았습니다요.」

인생 최대의 조력자 휘두백이었다. 이 깊은 밤에도 휘두백이라는 찬란한 별은 무산을 비춰주고 있었던 것이다.

[아직 안 자고 있었니?]

「아닙니다요. 우물에서 자다가 갑자기 심장이 터질 것 같은 슬픔이 밀려와서 일어난 것입니다요. 제가 주인님과 교감하고 있다 말씀드리지 않았습니까요. 그나저나 오늘은 또 무슨 일입니까요? 토끼 운운하시던데.」

무산은 오늘 밤 당수정과 거사를 치르기 위해 휘두백을 우물로 내보내고 신시가 오기만을 기다렸다.

절호의 기회였다. 당수정의 방이 당개수 일행과 외떨어진 곳에 있었으므로 한밤중에 찾아가면 아무도 눈치 챌 수 없었던 것이다.

무산과 같은 방을 쓰고 있던 석금이가 독서삼매경에 빠져 미시(未時)가 지나도록 잠에 들지 않아 가슴을 조리긴 했다. 하지만 착한 석금이는 신시가 오기 전에 깊은 잠에 들었다. 만사형통이었다. 그런데 정작 당수정을 덮친 후 채 3촌도 지나지 않아 방사를 하고 만 것이다.

[그렇게 된 거야…….]

「쯧쯧… 그냥 위로를 해드릴깝쇼, 아니면 근본적인 원인부터 찾아내 하나하나 해부하며 해결책을 찾아드릴깝쇼?」

[근본적인 원인?]

「헤헤, 그럴 줄 알았습니다요. 당연히 그쪽에 관심이 가겠지요. 오늘은 주인님의 꿀꿀한 기분을 생각해서 했습죠 체로 강의를 하겠습니다요.」

[고맙다, 휘두백.]

무산은 휘두백의 투철한 하인 정신에 얼마간 감동을 받았다.

역시 사귀고 나서야 상대를 평가할 수 있는 것이다. 무산이 보기에 휘두백은 정말 이지적이고 타인을 배려할 줄 아는 훌륭한 물귀신이었다. 물론 간혹 저급한 말이나 행동으로 뒤통수를 치긴 하지만.

「대개 주인님처럼 혈기 왕성한 청년이 그런 가엾은 병세를 지니는 데는 세 가지 이유가 있습죠. 첫째는 선천적인 결함, 둘째는 경험 미숙, 셋째는 정신적인 문제입니다요. 그런데 첫 번째 문제는 제 분야가 아니니 논외로 하겠습니다. 제가 자신있게 해결해 드릴 수 있는 것은 두 번째와 세 번째 문제들입지요.」

휘두백의 강의가 시작되자 무산은 적당한 바위 하나를 찾아 그 위에 걸터앉았다. 정신을 집중하기 위해서였다.

「제가 보기에 주인님의 증세는 경험 미숙과 정신적인 측면 모두에 해당됩니다요. 경험 미숙은 말 그대로 주인님이 비교적 건전한, 혹은 고리타분한 성장기를 거쳤다는 증거가 됩니다요. 뭐, 자랑스러울 것도 없지만 특별히 부끄러워할 이유는 없습죠. 세상의 모든 날초보들이 가지는 공통적인 증세니까요. 하지만 그 기간이 너무 길어도 문제입니다요. 비록 합궁 횟수는 적었지만 주인님 내외 분이 혼례를 치르신 지 몇 달이 지났습니다. 부엉이가 세 번 우는 동안 밤일을 끝냈다는 건 저로선 상상도 할 수 없는 일입지요. 이건 죽어서도 조상님 뵐 면목이 없는 부도덕한 일입니다요. 사나이들의 세계에서 결코 있어선 안 될 수치입죠.」

[…….]

강의 도중 휘두백은 잠시 평정을 잃었다.

'부엉이가 세 번 우는 동안'이라는 말이 아무래도 용납되지 않는 듯했다. 남도 아니고, 자신의 강의를 몇 번이나 수강한 무산이 그런 낯뜨거운 과오를 저질렀다는 것이 휘두백의 자존심까지 건드린 것이다.

무산은 고개만 떨굴 뿐 아무 말도 하지 못했다.

하지만 잠시 후 살며시 뒤통수를 긁으며 비통한 전음을 날렸다.

[물론 사나이들의 세계에서 있어선 안 될 수치라는 말엔 공감하지만… 뭐, 부도덕하다고 매도할 필요까지는 없지 않냐? 내가 남의 마누라를 건드린 것도 아니고 그저 좀 빨랐다는 것뿐인데… 막 기분이 나빠지려고 한다, 휘두백아.]

「헤헤, 죄송합니다요. 제가 잠시 흥분했습니다요. 아시다시피 그 분야에 남다른 자부심을 갖고 있다 보니, 주인님 같은 약자의 입장을 이해하지 못했습죠. 헤헤.」

[아니다, 계속해 봐라. 다 내가 못난 탓이지 뭐…….]

무산은 다시 고개를 숙이며 배움의 자세를 가다듬었다. 가정을 지키기 위한 필사적인 노력, 아름다운 가장의 모습이었다.

「헤, 그렇다면 속개합지요. 제 말씀은 주인님의 증세가 단순한 경험미숙과는 다르다는 것입니다요. 아무래도 정신적인 요소가 상당 부분 작용한 듯합니다. 정신적인 요소에는 과도한 우울증, 심리적 압박감, 극도의 긴장감, 상대적인 열등감, 변태적 욕구를 분출하지 못함으로써 생기는 화병 등 여러 가지가 있습니다. 우선 주인님이 이 가운데 어디에 해당되느냐를 찾는 게 급선무입니다요. 그래야 해결책을 찾을 수 있기 때문입죠. 그동안 제가 지켜본 바로는 대충 짐작 가는 부분이 있습니다만, 아무래도 주인님 스스로 판단하시는 것이 가장 정확할 듯합니다.」

휘두백은 말끝을 흐리며 무산에게 잠시 생각할 시간을 주었다.

하지만 막상 무산은 당혹스러울 수밖에 없었다. 멀쩡한 자신이 한순간에 미친놈으로 몰리고 있는 듯한 기분이 들었기 때문이다.

'과도한 우울증? 상대적 열등감? 변태적 성향으로 인한 화병? 이거 나와는 거리가 먼 것들인데… 정말 환장할 노릇이군.'

무산은 길게 한숨을 내쉬었다.

한때 용문마을의 꽃미남이자 기린아였던 무산으로선 도저히 용납할 수 없는 증세들이었다. 물론 어린 시절 버려져 비교적 암울한 유년기를 보내기는 했으나 워낙 낙천적인 성격인 탓에 슬퍼할 겨를이 없었다.

그러고 보니 방초의 알몸을 훔쳐보거나 속옷을 훔쳐 싼 값에 판 적도 있다. 그러나 단순한 호기심이나 용돈을 마련하기 위한 수단이었을 뿐이다. 결코 변태적 성향 때문은 아니었다.

당수정의 입에서 더 이상 토끼란 말이 나오지 않게 하리란 각오로 지나치게 심적 압박을 받거나 긴장감을 느낀 적은 있다. 하지만 모두 과거의 일이다.

　게다가 우울증이나 열등감은 살아가는 순간순간 상황에 따라 느끼게 되는 감정들이다. 그럼에도 비교적 잘난 인물이다 보니 남들에 비해 그런 감정들은 덜했다. 도대체 휘두백의 말을 이해할 수 없었다.

　[휘두백, 네놈이 짐작하고 있다는 게 도대체 어떤 측면이냐? 나로선 도저히 이해할 수 없는 것들인데.]

　「쯧쯧, 치료가 쉽지 않겠습니다요. 자신이 보이고 있는 모든 증상들을 부정하는 환자들의 경우, 불치로 발전할 전망이 농후합니다요. 뭐, 그게 팔자라면 어쩔 수 없는 것입죠.」

　[······.]

　휘두백의 말은 청천벽력과 같았다.

　이제까지 경험해 본 바에 따르면 휘두백은 그 방면에 있어 전문가가 틀림없었다. 물론 가끔 논리적인 비약을 일삼긴 했지만 터무니없는 이야기를 늘어놓지는 않았다.

　무산은 아주 겸허해지기로 마음먹었다.

　[휘두백, 네 말이 무조건 맞는 거 같다. 너는 말이고 나는 토끼야. 너는 성 문화의 선구자고 나는 변태야. 너는 낙천적인데다 우월감에 차 있는 반면, 나는 염세적이고 열등감에 시달린다. 그러니까 제발 나를 구제해 줘······!]

　「쩝! 또 마음이 약해지는군. 하긴, 전 주인님의 그런 점을 존경합니다요. 언뜻 머슴 기질 같아 보이지만, 정말 큰 인물이 아니고는 그런 대범한 자세를 갖기가 쉽지 않습죠. 헤헤, 좋습니다. 그럼 이제 제가 평생을 연구해 온 비법을 소개해 드립지요. 이것은 경험 미숙과 정신적인 문제 두 가지를 일시에 해결할 수 있는 방법입니다요. 헤헤.」

[정말? 야, 휘두백. 넌 진정한 종놈이다. 사랑한다.]

「헤헤, 뭐 종놈 종놈 하니까 기분은 더럽지만, 사랑한다는 말 들으니 그런대로 흐뭇합니다요. 저… 그래서 말인데요, 주인님. 저도 부탁 하나만 드려도 되겠습니까요?」

휘두백은 다소 쑥스럽다는 듯 간지러운 전음을 보냈다.

무산은 한순간 온몸에 소름이 돋는 것을 느꼈다. 휘두백이 암수를 안 가리는 독특한 취향의 물귀신이라는 것을 잘 알고 있었기 때문이다.

더욱이 물에 빠져 죽은 다음부터는 암컷보다는 수컷에 관심을 기울였고, 얼마 전엔 은근히 잠자리를 같이 할 수도 있다는 둥 끔찍한 이야기들을 늘어놓았다. 무산이 겪어본 바로도 휘두백은 충분히 변태적이었다.

[부탁? 뭐, 내가 들어줄 수 있는 거면 뭐든 들어줘야지. 저… 하하, 이건 뭐 그냥 농담이지만, 내가 유부남이라는 사실은 잘 알고 있을 테고…….]

무산은 일찌감치 도망갈 구멍을 파놓았다.

하지만 휘두백은 다소 불쾌하다는 듯 뚱하게 화답했다.

「예? 무슨 소린지 잘 모르겠습니다요. 전 주인님 같은 체형을 별로 좋아하지 않습니다. 이 물귀신에 대해 뭔가 오해를 하고 계신 모양입니다요.」

[휴— 그렇지? 푸하하, 내가 잠시 엉뚱한 생각을 하고 있었구나. 미안타, 휘두백. 그래, 네 부탁이라는 게 뭐냐?]

「헤헤헤. 솔직하게 말씀드립지요. 저… 석금이라는 아이 있잖습니까. 그 아이랑 사귀고 싶은데 힘 좀 써주시겠습니까요?」

[…….]

무림맹 비무대회(1)

태산북두 소림사.
붉게 넘실거리던 태양이 숭산의 소실봉 중턱 북쪽 숲 속을 비칠 즈음 번뇌를 잠재우는 새벽 종소리가 울렸다.
숲의 덤불에 깃을 드리웠던 새들이 일제히 깨어나 날아올랐다. 맑디맑은 풍경 소리와 함께 해탈을 염원하는 염불 소리가 퍼지기 시작했다.
염불 소리야 숲을 벗어나기 전 산골짜기의 물소리나 조밀하게 들어선 장송들에 막혀 흩어지기 마련이다. 그러나 그 소리에 실린 법력은 어디선가 신음하고 있을 중생들의 고통을 말끔히 씻어줄 것 같았다.
무림맹 비무대회가 열리는 첫날.
평소 같았으면 묘시(卯時) 이전에 활짝 열렸을 소림사의 대문은 진시(辰時)가 시작되고도 한참이 지나도록 굳게 닫혀 있었다.
그럴 수밖에 없었다. 소림의 역대 행사 중 가장 큰 행사가 열리는 날이었다. 그만큼 그 행사에 참여하는 사람들의 수 역시 상상을 초월할 규모였다. 무림맹 비무대회가 시작되는 사시(巳時) 이전까지는 철저하게 출입을 통제하는 수밖에 없었다.

자칫 첫날부터 혼란이 야기된다면 7일 동안 치러지는 비무대회를 통제하기가 점점 힘들어지기 때문이다.

소림사의 대문 앞에는 약 2천여 명의 인파가 몰려 있었다. 어림잡아 계산을 하더라도 족히 100여 개가 넘는 문파와 세가가 참여한 것이다.

그런 만큼 사소한 시비가 끊이지 않았고, 이러저러한 사정으로 저잣거리 이상 시끄러웠다. 한쪽에선 입장패를 받기 위해 많은 사람들이 늘어서 있었고, 다른 한편에선 참가 인원을 놓고 소란이 벌어졌다.

오랜만에 지인을 만나 담소를 나누는 사람도 있었고, 묵은 원한을 두고 으르렁거리는 사람들도 있었다. 근 한 시진이 넘도록 이어진 혼란이었다.

"어머, 왜 밀고 난리람? 호호. 이편 오라버니, 이건 뭐 아예 장바닥이네요. 그런데 왜 떡 장수는 없는 거죠?"

방초가 이편의 품에 찰싹 안기며 물었다.

"허헉……!"

이편의 입에서 당혹스런 신음이 새어 나왔다.

그는 나름대로 방초를 경계하고 있었으나 허사였다. 방초는 지나치는 사람들의 몸에 옷깃을 살짝 스치기라도 하면 밀려 넘어지는 척하며 그대로 이편의 가슴을 파고들었다.

"나… 낭자, 여긴 스님들이 모여 사는 사찰입니다. 어… 어울리지 않는 행동은 삼가는 게 좋습니다. 보는 눈도 많고……."

이편은 힘겹게 방초를 밀어내며 타이르듯 말했다.

"어머, 그래요? 그래서 떡 장수가 없는 거예요?"

"……."

이편은 더 이상 할 말이 없었다.

그들 가까운 거리에 있던 일소천과 팽이 역시 한숨을 내쉬며 안쓰러운 눈빛으로 이편을 바라볼 뿐이었다.

하지만 주유청은 조금 달랐다. 그는 꾸준히 촉각을 곤두세운 채 이편을 노려보았다.

'저 가증스러운 인간. 속으로는 좋으면서 겉으로는 당혹스러운 척하는 것 좀 봐. 저것이야말로 색마들이 가지는 고도의 기술일 거야. 이거 정말 불안하군. 비무대회 이후 소림사에 남겠다는 각서를 받아놓기는 했으나 결코 안심해서는 안 돼. 워낙 능구렁이 같은 위인이라 믿을 수가 없단 말이지. 색마가 승려가 되겠다는 것 자체가……'

주유청이 보기에 이편은 아무래도 이중적인 인격을 지닌 타고난 색마였다.

"야, 곰탱이. 너, 왜 아까부터 우리 이편 오라버니를 노려보는 거지? 너 가자미 되고 싶어? 무공이 좀 늘었다고 까부는 경향이 있는데 너 그러다가 꼬리곰탕이 되는 수가 있어. 조심해."

갖은 오해를 증폭시키고 있는 주유청에게 방초가 일침을 놓았다.

일소천과 팽이는 다시 한 번 깊은 한숨을 내쉬었다. 그러나 이번에도 주유청은 다른 반응을 보이고 있었다.

'바, 방초 낭자가 아까부터 나 주유청을 눈여겨봐 왔단 말인가? 흐흐흑……! 아직 날 잊지 않았단 말이지. 고맙소, 낭자. 낭자를 위해서라면 나는 꼬리곰탕이 되어도 상관없소이다. 흐흐흑! 나 주유청의 충정을 알게 될 날이 올 것이오. 나는 본바탕부터가 색마와는 비교가 안 되는 사람이라오.'

주유청의 눈으론 희미한 물기가 내비치고 있었다.

남들은 결코 이해할 수 없는 진실한 사랑. 그것이 언젠가 화려하게 꽃피리란 것을 주유청은 믿고 있었다.

"이보게, 유청이. 자네 왜 우는가?"

등록을 마치고 입장패를 받아오던 이재친이 주유청의 뒤통수를 툭, 치며 물었다.

"사랑은 눈물의 씨앗이라네."

"그런가? 난 또 얄미운 나빈 줄 알고 있었네."

"……."

"서방님, 저기 저분. 승신검 사부님 아니신가요?"

무산의 어깨에 고개를 걸치고 있던 당수정이 나른한 목소리로 물었다.

그들은 일찌감치 입장패를 받아 소림사의 대문이 훤히 내려다보이는 숲 속의 나뭇가지 위에 걸터앉아 있었다.

"부인이 잘못 본 거 아니오? 그 늙은이가 소림사에 뭐 볼일이 있다고 왔겠소. 평생 시주하는 꼬락서니를 본 적이 없으니 공양드리러 왔을 리는 없고… 방초 먹여 살리기가 빠듯해 비구니라도 만들어주려고 온 건가? 아니지, 비구니 만들려면 아미산으로 갔어야지. 헤헤, 어쨌든 우리 사부는 아닐 것이오."

무산은 당수정의 허벅지를 조물락거리며 심드렁하게 대답했다.

비무대회고 뭐고, 조용한 숲이나 방에 들어 당수정이랑 밀애나 나누고 싶은 것이 무산의 솔직한 바람이었다. 오늘 새벽, 무산은 휘두백의 조언에 힘입어 다시 당수정을 찾아갔다. 그리고 비교적 성공적인 잠자리를 가졌다.

부드럽게 표현해서 잠자리지, 사실 잠은 한숨도 자지 못했다. 무공 훈련에 버금가는 강도 높은 체력 훈련을 했다고 보는 것이 정석이다.

"아니에요, 서방님. 정말 승신검 사부님 맞아요. 제가 눈썰미가 얼마나 좋은데요. 저기 싸가지없는 방초랑 서방님의 인사성없는 사제들도 있는걸요?"

당수정이 고개를 번쩍 치켜들며 말했다.

"그럴 리가 없… 어라? 정말이네?"

여전히 심드렁하게 대답하며 고개를 들던 무산은 화들짝 놀랄 수밖에 없었다. 분명 일소천과 팽 영감, 그리고 방초 등이 소림사 대문 앞에 불량스럽게 서 있었던 것이다.

"아니, 저 인간들이 여긴 웬일이지? 설마 비무대회에 참가하기 위해서?"

"다른 이유가 있을 리 없지요."

"망둥이가 뛰니까 꼴뚜기도 뛴다더니, 무산 없는 용문파에 무슨 인재가 있다고. 혹시 무랑 그 녀석이 나오기로 한 걸까?"

무산은 은근히 설레는 마음으로 무랑을 찾아보았다.

하지만 어찌 된 일인지 무랑의 모습만은 보이지 않았다. 혹시 입장패를 받기 위해 등록을 하고 있는 것이 아닌가 확인해 보았지만, 어디에도 없었다.

"부인, 시간도 얼추 되었고 하니 그만 내려가 봅시다. 아, 삼불원 소뢰와 당비약에 관한 이야기는 당분간 비밀로 해주시구려."

"예, 서방님. 그나저나 소뢰와 뇌원이 약속을 지킬까요?"

"헤헤, 삼불원 그 인간이 명예를 걸고 약속한다고 하지 않았소."

"그래서 더 걱정이지요. 그런 인간이 명예 따위를 알 턱이 없잖아요? 서방님 같은 협객이라면 모를까."

"허허, 부인……."

무산과 당수정은 잠시 야릇한 눈길을 주고받다가 쪽, 입을 맞춘 후 몸을 날려 바닥으로 내려섰다. 그리고 다정하게 몸을 비비며 소림사를 향해 걸음을 옮기기 시작했다.

몇 달 전이었다면 상상도 못할 풍경이었다. 하지만 지금 그들 부부는 한 쌍의 원앙처럼 아름다웠다. 금방이라도 한 폭의 춘화도(春畵圖)를 펼쳐 낼 것처럼.

"어? 방초야!"

"어머, 이게 누구야? 석금아! 너 살아 있었구나. 호호, 내 말이 맞았어. 우리 곰탱이는 네가 죽었을 거라고 했지만 난 아니라고 박박 우겼다? 호호호, 어쩜… 그런데 너 분위기가 많이 변한 거 같애. 킁, 킁……! 왜 석금이 냄새가 안 나지. 이상하다?"

무산과 당수정을 찾아 나섰던 석금이는 뜻하지 않게 방초를 만나게 되었다. 마침 방초 역시 어디론가 사라진 이편을 찾고 있던 중이었다.

"그런데 석금이 니가 여기 웬일이니? 스님 되려고 온 거야?"

"히히, 아니다. 석금이는 거지 됐다."

"어머! 너 불쌍하다, 얘. 그래서 동냥하러 온 거야? 방초가 먹을 거 줄까?"

방초는 석금이의 팔짱을 끼며 상냥하게 말했다. 이유는 알 수 없었으나 석금이에게선 끈끈한 동지애가 느껴지곤 했기 때문이다.

하지만 이상하게도 예전의 포근함 같은 것은 찾아볼 수 없었다.

"히히, 석금이는 요즘 지도자 수업받느라 바쁘다. 그래서 비럭질은 안 한다. 그런데 방초도 여기 비무대회에 참가하러 온 거니?"

"지도자 수업? 석금이 너… 이상해졌어."

"웅. 어쩌다 보니 그렇게 됐다. 그래도 석금이는 그대로다.『고문진보』에 보면, '구중(九重)의 문을 꾸미고 호화로운 궁궐을 짓는다 해도 그 사람이 앉을 곳은 겨우 무릎을 넣을 만한 작은 공간에 불과하다'는 말이 있다. 비록 석금이가 지도자 수업을 받지만, 내 꿈은 여전히 작은 그릇에 담을 만한 크기다. 히히, 그러니까 석금이는 여전히 석금이다."

석금이는 사람 좋은 웃음을 웃으며 격의없이 말했다.

제법 무공이 세지고 유식해진 것을 제외하면 석금이는 정말 변한 게 없었다. 여전히 순박하고 너그러웠던 것이다.

그럼에도 방초는 왠지 석금이가 낯설게 느껴졌다. 동류의 인간이라고 믿었던 석금이에게 배신이라도 당한 느낌이었다.

"고문진보? 진보적인 고문 방법 같은 걸 적은 책이야? 그런데 왜 궁궐을 져?"

"음, 방초는 아직 안 읽어봤구나. 고문진보란……"

"됐어. 방초는 석금이 싫어졌어. 너 저리 가!"

"……"

석금이는 난생처음 유식한 설움을 겪고 있었다. 아는 것이 무슨 죄라고…….

"너 이놈, 석금이 아니냐!"

석금이가 무식한 방초로 인해 진땀을 빼고 있는데 마침 일소천과 팽이가 나타났다.

일소천은 과거에 자신이 겪었던 무림인사들을 찾아다니며 인사 나누는 재미에 푹 빠져 있었다.

물론 40여 년 전의 일인만큼 현역에서 활동하는 고수들은 드물었다. 설령 마주쳤다 해도 기억이 가물가물해 알아보지 못하는 인물들도 있었다.

하지만 가뭄에 콩 나듯 일소천의 뇌리에 또렷이 각인된 무림인들을 몇 명쯤 발견할 수 있었다. 그런 무림인들을 만나면 일소천은 다짜고짜 다가가 부둥켜안으며 40여 년 전의 악몽을 고스란히 일깨워 주었다.

상대는 기겁을 했지만, 일소천은 파란만장했던 과거의 추억을 곱씹었다. 그리고 당시의 일전을 세세히 묘사해 가며 호들갑을 떨었다.

문제는 일소천에게 추억인 것이 상대방에게는 땅속까지 함께 묻고 가고픈 치욕스런 비밀이었다는 점이다. 더욱이 나이가 나이니만큼 한 문파의 원로 혹은 문주의 자격으로 참여한 그들이었다. 제자들 앞에서 개망신당하게 된 마당에 일소천이 반가울 리 없었다.

어쨌거나 일소천은 흥겨운 기분으로 과거의 숙적들을 찾아다니던 중 우연히 석금이를 발견하게 된 것이다.

"석금아아아아—"

일소천은 석금이의 얼굴을 확인한 후 그를 덥석 안았다.

"캑캑… 영감도 왔구나? 그동안 기체후일양만강했어?"

"기체후일양만강……?"

뜻밖의 인사였다. 일소천은 석금이를 꽉 부둥켜안았던 손을 조심스럽게 풀어내며 의심의 눈초리로 쳐다보았다.

"히히, 오늘 이곳에서 뜻하지 않게 많은 친구들을 만나게 된다."

"친구……?"

"히히히, 친구란 말이 섭섭했다면 내가 사과하지. 하지만 고약한 뜻은 없다. 다만 맹자 가라사대, '나이 많은 것, 존귀한 세도, 혈연 따위에 얽매이지 않고 벗을 사귀는 것이 진정한 교우의 길이다. 벗을 사귀는 것이란 그 사람의 덕을 벗으로 사귀는 것이니 그 사이에 얽매임이 있어서는 안 된다' 했다. 그러니 그저 영감의 덕을 높이 사서 친구라는 표현을 쓴 거다."

"맹자?"

일소천은 화들짝 놀라며 다급히 뒤로 물러섰다. 그리고는 다시 한 번 석금이의 모습을 천천히 훑어본 후 머리를 긁적였다.

"푸헤헤, 젊은 서생에게 내가 실례를 한 모양이구먼. 과거 내가 알던 산적 놈이랑 너무 닮아서… 그런데 오랜만이라니, 우리가 어디서 만났었나?"

"히히, 영감, 그동안 농담도 많이 늘었다. 나 석금이 맞다."

"……."

"승신검 사부니임—"

사람들 틈새를 헤치며 나타난 당수정이 일소천을 부르며 환하게 웃었다.

단 한 번 만난 일소천이다. 하지만 무산의 처지를 생각할 때 시아버지나 다름이 없다고 생각한 것이다.

"어라? 수정이 아니더냐."

물끄러미 당수정을 바라보던 일소천이 갑자기 헤벌쭉이 웃었.

웬 처자인가 싶었으나 곧 당수정을 알아본 것이다. 그렇지 않아도 은근히 무산 내외의 소식이 궁금했는데, 이곳에서 만나게 되었다. 반갑지 않을 수 없었다. 더욱이 애교 띤 목소리로 자신을 불러주는 당수정으로 인해 일소천은 내심 흐뭇했다.

"호호, 그새 회춘이라도 하셨어요? 너무 젊어지셔서 못 알아뵐 뻔했지 뭡니까."

"푸헤헤, 요즘 많이 듣는 소리이니라."

일소천은 아예 함박웃음을 웃으며 멀뚱히 옆에 서 있던 팽이를 곁눈질했다.

'키키. 잘 보았느냐, 팽가야. 제자 복 많은 일소천이는 어딜 가나 열혈 추종자들이 따르느니라. 네놈이 이 기분을 아느뇨?'

이재천으로 인해 한동안 꺾였던 일소천의 기가 다시 펴지는 순간이었다. 일소천에게 눈웃음을 보내던 당수정은 그제야 한 편에 서 있던 방초를 발견했다.

방초는 뾰로통한 얼굴로 숙적 당수정을 노려보고 있었다.

"어머, 방초는 그사이에 많이 귀여워졌구나? 언니가 과자 가져온 게 있는데 먹고 싶으면 언제든 말하렴. 호호호. 아이, 귀여운 것."

"……."

당수정은 방초의 머리를 쓰다듬으며 호들갑을 떨었다. 애초에 꼬마 취급을 해서 기선을 제압하고 상하 관계를 명확히 하기 위해서였다.

하지만 방초는 빠드득 이를 갈았을 뿐 제법 성질을 죽이고 있었다.

돌이켜 보면 자신에게 처음으로 상실감, 혹은 패배감을 안겨준 여인이 당수정이었다. 세상 모든 남자가 자기 하나를 위해 존재한다고 믿고 있던 방초에게 당수정은 그야말로 숙적이었다. 비록 머슴에 가까운 존재였으나 남자임에는 틀림없는 무산을 채간 것이다.

방초는 또 한 번 묘한 위기감에 치를 떨어야 했다.

"호호, 그래도 과자는 먹고 싶은가 보구나? 살쾡이처럼 난폭하던 방초가 양처럼 순해졌네? 이 언니가 맛있는 것으로만 골라 줘야겠다."

"얘, 여전히 버릇이 없구나. 넌 우리 용문파의 머슴이랑 결혼했으니까 하녀나 다름없어. 너 식순이 할래, 삼순이 할래? 하녀 하기 싫으면 이 자리에서 혀를 깨물고 죽던가?"

"……."

당수정과 방초, 두 여인의 눈에 불꽃이 일기 시작했다.

하지만 큰 싸움이 벌어지기 직전 다행히 무산이 모습을 드러냈다.

"하, 하, 하! 사부님, 팽 영감! 두 분 모두 기체후일양만강하셨습니까?"

"너… 기체후 같은 말 쓰지 마! 석금이 하나로 족하다."

내심 반갑기는 했으나 일소천은 냉랭한 음성으로 무산을 맞았다. 한편으론 잘 키운 머슴 하나 생으로 빼앗긴 느낌이었기 때문이다.

"그나저나, 네놈 얼굴이 왜 그 모양이냐?"

모처럼 친근한 얼굴 하나를 발견해 낸 팽 영감이 오랜 침묵을 깨고 끼어들었다.

"내 얼굴이 어때서, 영감?"

"병든 송아지처럼 누렇게 떴지 않았느냐, 이놈. 푸히히, 처가살이가 제법 힘든 모양이구나."

"……."

무산은 어떤 식으로 대답해야 할지 난감했다. 밤을 꼬박 새워 마른 장작에 불 지핀 얘기를 할 수도 없고.

하지만 그 순간, 우리의 방초는 이렇게 말했다.

"무산이 너, 거기서도 머슴 사니?"

"……."

한줄기 소슬바람이 무산의 귀밑머리를 스치며 하남성 등봉현 숭산 소실봉 중턱을 지나쳐 갔다. 바야흐로 가을이 무르익고 있었다.

3
무림맹 비무대회(1)

　무림맹 비무대회 첫날. 사시(巳時).
　소림사 본전 앞에 펼쳐진 드넓은 연무장은 가을 햇빛에 젖어들고 있었다.
　연무장은 정파무림의 여러 협객들로 채워졌고, 그들은 질서정연하게 도열해 단상을 올려다보았다.
　단상 위에는 현 무림의 살아 있는 전설로 일컬어지는 범현 거사가 서 있었다.
　잿빛 법복과 흰 수염 사이로 드러나는 주름진 얼굴에선 어쩔 수 없이 세월에 시들어가는 한 노인의 모습만이 전해졌다. 하지만 부릅떠진 눈만은 형형하게 빛나 멀리서도 그 기도에 숨이 막힐 지경이었다.
　그럴 수밖에 없었다. 범현 거사는 제2의 혜가로 불릴 만큼 법력이 높고 신기에 가까운 무공으로 한때 강호를 주유하며 숱한 기사(奇事)를 만들어냈다.

명불허전! 범현은 소림의 과거이고 현재이며 미래였다. 동시에 정파 무림의 선봉에 선 한 상징이기도 했다.

"오늘 이 자리에 모인 정파무림의 여러 동도들은 알 것이오, 왜 자신이 이 자리에 서 있는지."

단상 위에 올라 한동안 말없이 연무장을 훑어보던 범현 거사가 무겁게 닫혀 있던 입을 열었다. 그리고 아주 느릿느릿 말을 이었다.

"하지만 자신의 머리 속에 있는 답이 현답인지 아닌지는 아직 확실치 않소. 부디 비무대회가 펼쳐지는 7일 동안 마음의 거울에 담긴 자신의 참모습을 보기 바라오. 먼 길을 마다하지 않고 이 무덤과도 같은 고찰을 찾아주신 여러 협객들께 감사하오."

말을 마친 범현 거사는 합장을 하며 고개를 숙였다.

…….

연무장은 한순간 침묵에 휩싸였다.

개회사치고는 지나치게 짧고 모호하며 담담했다. 연무장을 채우고 있던 무림인들 중 절반은 아직 범현 거사의 개회사가 끝난 것이 아니리라 믿고 있을 정도였다.

하지만 범현 거사는 미련없이 단상을 떠났다.

그제야 연무장 한편에서 환호성이 터졌고, 파도를 타듯 그 환호성이 연무장의 침묵을 깨뜨려 가기 시작했다.

아직 사시를 벗어나지 않은 시각.

범현 거사의 개회사 이후 이번 비무대회의 개요와 방식, 주의 사항 등 대략적인 설명이 무림맹 수뇌들에 의해 차례로 설명되었다.

오시(午時).

각 문파와 협객들은 소림사의 팔대호원으로 이루어진 진행 위원들에 의해 조를 편성받는 한편, 세부적인 설명들에 귀를 기울였다.

이번 비무대회에서 비무를 겨룰 순수 참가자는 총 424명. 각 문파나 세가의 최고 참가 인원은 4명이었으므로, 최소한 100여 개의 단체, 혹은 개인이 참가한 셈이었다.

집계 결과, 복수의 참가자를 내보낸 문파가 56개, 세가가 28개. 그들을 합친 인원은 총 306명이었다. 그 외 개인 자격으로 참가한 협객의 수는 모두 116명.

특기할 만한 것은 1인의 참가자를 내보낸 문파가 딱 두 군데 있다는 점이었다. 바로 개방과 팽두파였다.

424명. 예상을 웃도는 수치였다.

원래 무림맹의 수뇌 회의에서 예상한 인원은 현재 참가한 인원의 절반 정도였다. 아무리 참가 자격이 완화되었다고는 하나 기존의 거대 문파에 비해 워낙 기량의 차이가 큰 만큼 애초에 참가를 포기하는 문파가 많을 것이라고 판단했던 것이다.

하지만 그것은 어디까지나 무림맹 수뇌의 착각이었다.

강호는 잠룡과 와호의 세상이었다. 그들은 기회가 오면 언제든 검림으로 뛰어들 준비가 되어 있었다. 더구나 최근 무림맹은 그들 수뇌들이 생각하는 것 이상으로 그 위신을 잃고 있었다.

웬만한 문파와 세가들은 소림이나 무당, 화산, 아미 등 거대 문파들에 비해 자신들이 못할 게 없다 믿고 있다. 지난번 천무밀교와의 일전에서 보여준 무림맹의 무력증이 불러온 결과였다.

언제나 단독으로 행동하는 무림고수들도 마찬가지다.

그들의 눈에 무림맹은 한낱 허수아비로밖에 보이지 않았다. 그럼에도 평소 무림맹의 주축을 이루는 거대 문파의 제자들이 오만방자한 행동을 일삼았다. 이번 기회를 빌어 철저하게 응징할 필요가 있었다.

이것이 권위와 신뢰를 잃은 무림맹의 현실이었다.

어쨌든 예상보다 많은 참가 인원으로 인해 수뇌들은 조 편성, 경기 운영 방식 및 세부적인 사항들에 얼마간의 수정을 가할 수밖에 없었다.

그 결과는 대략 다음과 같았다.

一. 예선 비무는 문파별, 세가별 비무, 1인의 참가자를 낸 문파와 개인 자격 참가자를 대상으로 한 비무, 둘로 나눈다.

二. 본선 비무에는 예선을 통과한 총 6개 이상 문파와 6인 이하 개인 참가자가 진출할 수 있다. 그 외 전회(前回) 비무대회에서 4강에 든 문파는 예선없이 바로 본선에 진출한다.

三. 본선 비무는 단체와 개인의 구별을 떠나 철저하게 1대 1 비무로 승패를 결정한다.

四. 결승 비무 역시 단체와 개인의 구별 없이 1대 1 비무로 승패를 결정한다.

五. 위 모든 항목은 단계에 따라 별도의 진행 방식이 부여되며, 그 방식은 철저히 무림맹 수뇌 회의의 결정에 따른다.

이상의 결과는 지극히 큰 가지에 불과했다. 즉, 어떠한 방식으로 본선 진출자, 혹은 문파를 가리게 될지 밝혀진 것이 없었다.

비록 조를 편성하기는 했으나 그것은 단순히 문파와 세가, 개인 참가자를 구분하고 그들을 다시 여덟 조로 나누는 것에 불과했다. 즉, 복수의 참가자를 낸 문파와 세파를 여섯 조로 나누고, 1인의 참가자를 낸 개방과 팽두파, 그리고 개인 참가자들을 두 개 조로 나누었을 뿐이다.

신시(申時).

무림맹 비무대회의 참가자들은 점심 식사를 마친 후 다시 연무장에 도열했다. 하지만 본격적인 비무나 예선을 치르기 위해서 집결한 것은 아니었다.

애초의 계획대로 비무대회 첫날은 등록과 조 편성 등 비무와 관계된 준비 과정과 전체적인 개요를 숙지시키는 데 소요되고 있었다.

본격적인 예선은 비무대회 둘째 날부터 2일간 치러지며 남은 4일 동안은 본선 비무가 펼쳐진다.

참가자들이 연무장에 다시 집결한 이유는 각자의 거처를 정하고 식사와 세면, 식사 등 전반적인 생활 편의 시설에 대해 안내받기 위해서였다.

그렇게 또 한 시진이 지났고, 첫날의 모든 일정이 끝났다. 이제 참가자들은 저녁 식사를 한 후 자신들의 숙소에 들어 휴식을 취하면 되는 것이다.

해시(亥時).

소림사 본전 깊숙한 곳에 자리 잡은 연화실(蓮花室).

사방의 벽에 화려한 연꽃의 모습이 양각된 그곳은 일종의 회의실이었다. 정확히 동, 서, 남, 북 네 방향에 서 있는 기둥에는 여의주 대신 연꽃을 문 용이 조각되어 있었다.

향로에서 타고 있는 향과 화로 위에서 끓고 있는 보이차의 향이 묘하게 어우러진 그곳에 세 사람이 모여 앉아 있었다.

"예선을 거쳐 봐야 알겠지만, 의외로 많은 변수들이 작용할 듯합니다그려."

범현 거사가 웃는 것인지 찡그린 것인지 모를 표정을 지으며 나직하게 말했다.

찻잔을 잡기 위해 손을 뻗치자 미풍이 일며 촛불을 흔들었다. 낡은 잿빛 승복이 일렁이는 촛불을 가리며 그림자를 만들었고, 실내는 그만큼 어두워지는 듯했다.

"무엇보다 마음에 걸리는 것은 화산파의 동향입니다. 혹시 수뇌 회의 때 백의천의 표정을 보셨습니까?"

적선 사미가 범현 거사의 그림자에 눈길을 주며 걱정스럽다는 듯 말했다.

"백의천이라… 하지만 소승이 알기로 화산에는 쓸 만한 인재가 없습니다. 장문인이라는 자가 썩어 있는데 그 제자들이라고 해서 다를 바가 있겠습니까. 화산의 명성도 모두 과거의 일입니다."

범현 거사는 가볍게 고개를 젓다가 찻잔에 입을 댔다.

"저 역시 그렇게 생각하고 있었으나 뭔가 심상치 않습니다. 저 하나만의 생각이라면 모를까, 적선 사미께서도 비슷한 느낌을 받았다면 충분히 경계할 필요가 있습니다."

두 사람의 대화에 끼어든 이는 무당의 장소천이었다.

그는 몇 달 전 천무밀교에 대패한 책임을 지고 무림맹주 직에서 물러났다. 벽운산 자락의 도화곡에서 그 뜻을 분명히 밝혔고, 심지어는 무당의 봉문까지 거론했다.

하지만 장소천은 전대 무림맹주의 자격으로 이번 비무대회에 참가하게 되었다. 단, 자신의 말에 책임을 지기 위해 이번 비무대회에 무당의 제자들을 내보내진 않았다. 그것으로써 일시적으로나마 봉문의 모양새를 갖춘 것이다.

"장문인께서도 백의천의 표정을 보신 게군요?"

적선 사미는 쉽게 읽혀지지 않는 표정을 지으며 장소천에게 물었다.

"그렇습니다. 비무대회의 개최를 둘러싸고 제일 반발이 심했던 그가 오늘은 웬일인지 시종 웃음 띤 얼굴을 하고 있었습니다. 그 사람의 성격으로 보아 뭔가 믿을 만한 구석이 없는 한 그렇게 여유작작할 수는 없겠지요."

"역시 같은 생각이시군요."

장소천과 적선 사미는 동시에 긴 한숨을 내쉬었다.

이들 세 사람은 방금 전 지객당에서 무림맹 수뇌 회의를 개최해 비무대회 진행 방식의 세부 사항을 논의한 바 있었다.

그런데 그 자리에 참석한 백의천의 행동이 영 마음에 걸렸다. 백의천은 이렇다 저렇다 말 한마디 없이 사특한 웃음만을 웃고 있었다. 마치 비무대회의 우승이 화산의 것이라는 확신을 가지고 있기라도 한 것처럼.

"적선 사미의 걱정이 지나치십니다. 현 강호에 가외체인 소희를 능가할 신진은 없습니다. 우리가 굳이 35세 이하로 나이를 제한한 까닭도 그 때문입니다. 설령 강호에 와호와 잠룡이 많다 해도 그것은 어디까지나 이미 일가를 이룬 나이 든 고수들의 이야기입니다. 그 나이 이전에 홀로 대성을 이룬다는 것은 거의 불가능한 일이지요. 만약 어느 문파나 세가의 제자 중 그처럼 뛰어난 자가 있다면 이미 강호에 소문이 났을 것이구요. 하지만 우리는 이제껏 화산에 신진 고수가 있다는 말을 듣지 못했습니다. 하하, 그러니 두 분의 걱정은 기우에 지나지 않는 것이지요."

"저 역시 그렇게 생각하고는 있으나……."

적선 사미는 말끝을 흐릴 수밖에 없었다.

방금 전 범현 거사의 말은 지극히 타당했기 때문이다. 누구보다 구소희에 대해 잘 아는 범현 거사였다. 더욱이 그는 강호최고의 고수로 많은 경험과 높은 안목을 지닌 인물이다. 적어도 무공에 관한 한 그의 눈과 판단은 정확했다.

"노납이 걱정하는 것은 단 하나입니다. 혹시라도 사파의 고수들에 의해 비무대회가 방해받지 않을까 하는 점 말입니다. 방금 전 수뇌 회의에서도 거론되었지만, 그게 보통 일 같지가 않습니다. 곤륜파와 묘청세가는 물론 여러 중소 문파의 참가자들이 도륙되었습니다. 대부분 구황문의 무리들에게 40여 명 남짓한 정파의 고수들이 도륙되었다는 정도로 알고 있으나 실상은 그렇지 않습니다. 객잔의 주인과 점소이들에게 확인한 결과 대부분의 정파고수들이 구절심이라는 살수 한 명에게 당했다고 합니다."

"빈니도 나름대로 조사한 것이 있습니다. 정황을 살펴보니 묘청세가의 묘청운이란 자와 곤륜파의 역선 유운학이 시비를 걸어 벌어진 일이라 합니다. 더욱이 묘청운이란 자는 구절심의 여인을 희롱하다가 그 꼴이 되었다더군요. 만약 이 일이 있는 그대로 세간에 퍼지게 되면 무림정파는 물론 우리 무림맹조차도 웃음거리가 될 겁니다. 시비를 건 것도, 수모를 당한 것도 정파의 일이니 말입니다."

적선 사미가 한숨을 내쉬며 말했다.

"구절심이란 자가 그렇게 대단한가요? 익히 그에 대한 풍문을 들은 바는 있으나 혼자서 정파의 고수들을 상대로 그런 살겁을 자행할 수 있다니 쉬이 믿어지지 않습니다그려. 하지만 설마 그 한 사람으로 인해 비무대회가 방해받는 일이야 있으려고요. 지나친 기우가 아닌가 싶습니다."

봉문 이후 강호의 소식에서 다소 멀어져 있는 장소천이 속 편한 소리를 늘어놓았다.

하지만 그것은 어디까지나 더 많은 정보나 속사정을 이끌어내기 위한 말이었다. 장소천 역시 최근 몇 년 동안 사파의 움직임이 심상치 않다는 것을 느끼고 있었기 때문이다.

"빈니의 생각은 다릅니다. 어제 일어난 살겁 때문에 십여 개의 문파가 비무대회도 치르지 못한 채 초상을 치르게 되었습니다. 개중에는 일찌감치 겁을 집어먹고 짐을 싼 문파나 무림인도 있다고 들었습니다. 물론 허섭스레기 같은 자들인만큼 그것이 안타까울 것은 없습니다. 다만 행여라도 정파 중에 그들과 내통하고 있는 자들이 있지 않을까 하는 점이 걱정입니다. 혹 범현 거사께서도 빈니와 같은 걱정을 하고 계신지요?"

적선 사미는 화산의 백의천을 염두에 두고 한 말이었다.

"글쎄요. 최근 화산파와 초화공이 연대를 하고 있다는 많은 정보가 있긴 하지만, 화산파가 구황문과 직접 연계를 하고 있으리라곤 생각지 않습니다. 만약 그랬다면 구황문에서 그런 식으로 정체를 드러내지는 않았을 테니까요."

"그렇다면 거사께서는 구황문이 자체적으로 모종의 음모를 꾸미고 있다 믿고 계신 겁니까?"

"하하, 그렇습니다. 구절심과 구황문에 의해 벌어진 어제의 살겁은 분명 그들로서도 뜻하지 않은 바였을 겁니다. 더욱이 구황문의 모사로 알려진 흑자련이란 자 역시 죽음을 맞았다고 하니, 그들 역시 큰 손실이었겠지요. 차라리 우리로서는 다행스러운 일이 아닐 수 없습니다. 적어도 그들이 꾸민 음모가 일찌감치 탄로가 난 셈이지요. 하지만 제 생각엔 그들이 전부가 아닐 듯합니다. 분명 이번 비무대회 참가자들 중 정파를 가장한 사파의 무리가 섞여 있으리란 생각입니다. 그것은 구황문일 수도 있고, 그 외의 세력일 수도 있지요. 백의천 역시 무엇인가 음모를 꾸미고 있는 것만은 확실하고… 현재로썬 그 실체를 알 수 없으니 답답할밖에요."

범현 거사는 자리에서 일어나 화로로 다가갔다.

화로 위에선 주전자에 담긴 보이차가 쇠죽 같은 냄새를 풍기며 끓고 있었다. 범현 거사는 뚜껑을 열어 그 안을 들여다본 후 잠시 고개를 젓다가 다시 뚜껑을 닫았다.

"무엇인가가 들끓고 있긴 한데, 나 역시 그것이 무엇인지 모르겠구려. 적선 사미나 장소천 장문인의 생각처럼 백의천 역시 심상치 않고… 하지만 현재로썬 기다리는 수밖에요. 하하하. 비무는 소희, 그 아이에게 맡기고 나머지 문제들은 우리 손에서 해결해야 할 것 같습니다."

범현 거사는 뜨겁게 달구어진 주전자를 두 손으로 지그시 감싸며 말했다. 주전자 안에서 들끓고 있는 것이 무엇이든 그것을 조용히 잠재우겠다는 듯이.

한편 백의천은 소림사에서 멀지 않은 객잔에 머물고 있었다.

비무대회 참가자의 수가 많다 보니 소림에서는 모든 인원을 수용하는 것이 어려웠다. 사찰 곳곳에 천막을 쳐 임시 거처를 마련하기는 했으나 편한 잠자리를 원하는 협객들에게 그런 누추한 잠자리를 강요할 수는 없었다.

따라서 희망자에 한해 사찰 밖의 객잔에 머무르게 했는데, 백의천은 조금의 망설임도 없이 객잔에 숙소를 마련했다.

"운(雲)아, 떨리지 않느냐?"

취운의 방에 들른 백의천이 웃음 띤 얼굴로 물었다.

백의천은 취운의 실력을 누구보다 믿고 있다. 당연히 비무대회의 우승을 거머쥘 것이라 확신하고 있었다. 다만, 아직 강호의 경험이 많지 않은 취운이 혹 긴장이라도 하지 않을까 걱정되었을 뿐이다.

"솔직히 잘 모르겠습니다, 사부님. 저는 이제껏 두려움이나 떨림 같은 것을 경험해 보지 못했습니다. 정말 두려운 것이 있다면 바로 그 점일 겁니다."

취운 역시 가벼운 미소를 보이며 대답했다.

"이미 초화공을 통해 너에 관한 이야기를 상세히 들었느니라. 네가 황실과 연관된 사람이라는 것도, 과거 억울하게 돌아가신 장영 대장군의 손자라는 것도. 아마도 네 가슴속엔 내가 짐작하지 못할 만큼 깊은 한이 자리 잡혀 있을 것이다. 나는 강호의 사람, 비록 초화공과 손을 잡기는 했으나 애초에 황실이나 정치와는 무관하다. 그러나 이미 나는 너와 사제의 인연을 맺었으니, 네 한을 풀고 네 꿈을 펼칠 수 있도록 최선을 다해 도울 것이다. 네가 후에 황제가 되든 그저 화산파의 주인으로 남든 그것은 네가 선택할 일이다. 하지만 어느 쪽을 선택하든 네가 화산의 제자였다는 것만은 결코 잊어서는 아니 되느니라."

백의천은 소탁을 사이에 둔 채 취운의 얼굴을 지그시 바라보았다.

백의천. 그는 오로지 화산파의 중흥만을 꿈꾸며 살아온 사람이다. 취운은 지금의 그에게 있어 무엇보다 소중한 보배다. 취운으로 인해 화산파의 장래가 결정될 것이기 때문이다.

하지만 단순히 그런 이유 때문은 아니었다. 백의천 역시 검림에서 살아온 사람, 타고난 무사에게 마음이 끌리는 것은 지극히 자연스러운 일이었다.

"사부님, 떨리지 않으십니까?"

취운은 방금 전 자신이 받았던 질문을 백의천에게 되돌렸다.

"떨린다. 두 가지 이유로 인해 지금 나는 떨고 있다. 그리고 그 두 가지 떨림은 모두 너에게서 비롯된다."

"……."

"이런, 술잔이 비었구나."

백의천은 주전자를 들어 취운의 잔에 술을 따랐다.

"사부님, 자칫 저로 인해 화산은 멸문의 위기를 맞을 수도 있습니다. 초화공께서 계획하고 있는 일들은 모두 역모라 규정할 수 있는 일들입니다. 만약 거사가 실패할 경우 저나 초화공은 물론 화산도 멸문을 당할 수 있습니다."

취운은 담담하게 말한 후 잔에 담긴 술을 단숨에 삼켰다.

"그것이 나를 떨게 하는 첫 번째 이유이니라. 그리고 나를 떨게 하는 또 하나의 이유는, 너로 인해 이루어질 화산의 꿈 때문이다. 잃거나 얻거나 둘 중 하나다. 그러면 된 것 아니냐. 어차피 사내들의 운명이란 그런 것이다. 이런, 또 잔이 비었구나."

백의천은 다시 주전자를 들어 취운의 잔에 술을 따랐다.

"사부님……."

취운의 눈빛이 미세하게 떨리기 시작했다.

6장

무림맹 비무대회 (2)

옛날의 하늘은 한 사람을 어질게 하여
여러 사람의 어리석음을 보게 했다.
요즘 하늘은 한 사람을 어리석게 하여
여러 사람을 즐겁게 한다.

1
무림맹 비무대회(2)

무림맹 비무대회 둘째 날. 사시(巳時).

비무대회 참가자는 전날 편성된 대로 자신이 소속된 각 조의 위치에 도열했다.

예선 비무는 건(乾), 감(坎), 간(艮), 진(震), 손(巽), 이(離), 곤(坤), 태(兌) 등 팔방의 이름을 따 이름 지어진 건웅(乾雄), 감웅, 간웅, 진웅, 손웅, 이웅, 곤웅, 태웅조로 나뉘어 펼쳐지기로 되어 있다.

이 중 앞선 6개조는 복수의 참가자를 낸 문파와 세가의 시험이고, 남은 2개조는 1인의 참가자를 낸 개방, 팽두파와 개별 참가자들의 시험이다.

적은 규모의 대회거나 소수의 정예를 대상으로 한 비무대회라면 철저하게 1대 1 비무를 원칙으로 할 것이나 이번 무림맹 비무대회는 결코 그런 방식으로 감당할 수 없는 규모다. 어쩔 수 없이 별도의 검증을 거치는 수밖에 없었다.

어젯밤 무림맹의 수뇌들은 임시 회의를 소집해 이 부분에 대한 논의를 가졌다. 그리고 결국 한 가지 시험을 치러 그 시험을 통과하는 이들을 대상으로 비무를 개최하고, 거기에서 본선 진출자를 가리기로 했다.

앞서 설명한 8개조는 참가 인원이 많아 형식상 나누어진 것일 뿐, 치러지는 시험은 동일했다.

"나는 소림의 팔대호원 중 한 사람인 득공(得空)이다. 너희들이 소속된 건웅조의 시험을 감독하게 될 것이다. 미리 말해 두지만, 시험의 규칙을 어기거나 정당치 못한 수를 쓰는 자는 비무를 겨루기도 전에 내 손에 뼈가 부러지고 내장이 터질 것이다. 더불어 두개골이 박살나고 심장이 도려질 것이며, 손가락과 발가락, 온몸의 관절들을 아작아작 씹어 지네처럼 토막토막 기어다니게 만들 것이다. 알겠느냐?"

"……."

건웅조에 속한 51명의 참가자들은 멍한 눈으로 득공이라는 자를 쳐다보았다.

아무리 소림의 팔대호원 중 하나라지만 참가자들을 다루는 태도가 좀 지나친 데가 있었던 것이다. 더욱이 참가자들은 하나같이 각 문파나 세가에서 내로라하는 이들이었다. 적합하지 않은 대우를 참아낼 사람은 드물었다.

하지만 참을 수밖에 없는 상황이었다.

득공은 7척 거구에 부리부리한 두 눈을 빛내는 괴물로, 유난히 큰 주먹을 가지고 있었다. 더욱이 얼굴을 가로지른 칼자국 때문에 인상이 아주 더러웠다.

참가자들은 멀뚱멀뚱 서로의 얼굴을 쳐다볼 뿐 아무런 대꾸도 하지 못했다.

무산이라고 다를 바 없었다.

'아니, 저 인간 스님 맞아?'

무산은 눈앞의 싸가지없는 위인을 어떻게 대접해야 할까 고민할 수밖에 없었다. 하지만 괜히 말썽을 피웠다가는 예선도 치르지 못하고 쫓겨날 것 같아 잠자코 참아주기로 했다. 원래, 칼자루를 쥔 놈들이 싸가지가 없게 마련인 것이다.

"아니, 마빡에 피도 안 마른 녀석들이 감히 나 득공의 말을 듬성듬성 듣는 게냐? 이번 시험은 무조건 내 마음이다. 나 득공이 자르고 싶은 놈은 언제든 자를 수 있다. 대가리에 생각이란 게 있으면 알아서 겨야 한다. 지금 이 순간 나 득공은 부처님이고, 너희 가엾은 조무래기들은 며루치다. 조금이라도 눈에 거슬리면 통째로 초장에 찍어 먹을 테다. 혹시 나한테 불만이 생길 것 같은 놈들은 어디 한번 며루치처럼 팔딱거려 보거라. 나 득공의 망치 같은 주먹으로 아갈통을 갈긴 후 손바닥은 절구에 넣고 찧어주마."

"……."

점입가경이었다.

'정말 강적이군. 마빡, 대가리, 망치, 절구… 무엇보다 부처님이 멸치를 통째로 초장에 찍어 먹는다? 염불깨나 읊었을 스님이 말씀이 지나치시군.'

무산은 일찍이 무수히 많은 무식한 놈들을 만나봐 왔지만 득공 같은 부류는 드물었다. 득공은 공부가 덜 되었다기보다는 인간이 덜 된 경우였다. 무식한 놈 중에서도 가장 골치 아프게 무식한 놈이었던 것이다.

"저 질문있습니다!"

궁금한 건 꼭꼭 짚고 넘어가야 직성이 풀리는 무산이었다.

더욱이 옆에 있는 당수정을 의식해 용감한 면을 보여주고 싶었다. 당수정 역시 난감한 표정으로 득공을 쳐다보고 있었으므로 그녀에게 얼마간의 여유를 주고 싶었던 것이다.

"오라, 며루치 한 마리 떴군. 그래, 어디 째진 아가리로 지껄여 보거라."

득공은 매섭게 눈빛을 빛내며 무산을 쏘아보았다.

"저… 질문없습니다. 죄송합니다."

득공의 눈빛에 무산은 조용히 손을 내리며 고개를 꺾었다.

궁금한 게 있어도 가끔은 참아주는 미덕도 발휘해야 한다는 게 무산의 생각이었다. 당수정도 그 정도는 이해해 주리란 생각이었다. 당수정이 고개를 설레설레 흔들며 길게 한숨을 내쉬는 것을 보면 꼭 그런 것 같지만은 않았지만.

"지금 장난하나? 풍경 소리처럼 맑고 고요한 나 득공의 정신 세계에 돌을 던지고 조용히 사라지시겠다? 네놈은 벌써 찍혔다. 넌 궁금한 게 없어졌더라도, 난 궁금한 게 생겼어. 그러니 어서 무엇이 궁금했던 것인지 지껄여 보거라. 네놈 아가리에서 나오는 말들이 내 망치 같은 주먹으로부터 죽통을 보호하느냐 아니냐를 결정짓게 될 것이다."

이미 말했듯 득공은 골치 아프게 무식한 놈이었다.

그는 천천히 무산에게 다가섰다. 그리고 바로 발치 앞에서 걸음을 멈춘 후 무산의 얼굴을 빤히 쳐다보았다.

…….

결코 작은 키가 아니었으나 무산은 고개를 한참 젖히고서야 득공의 얼굴을 볼 수 있었다.

"헤헤, 사실 쉬가 마려워서요… 뒷간에 가도 되는지 여쭈어보려고……."

"음… 생리 현상은 모든 중생에게 번뇌를 이끌어내는 씨앗이지. 그걸 문제 삼는다면 나 득공의 아량에 문제가 있는 것. 용서하겠다. 하지만 이상하군. 네놈은 왜 다시 말을 번복했는고? 벌써 바짓가랑이에 찌리기라도 했다는 게냐?"

"헤헤, 아닙니다요. 득공 대사의 망치 같은 주먹을 보는 순간 그 번뇌의 씨앗이 쏙 기어들어 갔습니다요. 헤헤헤!"

"파하하하! 오늘 나 득공이 또 하나의 덕행을 쌓았도다. 한 중생의 번뇌를 해결해 주었으니. 이놈, 머루치야. 내생에서 만나게 되면 그때는 오늘 네놈이 진 빚을 갚아야 하느니라. 원래 주고받는 것을 확실히 할 때 이 우주가 아름다워지기 때문이니라. 알았느냐?"

"넵!"

무산은 헤벌쭉이 웃으며 나름대로 생기발랄하게 답했다. 웃는 얼굴에 침 못 뱉는다는 말, 퍽 많이 들었기 때문이다.

무식한 만큼 단순한 득공은 흡족한 표정을 지으며 원래의 자리로 돌아갔다. 하나의 덕행을 쌓았으니 그만큼 성불에 접근했다는 생각이 그를 흐뭇하게 한 것이다.

"자, 이제 나 득공의 감독 하에 너희는 시험을 치르게 될 것이다. 원래는 비무를 치러야 마땅하나, 개나 소나 다 모이는 바람에 나 득공이 이런 조잡한 시험을 준비해야 했느니라. 이번 시험에서 떨어지는 개나 소들은 나 득공의 망치 같은 주먹에 대가리를 한 대씩 얻어터질 준비나 하고 있거라. 하하하. 자, 그럼 그만 첫 번째 시험을 치르러 가자꾸

나. 모두 큰 소리로 반야심경을 암송하며 나를 따르거라! 혹 아직 반야심경을 외지 못한 무식한 머루치들이 있다면 반성하는 마음으로 나무아미타불이나 읊조리며 조용히 따르거라."

득공은 본전 뒤편을 향해 팔자걸음으로 앞서 가며 큰 소리로 말했다.

"……."

반야심경을 알 턱이 없는 참가자들은 그저 반성하는 마음으로 나무아미타불을 읊조리는 쪽을 선택했다. 그런 만큼 정숙한 행렬이 되었다.

[서방님, 앞으론 아무 때나 나서지 마세요. 저 창피해서 혼났어요.]
[나무아미타불… 알겠소, 수정.]

당문의 제자들이 속한 건웅조는 득공을 따라 본전과는 한참 떨어져 있는 목조 건물 앞에 당도했다.

"소림사의 건물들은 하나같이 부처님의 숨결이 느껴지는 불전이니라. 모두 경건한 마음으로 나를 따르되, 발뒤꿈치를 들어 작은 소리라도 들리지 않게 해라. 행여 풍경처럼 맑고 고요한 나 득공의 마음을 흩뜨리는 개뼉다구 같은 놈이 있다면 내 작두같이 정교한 발차기로 모든 이빨을 뽑아놓을 것이다. 더불어 창자를 꺼내 순대를 만든 후 그것으로 줄다리기를 할 것이며, 염통을 뽑아 축국을 할 것이다. 알아듣겠느냐?"

"……."

참가자들은 비로소 여러 사찰 가운데 소림이 유독 조용할 수밖에 없는 이유를 알 수 있을 것 같았다.

[부인, 저 득공이라는 땡추의 표현이 퍽 친숙하게 느껴지는구려. 과거에 누군가에게서 비슷한 식의 이야기를 듣곤 했던 것 같은데…….]

무산은 처녀 시절의 당수정을 떠올리며 은근슬쩍 전음을 보냈다. 하지만 당수정은 시침을 뚝 뗀 채 곧바로 화답했다.

[어머, 정말요? 끔찍하기도 해라.]

득공이 건웅조의 참가자들을 안내한 곳은 40여 평 남짓한 정방형의 방이었다.

가구는 아무것도 없었으며 퀴퀴한 냄새와 얼마간의 피비린내, 땀 냄새가 뒤엉켜 머리를 어지럽게 했다. 더욱이 묵직한 철문 외에 빛이 새어 들어올 만한 창문 따위가 없어 밖에서 문을 걸어 잠근다면 그야말로 암흑처럼 변할 만한 공간이었다.

"이곳은 한때 소림삼십육방 중 하나였으나 삼십육방이 다른 곳으로 옮겨 지금은 창고로나 쓰이고 있는 곳이다. 나 득공이 오늘 시험을 위해 졸개들을 시켜 치우느라 어젯밤 내내 뺑이를 쳤느니라. 그 점 꿀통에 새겨 부디 경건한 마음으로 시험에 임하도록 하거라."

득공은 51명의 참가자들을 바닥에 좌정케 한 후 경건하게 지껄였다.

"자, 지금 이곳엔 총 9개 문파, 3개 세가가 모여 있다. 이 중에서 1차 시험을 통과할 문파와 세가는 도합 4개로 한정되어 있다. 시험 방식은 간단하다. 잘 보거라. 지금 내가 들고 있는 이 주머니에는 총 51마리의 쥐가 들어 있다. 두당 한 마리씩 나누어 주었으면 좋겠으나 그렇게 해서야 공정한 시험이 되겠느냐. 내가 보따리를 푸는 즉시, 네놈들은 쥐 잡기를 시작한다. 많이 잡는 편이 이기는 것이고, 동수가 나왔을 경우엔 크기로 승부한다. 격투를 벌여 남의 쥐를 빼앗는 것도 허용된다. 하지만 어둠 속에서 치러지는 시험이므로 적과 동지가 구분되지 않을 것이다. 이것이 1차 시험이다. 대개 각 문파와 세가에서 4명을 꼭꼭 눌러 참가시켰으나 일부 문파와 세가에서는 두 명, 혹은 세 명의 참가자를 냈더구나. 그런 곳에선 쪽수에서 밀려 불리한 점이 있으나 진정 실력이 있다면 쪽수는 문제가 되지 않을 것이다. 또 하나, 이번 시험의 성적에 따라 내일 치러질 2차 시험의 대련표가 작성된다. 즉 1위와 4위, 2위와 3위가 맞붙게 되는 것이다."

득공의 이야기가 이어지는 동안 참가자들은 자신의 동료들과 눈빛을 주고받으며 발 빠른 작전 회의에 들어갔다.

무산과 당수정, 당비약, 당유작 역시 전음을 주고받은 후 손가락 세 개씩을 펼치며 빠르게 눈빛을 교환했다. 4명이 각각 3마리씩, 총 12마리의 쥐를 잡는다면 4위 안에는 너끈히 들 수 있으리라는 판단이었던 것이다.

더불어 그들은 방의 네 모서리로 한 명씩 흩어져 같은 편끼리의 충돌을 피하기로 했다. 짧은 시간 안에 짜낸 것치고는 제법 그럴싸한 계획이었다.

"자, 시간은 반각을 주겠다. 그럼 이제 시작해 볼까?"

말을 마친 득공은 철문 밖으로 나간 후 상체를 방 안으로 쏙 집어넣었다. 그리고 자루를 열어 그 안에 담긴 쥐들을 허공으로 촤악 흩뿌렸다.

드르르륵……!

육중한 철문이 닫히는 소리와 함께 방 안은 암흑에 묻혔다.

찌직, 찌지지직……!

쥐 울음소리가 방 전체에 퍼지는 것과 동시에 방 안은 순식간에 아수라장이 되었다.

"잡아라……!"

"발밑이야, 발밑!"

"너 누구야?"

퍽, 퍽!

한 줌의 빛도 없었다. 누가 누군지 분간할 수도 없었다. 그 어둠과 소란 속에서 참가자들은 쥐 울음소리에 신경을 곤두세워 바닥을 덮치고, 옆에 있는 자들을 때려눕히며 쥐 잡기에 혈안이 되어갔다.

"으아악! 어머, 어머머, 너 누구야? 내 손에 죽으려고 환장한 거야?"

퍽, 퍽퍽퍽!

당수정은 뒤에서 자신을 덮쳐 가슴을 주무르고 있는 상대의 복부를 팔꿈치로 가격하고 뒤돌아 팔목을 비틀었다.

"부… 부인……."

신음 섞인 무산의 목소리에 당수정은 매질을 멈추었다.

[오마나, 서방님이셨어요? 이게 무슨 점잖지 못한 행동이여요?]

[비에 젖은 새끼 사슴이 추워할 것 같아서…….]

[호호, 어쩐지 모닥불을 쬐는 것처럼 따뜻하더라… 그나저나 몇 마리나 잡으셨어요?]

[아직… 헤헤, 쥐야 당비약이나 당유작이 많이 잡겠지. 우리 어젯밤 외롭게 보냈으니 이 기회를 놓치지 말고 은밀한 대화나 나눕시다. 이리 오시구려, 비에 젖은 꽃사슴.]

[아, 현기증… 하지만 안 돼요, 서방님. 우리는 당문 중흥의 역사적 사명을 띠고… 아… 어지러워라…….]

퍽, 퍼퍼퍼퍽!

한참 무르익어 가던 무산 부부의 은밀한 몸부림은 갑작스런 발길질로 인해 끝나 버리고 말았다. 시간이 촉박해지자 아직 쥐를 잡지 못한 참가자들이 쥐를 빼앗기 위해 아무에게나 발을 날리기 시작한 것이다.

"젠장, 쥐 잡으랬더니 사람 잡는군. 너, 오지게 걸렸어."

무산은 발이 날아오고 있는 방향으로 무작정 몸을 날렸다.

퍽, 퍼퍼퍽!

찍, 찌지직……!

"어쭈, 이게 뭐야. 양손에 한 마리씩 쥐 잡은 놈이 한 마리도 못 잡은 무산을 덮쳐? 너 오늘 쥐 뺏기고 코피도 터져 봐라."

참 불쌍한 녀석이었다. 욕심은 많아서 양손에 쥐를 잡고도 발로 쥐 잡으려다가 무산에게 걸린 것이다.

무산의 매질은 모질게 퍼부어졌지만 의지의 발길질 사내는 양손의 쥐를 꼭 움켜쥔 채 놓을 줄을 몰랐다.

"젠장, 산적질 이후 이렇게 나쁜 마음 먹기는 처음이야. 하지만 상황이 이러니 어쩌겠어. 세상이 나를 시험에 들게 하는데 최선을 다해야지. 어쨌든 너, 가진 쥐 다 내놔. 못 내놔?"

무산은 일단 사내의 양손을 꼭 움켜쥔 채 머리로 사내의 얼굴을 들이받았다.

"헉! 코… 코피……!"

사내의 울먹임과 함께 두 마리의 쥐가 무산의 손으로 옮겨졌다. 전의를 상실한 사내가 비로소 손아귀의 힘을 푼 것이다.

"그래, 임마. 넌 코피나 틀어막고 있어."

무산은 양손에 쥐를 잡은 채 빠르게 바닥을 기기 시작했다. 뜻하지 않은 수확을 거둔 만큼 안전 지대로 옮겨 손 안의 쥐를 사수하기 위해서였다.

어둠 속이었지만 무산은 용케도 자신이 처음에 위치해 있던 벽 모서리까지 기어갈 수 있었다.

사내와 뒤엉켜 싸우는 동안 압사한 것인지 손 안에 있는 두 마리의 쥐는 축 늘어져 있었다. 평소 같았으면 기겁을 하며 내던졌겠지만 현재로썬 더없이 귀한 재산이었다. 악착같이 잡고 있어야 했다.

'시간이 제법 흐른 것 같은데… 그나저나 당유작과 당비약이 쥐 좀 잡았겠지? 워낙 지독한 놈들이니 제법 잡았을 거야. 헤헤, 세 마리씩 할당하기는 했지만 그게 어디 쉬운 일인가? 그나마 두 마리는 잡았으니 체면은 섰군.'

무산은 미동도 없이 귀퉁이에 쭈그려 앉아 문이 열리기만을 기다리기로 했다.

대부분의 참가자들은 방 중앙에서 서로 물고 뜯으며 발악을 하고 있었다. 덕분에 무산에게 달려드는 참가자들은 아무도 없었다.

정작 무산에게 달려든 것은 몇 마리의 쥐였다.

타타타, 탁…….

아직 잡히지 않은 쥐들이 이리저리 도망다니다 급하게 무산의 바짓가랑이 속으로 파고든 것이다. 그것도 동시에.

"흡!"

무산은 화들짝 놀라며 몸을 꿈틀거렸지만, 놀랄 대로 놀라 있던 쥐들은 막무가내로 바짓가랑이를 파고들어 무산의 가랑이까지 기어들었다. 그 와중에 두 마리가 달아나 몇 마리가 남았는지는 확인할 수 없었다.

'젠장, 이건 또 무슨 경우야?'

기분은 더러웠지만 무산은 일단 쥐를 잡고 있던 양손으로 자신의 가랑이를 움켜쥐었다.

"찌지직……!"

몇 마리의 쥐가 꿈틀거리며 비명을 내지르기 시작했다. 그런데 그 순간이었다.

드르륵!

환한 빛줄기와 함께 육중한 철문이 열렸다.

"동작 그만!"

득공의 짧고 단호한 음성이 실내에 울렸고, 쥐를 놓고 아귀다툼하던 참가자들의 동작이 칼같이 멈추어졌다.

정말이지 가관이었다. 몇 놈이 한 놈을 깔아뭉개고 있는가 하면 압사한 쥐 한 마리를 두 놈이 동시에 움켜쥔 채 노려보고 있기도 했다.

"그대로 있어. 조금이라도 움직이는 놈 있으면 발바닥에 징을 박아버릴 거야."

득공은 두 눈을 부릅뜬 채 실내를 바라보며 살벌하게 말했다.

"자, 이제 천천히 일어서서 문파와 세가별로 12열 종대 헤쳐 모여."

득공의 지시에 따라 참가자들은 문파와 세가별로 짝을 짓기 시작했다.

무산은 다소 곤혹스런 상황이었으나 가랑이를 꽉 움켜쥔 채 당수정과 당비약, 당유작 등이 줄 서 있는 곳으로 뒤뚱뒤뚱 걸음을 옮겼다.

당문은 하필 12열에 서 있었고, 그중에서도 무산은 네 번째 줄에 섰다.

12열 종대가 완성되자 득공은 첫 번째 열부터 잡은 쥐의 수를 세기 시작했다.

"1열, 음 너 1마리? 넌 빈손이야? 너도? 너마저? 이런… 지지리도 불쌍한 놈들. 2열, 1, 1, 없고, 없고… 합이 2마리. 모용세가에서 2마리밖에 못 잡았어? 쯧쯧, 너희도 짐이나 챙겨야겠다. 3열, 2, 3, 3, 2. 합이 10마리? 놀랍군. 너희가 점창파지? 통과가 거의 확실하군. 4열……."

득공은 일일이 쥐의 수를 세며 11열까지 셈을 마쳤다.

그 결과 각각 10마리를 잡은 남궁세가와 점창파가 공동 1위, 8마리를 잡은 황학문 3위, 7마리를 잡은 형산파가 4위였다. 이제 12열에 서 있는 당문이 7마리를 넘기느냐, 아니냐에 따라 탈락 여부가 가려지게 되었다.

"자, 마지막 줄이구나. 넌 몇 마리지?"

열의 맨 앞줄에 서 있던 당유작에게 다가선 득공이 손을 살피며 물었다.

"음, 2마리. 좋군. 너, 없어? 너도 없어? 쯧쯧. 맨 마지막에 서 있는 놈, 너 팔딱거리던 머루치는? 어이쿠, 그래도 2마리나 잡았네? 그나저나 또 쉬가 마렵냐? 불쌍한 놈. 도합 4마리, 너희는 탈락이니까 이제 뒷간에 가든 집에 가든 마음대로 하거라."

득공은 안쓰럽다는 듯 혀를 차며 말했다.

예상 밖이었다. 3마리씩 잡자고 호기롭게 전음을 날리던 기백은 다 어디 간 것인지, 당문의 실적은 형편없었다. 그나마 당유작이 2마리를 잡았을 뿐 당비약과 당수정은 맨손이었다. 참담한 결과였다.

하지만 돌아서는 득공의 뒤통수에 대고 무산이 큰 소리로 외쳤다.

"아직 끝난 게 아닙니다."

"뭐?"

득공은 고개를 돌린 채 이해할 수 없다는 표정으로 무산을 빤히 쳐다보았다.

"헤헤, 제가 차마 절간에서 살생을 저지르는 것이 망설여져 생포한 놈들이 몇 놈 있거든요. 다 득공 대사님의 설법 덕분입니다."

무산은 너스레를 떨며 가랑이를 누르고 있던 그 자세 그대로 양손을 풀어 죽은 쥐를 떨어뜨린 다음, 조심스럽게 한 손을 바지춤에 집어넣었다.

"자, 이제 잘 세십시오. 한 마리, 두 마리… 어라……?"

바지춤에 손을 찔러 넣은 채 무산은 당혹스런 표정으로 득공을 빤히 쳐다보았다.

당비약과 당유작은 기대 반, 근심 반인 표정으로 무산의 행동을 지켜보았다. 당수정은 말할 것도 없었다. 그녀는 아주 지대한 관심을 보이며 무산의 손이 들어가 있는 아랫도리를 지켜보았다.

"이놈, 두 마리가 전부더냐? 그럼 도합 여섯 마리다. 퍽 애를 쓰기는 했으나 안타깝구나. 한 마리 차로 탈락이다."

"아… 아닙니다요. 아무래도 이놈이……."

무산은 아예 바지춤에 두 손 모두를 집어넣어 마지막 남은 쥐를 잡아 꺼냈다.

"헉……!"

…….

순간, 방 안에 있는 모든 이들이 경악에 찬 탄성을 내질렀다.

무산의 두 손은 핏물인지 양수인지 모를 액체에 번들번들하게 젖어 있었다. 그리고 그 안에는 자그마한 암쥐 한 마리와 아직 눈도 뜨지 못한 알쥐(방금 태어난 새끼 쥐) 네 마리가 있었다. 방금 전 암쥐는 무산의 아랫도리 안에서 새끼를 낳은 것이다.

"도… 도합 열한 마리……. 당문이 1위로 1차 시험을 통과했다!"

득공은 합장을 한 채 깊숙하게 허리를 숙이며 외쳤다. 그리고 무산에게 3배를 올리며 나직하게 몇 마디를 덧붙였다.
 "나 득공이 오늘 깨달음을 얻었도다. 냄새 나는 아랫도리에서도 생명의 탄생이 이루어지나니, 산은 산이고, 물은 물이로다. 아미타불!"

무림맹 비무대회(2)

무림맹 비무대회 셋째 날. 사시(巳時).

어제 치러진 1차 시험이 비교적 일찍 끝난 만큼 당문의 식솔들은 충분한 휴식을 취할 수 있었다. 더욱이 무산의 기적적인 역전극으로 인해 2차 시험에서 비교적 약체인 황학문과 겨루게 되었다.

운이 좋았던 것인지 실력인지는 알 수 없었으나 용문파와 이재천, 석금이 등도 모두 1차 시험을 통과했다. 시험 방식은 모두 똑같은 쥐잡기였다.

특기할 만한 것은 참가자가 2명밖에 되지 않는 용문파가 9마리의 쥐를 잡아냄으로써 그 시험을 통과했다는 점이었다. 그런데 더욱 놀라운 것은 그 9마리 중 7마리를 방초가 잡았다는 사실이다. 무산과 무랑, 주유청, 이편 등 평소 남자들만 보면 쥐 잡듯 잡아대더니 결국 전공을 발휘한 셈이다.

"이런 버러지 같은 놈들. 나 득공이 어제 깨달음을 얻고 득도했음에도 불구하고 네놈들을 보니 또 멸치회 생각이 나는구나. 아니, 어쩌면 이렇게 줄을 못 맞출 수 있지? 이건 하나같이 산비탈에서만 살다 온 놈들처럼 정렬 하나 제대로 못하는구나. 짱돌이 단단한지 네놈들 대갈통이 단단한지 시험해 보고 싶어서 개기는 거냐? 앞으로 나란히! 차려, 열, 차, 열, 차, 열, 열, 차차차! 똑바로들 해라!"

건웅조의 시험을 총괄하고 있는 득공은 어제와 다름없이 품위없는 언사를 일삼았다.

건웅조는 이제 당문, 남궁세가, 점창파, 황학문 그렇게 3개 문파, 1개 세가로 압축되었다. 얼마간 운이 작용하기는 했으나 하나같이 명문을 자랑하는 문파와 세가만 남게 되었으므로 비무로 판가름나는 2차 시험은 결코 만만치 않을 듯했다.

하지만 그들 네 무리 중 하나의 문파나 세가만이 본선에 진출하게 되므로 어차피 넘어야 할 벽이었다.

"어제 말했던 것처럼 오늘 비무는 1차 시험에서 각각 1위와 4위의 성적을 낸 당문과 황학문, 그리고 각각 2, 3위를 기록한 남궁세가와 점창파의 대결이다. 예선전이고 문파의 대결인만큼 비무는 각각 2대 2로 승부하기로 하겠다. 각 문파에서 비무에 나설 2명을 선택해라. 단, 한 마디 조언을 하자면 멀리 내다보라는 것이다. 어차피 본선에는 한 사람만이 문파나 세가를 대표해 출전하게 된다. 자칫 부상을 입을 수도 있으니 일찌감치 대표를 정하고 그 사람을 이번 비무에서 제외시키는 것이 현명한 처사일 게다. 하지만 결정은 너희들이 하는 것이니 잠시 상의를 하도록."

득공은 모처럼 육두문자없이 진솔한 충고와 함께 말을 마쳤다.

'저 인간, 무식한 용어 사용하지 않고도 말 잘하네. 그나마 내가 준 깨달음이 사람 만든 모양이군. 얼마나 좋아. 저러니까 꼭 스님 같잖아?'

무산은 득공의 얼굴을 물끄러미 쳐다보며 잠시 딴생각에 잠겼다. 그런데 한순간, 재수없게 그 인간과 눈이 마주치고 말았다.

"야 임마, 뭘 그렇게 쳐다봐? 맞짱이라도 뜨자는 거야? 너 이놈, 간에 말뚝이라도 박아줄까? 삶은 고기를 만들어 버릴까 보다."

"……."

기분은 더러웠지만 무산은 못 들은 척, 잽싸게 고개를 돌렸다. 그리고 당문의 식솔들과 함께 2차 시험에 내보낼 두 명을 뽑기 위해 머리를 맞댔다.

"……(중얼중얼). ……(주저리주저리)."

잠시 논의를 했으나 결론은 쉽게 나지 않았다.

그럴 수밖에 없었다. 그 논의는 단순히 2차 시험의 비무자만을 가리는 것이 아니었다. 자연히 본선에 진출할 대표를 가리는 자리이기도 했던 것이다.

"제 생각엔 저 땡중의 말을 완전히 무시하는 게 좋을 듯합니다. 솔직히 우리 실력이 이곳에서 얼마나 먹혀들지는 알 수 없는 일입니다. 일단은 한 단계 한 단계에 최선을 다하는 수밖에 없겠지요. 너무 멀리 내다보다간 자칫 예선전에서 깨질 수도 있습니다. 그러니… 용과 봉의 주인이신 비약 형님과 당유작 대협 두 분이 나서주셨으면 합니다."

무산은 나름대로 잔머리를 굴려가며 말했다.

"글쎄, 내 생각은 좀 다르네. 어차피 산 넘어 산이 될 걸세. 갈수록 위험의 수위가 높아질 것이니, 나와 비약 대협은 그때를 준비하고 있겠네. 이번 비무엔 자네와 수정이, 그렇게 두 사람이 함께 나가주게. 다행히 상대는 당문과 엇비슷한 전력을 가진 황학문일세. 자네 부부 실력이면 어렵지 않게 승리를 거머쥘 수 있을 걸세."

당비약은 무산의 의견을 일찌감치 깔아뭉갠 후 하늘만 쳐다보았다.

"형님 생각이 그렇다면 어쩔 수 없지요. 이번 비무엔 저와 제 처가 나서겠습니다. 하지만 3차 시험에선 부디 두 분께서 나서주셨으면 합니다."

무산은 차라리 잘됐다는 듯 흔쾌히 답한 후 당수정의 손을 이끌고 비무장 안으로 들어섰다.

"자, 어디 몸 한번 풀어봅시다."

무산은 두 팔을 휘휘 돌리며 황학문의 동정을 살폈다.

황학문에서도 대표를 선발하는 데 문제가 있는 것인지 옥신각신 많은 말들이 오가고 있었다. 그리고 잠시 후 떫은 표정으로 두 명의 사내가 검을 들고 비무장에 들어섰다.

비무장 밖에 준비된 의자에 앉아 심드렁하게 지켜보고 있던 득공은 네 사람이 모두 올라간 것을 확인하고는 짧게 외쳤다.

"결(決)!"

인사고 뭐고 없었다. 무작정 싸움이 시작된 것이다. 하지만 시원시원한 득공과는 달리 비무장 안의 네 사람은 지루한 탐색전을 가졌다.

'저놈들 혹시 겁먹은 거 아냐, 왜 안 덤비는 거야?'

무산은 두 사내의 모습을 번갈아 쳐다보다가 갑자기 걸음을 딱 멈추었다. 그리고 허리를 뒤로 꺾으며 큰 소리로 웃었다.

황학문의 두 사내 중 한 사내의 퉁퉁 부어오른 입술과 깨진 코를 발견한 후였다.

[서방님, 왜 그러세요? 쟤들이 그렇게 만만해 보여요? 아무리 그래도 이렇게 웃는 건 실례잖아요. 호호, 저는 밖에 나가서 쉬고 있을까요?]

잔뜩 긴장에 사로잡혀 있던 당수정은 갑작스런 무산의 웃음소리에 안도의 한숨을 내쉬었다. 믿음직한 모습이었기 때문이다.

반면, 황학문의 두 사내는 분노와 당혹스러움에 사로잡혀 있었다.

"이 녀석, 우리가 그렇게 만만해 보이냐? 한낱 강호의 똥개나 다름없는 당문 따위가 감히 황학문을 상대로 건방진 웃음을 보여?"

입술 부어오른 사내가 씩씩거리며 으르렁거렸다.

"아이고, 야, 웃어서 미안하다. 우리 인사 먼저 하자. 나는 당문의 무산이다. 그리고 내 옆에 있는 비에 젖은 꽃사슴… 아니, 아리따운 여인은 내 처 당수정이다. 너희는 누구냐?"

"나는 황학문의 삼수학(三秀鶴) 중 첫째인 황재수다. 그리고 내 옆에 있는 사람은 삼수학의 셋째인 황무식이다. 그런데 너 왜 웃었냐? 잠깐 잠깐… 당수정? 강호에 그 위명이 쟁쟁한?"

강호 내에서 다소 과장되고 포장된 채 떠돌고 있는 당수정의 이름을 익히 들었던 것인지, 황재수는 떨떠름한 표정을 지으며 물었다.

"그래, 맞다. 왕재수야."

"이런, 스벌! 왕재수가 아니라 황재수다!"

"알아, 놀려먹으라고 지은 이름으로 놀려먹지도 못하냐, 왕재수야? 너, 나 기억 못해? 우리 어제 은밀하게 만났었는데."

무산은 여전히 알쏭달쏭한 미소를 머금은 채 느긋하게 말했다.

"어제? 은밀하게?"

"응, 어제. 은밀하게. 너 나한테 무척 얻어맞았는데. 헤헤, 이제 기억나니? 쯧쯧, 오늘도 너 오지게 걸렸어……!"

"어? 쥐 도둑놈!"

그랬다. 무산이 느긋한 데는 이유가 있었다. 이미 한번 맞붙은 상대였다. 게다가 개싸움이긴 했으나 일방적으로 두드려 팬 바 있다. 황재수의 깨진 코, 부어오른 입술… 모두 무산의 작품이다.

"간다, 왕재수야!"

긴말이 필요없었다. 무조건 두드리면 되는 것이다.

두백 이재천과 석금이는 일찌감치 각자의 숙소로 돌아갔다.

1인의 참가자를 낸 개방과 팽두파, 개인 참가자 등 총 118명을 두 조로 나눈 곤웅, 태웅조는 어제 치러진 1차 시험에서 각각 12명씩 24명을 통과시켰다. 그리고 오늘 비무를 겨루어 각각 6명 씩, 총 12명을 선발했다.

곤웅(坤雄)조에 속한 이재천과 태웅(兌雄)조에 속한 석금이는 무난히 그 시험을 통과했다. 그래서 쉬러 간 것이다.

반면, 주유청과 방초는 고전을 면치 못하고 있었다.

진웅(震雄)조에서 1차 시험을 통과한 문파는 종남파와 형산파, 청성파, 그리고 신생 문파인 용문파였다.

소림, 화산, 아미파 등 전회 비무대회에서 4강에 올랐던 거대 문파가 예선없이 본선에 진출해 있는 상태. 그렇다면 예선에서 가장 큰 걸림돌은 강호에 제법 이름이 있는 이들 종남파와 형산파, 청성파라 할 수 있었다. 그런데 하필이면 이들이 하나같이 용문파와 같은 진웅조에 속해 있었던 것이다.

하지만 주유청과 방초가 고전하는 이유는 정작 다른 데 있었다.

"곰탱이, 너 왜 자꾸 날 집적대는 거야? 내가 네 친구야? 손목을 왜 잡아! 너 오늘 평생 기억하기 싫을 만큼 처절하게 맞아볼래? 이 언니가 곰탱이 네 가슴에 천추의 한을 심어줄까? 어쭈. 왜 씰룩거려? 너 그러다 울겠다?"

비무장 안으로 들어선 방초는 채찍을 늘어뜨린 채 주유청을 쥐 잡듯 잡고 있었다.

상대는 청성파의 기무전과 유검록. 청성육수 중 두 사람으로, 사천성에서 제법 이름이 알려진 인물들이었다.

"너희는 뭘 보는 거야. 곰 잡는 거 처음 봐?"

방초는 한심하단 표정으로 자신과 주유청을 보고 있는 기무전과 유검록에게 팽, 소리를 내질렀다. 원래가 안하무인인지라 강호의 명성 따위는 염두에 두지 않았던 것이다.

"하하, 제법 거친 암고양이로군. 그렇지 않은가, 사제?"

기무전이 어이없다는 듯 웃으며 유검록에게 말했다.

청성파로서는 상대가 이름도 들어보지 못한 신생 문파의 무명소졸이라는 것이 그저 고마울 따름이었다. 생각보다는 쉽게 2차 시험을 치를 수 있을 듯했기 때문이다. 더욱이 비무장에 들어선 한 명은 여자이고, 또 다른 한 명은 다소 미련해 보이는 곰딴지였다.

굳이 비무라기보다는 일방적인 싸움이 될 것 같았다.

"뭐, 암고양이? 지금 나한테 한 얘기니? 어휴, 날비린내 나는 미꾸라지들이 겁도 없이 깝치고 있군. 기분도 꿀꿀한데 잘됐다. 아예 추어탕을 만들어주지."

방초는 사특한 웃음을 지으며 들고 있던 채찍을 탁, 탁 튕겼다.

하지만 잠시 후 맥 빠진다는 듯 다시 채찍을 늘어뜨리며 주유청을 바라보았다.

"아니다. 닭 잡는 데 소 잡는 칼을 쓸 수야 없지. 곰탱이, 너 나한테 쌓인 거 많지? 호호, 그렇게 안으로만 삭이다가는 웅담 상한다. 네가 상대해. 내 마음에 들 만큼 화끈하게 두들기면 싸움 끝난 다음에 내가 뽀뽀해 줄지도 모르잖아?"

무슨 생각이 든 것인지 방초는 주유청의 엉덩이를 토닥여 주며 배시시 웃었다.

"허헉……!"

갑작스런 방초의 손길에 놀란 주유청은 하마터면 앞으로 고꾸라질 뻔했다.

"나… 낭자……."

"뭘 그렇게 빤히 쳐다보니? 엉덩이를 걷어차 줄까? 곱게 말하면 말이 말 같지 않아?"

"아… 아니오, 낭자. 너무 감읍해서……."

"그래, 윗사람이 가끔 이렇게 따뜻한 모습도 보여줘야 머슴들이 말을 잘 듣는 거지. 호호호. 너는 좋은 아씨 모셔서 좋겠다. 이제 그만 나가봐!"

"알았소. 난 낭자의 영원한 머슴이오……!"

주유청은 이제껏 늘어져 있던 어깨를 좌악 편 후 허리에 차고 있던 연검을 손가락으로 튕겨냈다.

"청성육수의 명성을 익히 들은 바 있소. 그대들의 협심과 정의는 강호에 길이 빛날 것이오. 하지만 나 주유청, 우리 용문파와 방초 낭자의 명예를 위해 그대들을 꺾기 위해 노력하겠소. 부디 좋은 가르침 부탁드리는 바요."

주유청은 앞으로 몇 발자국 나서서 기무전과 유검록에게 정중하게 인사를 건넸다.

"주유청? 그렇다면 혹시 귀하께서 북경반점의 아귀황을 이끌던 주 대협이십니까? 대륙의 전설적인 영물들을 찾아다니며 가는 곳마다 가없은 민초들을 위해 협행과 선행을 베풀었다는……."

기무전이 의아한 표정으로 물었다.

"하하, 보잘것없는 이름을 청성육수 기 대협께서 기억해 주시니 큰 영광입니다. 굶주리고 억울한 민초들을 위해 검을 든 청성육수의 의협에 비한다면 전 한낱 사냥꾼에 불과합니다. 그리고 그나마 이미 오래 전의 이야기입니다."

인사를 주고받는 도중 주유청은 잠시 과거의 기억을 아련히 떠올렸다.

우수에 젖은 듯한 눈빛. 건장한 체격과 구레나룻이 주는 강인한 인상. 날카로운 듯하면서도 부드러운 눈매. 은연중 편안함을 느끼게 하는 표정. 과거를 회상하는 주유청에게서 한순간 옛날의 위풍당당하던 모습이 보여졌다.

하지만 그 아름답고 당당한 모습은 방초의 한마디로 인해 와장창, 거울처럼 깨져 버리고 말았다.

"야, 곰탱이. 너 지금 반항해? 비무고 뭐고 집어치우고 일방적으로 때려눕혀. 분명히 말하지만 내 마음에 들 만큼 화끈하게 두들겨 패야 해. 내가 뽀뽀해 줄 수도 있다는 말 잊지 않았지? 오늘 나 방초에 대한 곰탱이의 마음을 확인해 보겠어."

…….

한순간 주유청의 얼굴로 격랑이 휘몰아쳤다.

하지만 그건 아주 잠시 동안의 일이었다. 방금 전 아름답고 당당하던 주유청의 모습은 삽시간에 사라졌다.
"미안하오, 기 대협. 그리고 유 대협!"
사르릉……!
웅천검이 맑은 소리를 내며 우는 것과 동시에 주유청의 몸이 허공 중에 떠올랐다.
"이야압!"
채챙……!
퍽, 퍼퍽, 퍽……!
"으아악……!"
"아가각……!"
믿어지지 않는 일이었다.
주유청의 연검을 막아내던 기무전과 유검록, 두 사람의 검이 단 한 번에 부러져 나갔다. 이후의 일은 불을 보듯 훤한 일이었다.
일방적이며 맹목적인 주먹질! 인정사정없는 발길질! 차마 사람으로서는 행할 수 없는 잔혹한 구타! 마치 한 끼 식사를 위해 연어를 낚아채는 흑곰처럼 주유청은 이성을 잃은 채 기무전과 유검록에게 주먹을 날리고 머리로 받고, 이빨로 물어뜯었다.
"그만! 그마안—"
비무를 감독하고 있던 소림 팔대호원 중의 한 사람, 청송이 황급히 손을 휘저으며 비무장 안으로 뛰어들었다.
구경꾼들은 하나같이 넋을 잃은 채 그 모습을 바라볼 뿐이었다. 하지만 그런 소란의 한편에서 흡족한 미소를 짓고 있는 여인이 있었다.
'우리 곰돌이가 가끔은 귀엽게 논단 말이야. 호호호!'
하루하루, 세상 살아가는 것이 즐거운 방초였다.

무림맹 비무대회(2)

　무림맹 비무대회 셋째 날. 사시(巳時).
　당문은 비교적 쉽게 예선의 마지막 비무를 치르게 되었다. 첫날, 둘째 날 모두 무산의 공이 컸다. 그런 만큼 3차 시험에선 당유작과 당비약이 비무에 나설 수밖에 없었다.
　'결코 쉽지 않다……!'
　당비약은 부살도의 끝을 바닥에 댄 채 지그시 맞은편을 보았다.
　상대는 점창파를 누르고 올라온 남궁세가의 남궁비독과 남궁빈. 가주 남궁유락의 세 아들 가운데 첫째와 셋째다.
　남궁세가는 용병술이 워낙 뛰어나 오히려 검법의 명성이 그 그늘에 묻히곤 한다. 하지만 강호의 어느 문파보다 위협적인 절대검공을 지니고 있으며, 그중에서도 그들의 쾌검을 따를 문파는 드물다.
　당비약이 긴장할 수밖에 없는 이유는 간단했다. 쾌검을 자랑하는 남궁세가 중에서도 남궁비독의 쾌검은 제일이라 일컬어지고 있었기 때문이다. 또한 셋째인 남궁빈은 70근에 가까운 중검(重劍)을 자유자재로 다루는 검술의 귀재였다.

한때 몰락의 길로 접어드는 듯하던 남궁세가가 최근 과거의 명성을 회복하며 강호에 그 영향력을 넓혀가는 데에는 그들 두 형제의 힘이 컸다.

무림맹에서도 이번 비무대회에서 주목할 신진으로 남궁비독과 남궁빈을 꼽고 있었다. 그런 만큼 대부분의 사람들이 남궁세가의 본선 진출을 확정된 사실로 여기고 있는 눈치였다. 아무도 당문이 그들을 막을 것이라곤 생각지 않았던 것이다.

[어느 쪽을 맡겠소?]

시종 담담한 표정을 유지하고 있던 당유작이 전음을 보냈다.

[글쎄요. 아무래도 비슷한 무기를 지닌 남궁빈을 맡는 게 낫겠지요.]

[그럼 제가 남궁비독을 맡지요.]

[……]

알 수 없는 일이었다.

당유작의 실력이 어느 정도인지 가늠할 수는 없지만 그는 지나치게 담담하고 여유로웠다. 당비약으로선 그런 당유작의 모습이 부러울 수밖에 없었다. 동시에 그것은 당비약이 은연중 그를 경계하게 되는 이유이기도 했다.

구름 한 점 없이 맑은 날씨였다.

사흘째 맑고 선선한 날씨가 이어지고 있어 비무를 겨루기에는 더없이 좋았다. 하늘도 푸르렀다. 하지만 비무에 패한다면 그 하늘은 더없이 공허하게 보일 것이다.

"자, 이제 충분한 시간을 가진 듯하니 한번 겨루어보도록 하지요. 사실, 당문을 만나게 된 것이 뜻밖이기는 하지만 색다른 경험이 될 것 같아 한편으로 기쁘기도 합니다."

묵묵히 당비약과 당유작의 움직임을 지켜보고 있던 남궁비독이 좀 지루해졌다는 표정을 지으며 천천히 다가서기 시작했다.

상대를 얕보는 것인지, 아니면 자신의 쾌검을 믿는 것인지 거리낌이 없었다.

'건방진 자군. 색다른 경험이라… 당문을 광대 집단으로밖에 생각지 않는다는 뜻인가? 하긴, 그나마도 생각해서 해준 말이겠지. 하지만 네 상대는 내가 아니구나.'

당비약은 남궁비독의 동작 하나하나를 유심히 살폈다. 어차피 자신은 부살도를 선택했고, 그 도 하나에 의지해 강호에 서야 한다. 그러자면 여러 유형의 무공, 특히 자신과 반대되는 성질을 가진 쾌검에 대해 식견을 넓힐 필요가 있었다.

"저 역시 남궁세가와 만나게 된 것을 큰 기쁨으로 생각하고 있습니다. 평소 기문과 기관진식에 관심을 가지고 있는 터라… 하지만 오늘은 검으로 만나게 되었으니 우선 남궁세가의 쾌검부터 구경을 해야겠군요. 더불어 귀하께서 원하시는 색다른 재미까지를 유감없이 제공해 드리겠습니다."

당비약의 마음을 읽기라도 했다는 듯 당유작이 유들유들한 웃음과 함께 몇 보 앞으로 나가 남궁비독을 맞았다.

남궁비독의 표정이 싸늘하게 변한 것도 그 순간이었다.

사실 남궁비독은 당문을 상대로 비무를 겨룬다는 것 자체가 못마땅했다. 그가 알기로 당문은 어둠 속의 그림자였다. 어둠에 묻혀 보이지 않는 그림자. 결코 정파로서의 당당함을 부여할 수 없는 문파. 그런 만큼 방금 전 당유작이 보인 태도는 당당함이라기보다는 사특함과 건방짐으로 받아들여졌다.

'저 자세는 무엇인가?'

남궁비독의 표정은 점점 굳어져 갔다.

두 사람의 거리는 대략 3장 정도. 자신의 발검이라면 당장 그의 몸에 검을 박을 수 있을 것 같았다. 그럼에도 당유작은 아무런 거리낌 없이 웃음만 내비치고 있었다.

'이건 남궁세가에 대한 모독이다! 저 웃음, 결코 당문 따위가 남궁세가의 비독 앞에서 보일 수 없는 건방진 웃음이다.'

남궁비독의 손은 생각에 앞서 검의 손잡이로 옮겨지고 있었다.

눈에 보이지 않는 빠르기. 자신의 의지를 앞지르는 손동작. 한순간 햇빛을 쪼개는 듯한 강렬한 눈부심이 사람들의 시선을 모았다.

처청……!

맑은 쇳소리가 들린 것도 바로 그 순간이었다.

일반적으로 눈에 보여지는 것이 귀로 들려지는 것보다 빠르다고 믿는다. 가령, 천둥과 번개처럼. 하지만 그것은 빛의 잔상을 생각지 않은 결과다.

사람의 눈은 지극히 불완전한 것이어서 비록 먼저 자극을 받더라도 그것을 인지하는 데는 시간이 걸린다. 그리고 현혹된다. 하지만 소리는 다르다.

방금 전 남궁비독과 당유작의 검이 맞부딪쳤을 때 구경꾼들은 마치 환청을 들은 듯한 기분이었다. 당유작의 검이 검집을 벗어나기도 전 두 검이 마주치는 소리를 들었기 때문이다.

채채채챙— 차르릉…….

쾌검과 쾌검의 승부였다. 두 검이 맞부딪치는 순간부터 남궁비독과 당유작은 현란한 검의 잔영을 만들어내며 일진일퇴를 거듭했다.

'믿을 수 없다!'

'빠르다!'

비단 검을 움직이는 손만이 아니었다. 두 사람은 서로의 쾌검에 놀라야 했다.

분명 검의 초식은 달랐다. 남궁비독의 검이 균형 잡힌 초식을 바탕으로 직선적으로 흐르는 반면, 당유작의 검은 초식이라 할 수 없을 만큼 단순한 형태의 직선과 곡선을 병행하며 자신의 검이 상대에게 이를 수 있는 최단거리를 따라 움직였다.

즉, 검의 빠르기에선 분명 남궁비독이 빨랐다. 하지만 그 검이 상대에게 닿는 속도는 거의 유사했다. 검이 상대에게 닿는 거리를 당유작이 최소화하고 있었기 때문이다.

"하앗!"

당유작의 검을 막아내며 빠르게 퇴법을 구사하던 남궁비독의 몸이 한순간 허공으로 떠올랐다. 그는 초식의 변화로 당유작의 쾌검을 승부하고자 했던 것이다.

"향류검(香流劍)!"

이제까지 직선을 고집해 왔던 남궁비독의 검이 원형을 이루며 당유작에게 쏟아져 내렸다. 마치 여러 줄기의 소나기처럼 흩뿌려지는 검. 진한 꽃의 향기처럼 아름답고 아득하게 느껴지는 검의 잔영이었다.

"월륜귀검(月輪鬼劍)!"

검을 치켜든 당유작의 몸이 빠르게 맴돌며 남궁비독을 향해 솟구쳐 올랐다.

채채채챙— 차르릉…….

두 사람은 허공에서 숨 가쁘게 검을 섞으며 어우러졌다. 매와 매의 싸움이었다. 서로의 급소를 찾아 부리를 들이미는 두 마리의 매처럼 조금의 방심도 허용되지 않는 접전.

이제껏 바닥에 닿아 있던 당비약의 부살도가 치켜 올려진 것도 그 순간이었다. 남궁빈이 남궁비독을 돕기 위해 움직이는 것을 본 것이다.

"뢰천마도(雷天魔刀)!"

단 한 차례의 비상이었다.

당비약은 그 묵직한 부살도를 휘두르며 공중으로 떠올랐다. 허공의 지점에서 당비약의 비상이 멈추어졌을 때 부살도는 활처럼 휘어진 그의 등 뒤로 넘어가 있었고, 천둥 같은 일갈과 함께 커다란 곡선을 그으며 앞으로 뻗쳐 나갔다.

파, 파, 파, 파, 팟……!

연속되는 폭음과 함께 흙과 자갈을 튕겨내며 폭사가 일어났다.

남궁빈은 자신을 향해 빠르게 이어지는 폭사에 놀라 걸음을 멈추었다. 도저히 믿을 수 없다는 표정이었다.

'막을 수가 없다!'

순식간의 일이었다. 넓적한 도면을 뻗쳐 방어 자세를 취하기는 했으나 너무 늦었다. 당비약이 그런 강기를 쏘아낼 것이라고는 상상도 못 하고 있었던 것이다.

남궁비독과 당유작의 검이 남궁빈을 향해 날아간 것도 그 순간이었다.

터터텅……!

귀를 자극하는 쇳소리와 함께 자욱한 연기가 피어올랐다. 그리고 그 한가운데에 무릎을 꿇은 채 부러진 검을 바닥에 대고 있는 남궁빈의 모습이 보여졌다.

잠시 후, 바닥에 내려선 남궁비독이 허탈한 눈으로 당유작과 당비약을 쳐다보았다.

당유작의 쾌검도 당비약의 강기도 도저히 믿어지지 않았다. 만약 당유작과 자신이 검을 날려 당비약이 쏘아낸 검기를 막아내지 못했다면 어떤 일이 벌어졌을지 알 수 없는 일이었다.

이제 모든 사람들의 시선은 당비약 한 사람에게 모아지고 있었다.

'오당마환… 그 늙은이들이 괴물을 만들어냈군.'

당수정과 함께 비무를 지켜보던 무산은 긴 한숨을 내쉬어야 했다.

방금 전 당비약이 쏘아낸 강기는 지난번 화마(火魔)가 펼쳤던 폭류지환의 강기와 그 형태가 너무나 닮아 있었다. 오당마환의 내공이 당비약에게 주입되었음을 쉽게 짐작할 수 있는 부분이었다.

무산은 그제야 자신과 당유작에 비해 당비약의 진척이 크게 느릴 수밖에 없었던 이유를 알 것 같았다. 당비약은 오당마환의 내공을 주입받고, 그들과 함께 그 내공에 걸맞은 도법을 연구하고 있었던 것이다.

하지만 정작 놀란 것은 당비약 자신이었다. 몇 차례 시전을 할 때마다 실패만 거듭했던 뢰천마도가 드디어 완성되었기 때문이다.

어쨌든 당비약으로 인해 남궁세가와의 비무는 일단락되었다.

"우리가 졌소."

남궁비독이 정중하게 포권을 취하며 말했다.

남궁비독은 얼빠진 모습으로 땅바닥에 주저앉아 있는 남궁빈을 일으켜 세운 후 천천히 비무장 밖으로 걸어나갔다.

한줄기 가을바람이 폭사의 여운을 씻어갔고, 비무장의 바닥에는 부러진 검 세 자루만이 덩그러니 놓여 있었다.

자시(子時). 소림사 지객당.

천 년 고찰의 밤. 얼마 전까지만 해도 승리의 기쁨에 도취된 여러 문파와 협객들의 왁자지껄한 담소가 경내를 맴돌았으나 이제는 정적에 휩싸여 있었다.

간혹 부엉이 울음소리와 함께 풍경의 울림이 복도를 지나 단잠에 든 객들의 방을 찾아들곤 했다. 그러나 그 소리 역시 곧 정적에 묻혀갔다.

"서방님, 때와 장소를 안 가리시네요."

"부인, 우리에겐 대를 이어야 할 책임과 의무가 있습니다. 오늘의 현실에 안주하다가 큰 뜻을 이루지 못한 이들이 얼마나 많은 줄 아시오? 자고로 효의 근본은 후사를 잇는 것이며, 나라의 근본 역시 크게 다르지 않소. 당문은 오늘 본선 진출의 기쁨에 겨워 내일을 보지 않았으나 부인과 나는 지금 내일을 준비하고 있는 것입니다. 그대 비에 젖은 꽃사슴, 이리 오시구려."

"어머나. 소녀 수정, 서방님의 큰 뜻에 동참하겠어요. 호호호!"

"킥킥킥……."

"호호호……."

정말이지 소란스런 밤이었다.

얼마 전 당문과 개방, 용문파, 팽두파. 묘한 인연으로 얽힌 네 개 문파는 처음으로 한 자리에 모여 지겹고 지겨운 이야기꽃을 피웠다.

본선 진출의 기쁨을 만끽하기 위해 굳이 자리를 마련한 것이다. 따지고 보면 당개수와 천우막, 일소천, 팽이. 하나같이 한으로 똘똘 뭉친 사람들이었다. 하고 싶은 이야기가 많을 수밖에 없었다.

물론 정도의 차이는 있었다.

일소천과 팽이는 애초에 비무대회의 우승을 염두에 두고 있었다. 적어도 그들에게 있어 본선 진출은 지극히 당연한 일로 여겨졌다.

반면, 당개수로서는 이마의 주름살 하나를 지워 버린 듯한 느낌이었다. 당문 내의 많은 이들이 회의적인 반응을 보였음에도 소림으로 왔다. 그리고 결국 본선에 진출했다. 이 정도의 성과를 올린 것으로도 소기의 목적을 달성한 셈이다.

당개수의 입에서는 비로소 안도의 한숨이 새어 나왔다.

말 못할 압박감에 시달리며 보낸 사흘이었다. 숨죽이며 살아온 30여 년의 세월이었다. 자신의 무능함을 얼마나 탓했는지 모른다. 조상들을 생각할 때마다 늘 부끄러움이 앞섰다. 당수정의 앞날을 생각할 때마다 한숨이 나왔다.

하지만 이젠 아니다. 점창파와 청성파, 남궁세가, 모용세가 등 강호에 그 이름을 자랑하는 많은 문파들을 제치고 당문이 본선에 진출했다. 당개수는 급히 전서구를 띄워 그 소식을 당문에 전했다. 그만큼 감개무량했던 것이다.

천우막이라고 해서 다를 바 없었다.

그는 5년 전 열렸던 비무대회에 단 한 명의 제자도 내보내지 못했다. 묘하게도 양해구가 실종된 이후 개방에는 쓸 만한 후학이 나타나지 않았다. 천우막이 방주의 자리에 오른 후에도 마찬가지였다.

천우막의 능력과 심성, 지도력 등을 문제 삼는 사람은 없었다. 개방의 방주로서 그만큼 탁월한 사람이 드물다는 것을 잘 알고 있었기 때문이다.

그럼에도 일각에선 개방의 시대가 양해구의 실종과 함께 막을 내렸다는 이야기가 끊임없이 나돌았다. 그리고 그런 수군거림은 천우막의 가슴에 한을 심었다.

하지만 석금이를 만난 이후 천우막은 그 모든 시련이 하나의 인연을 위해 주어졌던 것임을 깨닫게 되었다.

모든 일은 하늘의 뜻에 따라 움직이는 것이다.

"부인, 솔직히 당신을 처음 본 순간 아찔한 현기증을 느껴야 했다오. 마치 까맣게 잊고 있던 전생의 한순간을 본 듯한 느낌이었소."

"호호, 정말요? 저도 비슷했어요. 그때 2층 누각에서 서방님이 흑검에게, '어이, 뭐 하는 거야? 너, 거북이야? 빨리 공격해 봐' 하고 외치셨잖아요. 그때 전 서방님을 처음 봤어요. 그런데 아주 이상한 느낌이 들었어요. 알 수 없는 친숙함이 느껴졌거든요. 왠지 고개를 돌려 다시 보고 싶기도 하고……."

나날이 유치해져 가는 그들 부부의 대화. 하지만 무산과 수정, 두 사람 역시 하늘의 뜻에 따라 움직이고 있었던 것인지 모른다.

시간은 어느새 축시(丑時)로 접어들고 있었다.

"수정… 두 눈을 감아보시구려."

"아… 왜 자꾸 현기증이 나지……."

당수정은 손으로 이마를 감싸며 노곤한 목소리로 말했다.

"부인, 요즘 들어 부쩍 현기증이 심해지셨구려. 하하, 대회가 끝나면 개라도 한 마리 삶아 먹든지 해야겠오이다."

"개… 개요? 욱, 우욱—"

당수정이 다급히 입을 감싸며 헛구역질을 시작했다.

……?
……!
'설마!'
'설마?'

7장
무림맹 비무대회(3)

새들의 고향,

낙타의 사막,

고슴도치의 평화로운 저녁 한때,

소리없는 전쟁.

1

무림맹 비무대회(3)

무림맹 비무대회 넷째 날. 사시(巳時).

예선을 통과한 7개 문파, 1개 세가, 개인 참가자 4명과 전대 비무대회 4강 진출 문파들이 연무장에 도열해 있었다.

우선 예선을 통과한 7개 문파를 살펴보면 당문과 용문파, 팽두파 외에 공동파와 전진파, 오륭문, 백천문이 있었다.

공동파와 전진파는 각각 감숙성 공동산과 광동 땅에 위치한 문파로 그 역사가 깊은 만큼 세력 또한 만만치 않았다.

반면 오륭문과 백천문은 채 30년의 역사를 넘기지 못한 신흥 문파다. 두 문파의 주인은 천검 오관필과 백검 백승목으로, 그들은 개파의 주인공이기도 했다.

오륭문의 문주 천검 오관필은 과거 흑목애를 중심으로 일어났던 묘족들의 반란을 진압한 장수 출신이다.

하지만 마흔의 나이에 관직을 버리고 광주 지역에 오륭문을 열어 문하를 받아들였다. 그런데 그의 문하에 들려는 젊은이들이 줄을 이어 삽시간에 거대한 세력을 형성하며 광서 지역까지를 아우르게 되었다.

거기엔 그만한 이유가 있었다. 광주와 광서는 한때 묘족의 창궐로 고생깨나 했던 지역이다. 그런 만큼 그 난을 진압한 오관필은 당연히 영웅 대접을 받게 된 것이다. 더욱이 천검이라는 외호에서 알 수 있듯, 오관필은 검법에 관한 한 그 적수를 찾기 어려운 고수였다.

특히 숱한 전쟁에서 몸소 익힌 검법에 강호의 검법을 접목해 창안한 18수천류검법이 유명했다. 오관필의 그 검법은 이제껏 단 한 번도 꺾인 적이 없었다.

오관필에 비한다면 백천문의 백검 백승목은 힘겹게 문파를 일구었다고 할 수 있다.

백천문은 호남과 강서에 기반을 잡고 있으나 그렇게까지 성장한 것은 최근 5년 안팎이었다. 백천문의 총타가 자리한 곳은 호남으로, 그곳은 백검 백승목이 20여 년 전 처음으로 도장을 연 곳이기도 하다.

백승목은 원래 호남 변두리에 검법을 가르치기 위해 작은 도장을 연 바 있었다. 선비 가문의 자식인만큼 학문에 깊은 조예를 가지고 있었으나 나이 50에 학문을 접고 무인의 길에 접어들었다.

특별한 사연이 있었던 것은 아니다. 그저 학문과 병행해서 익히던 무술이 한 경지에 이르렀기 때문이다.

타고난 검객이라고 할까, 어느 날 그는 『주역』을 읽던 도중 하나의 깨달음을 얻었고 그것을 검법에 접목했다. 그렇게 해서 만들어진 것이 화극지검(花極之劍)이다.

『주역』〈계사하전(繫辭下傳)〉을 읽다 보면 세상 모든 사물의 형상과 성질은 궁극에 달할 때 스스로 변화한다는 대목을 만나게 된다. 백승목의 화극지검은 바로 그 대목에서 얻은 깨달음을 바탕으로 한 검법이었다.

한 가지 특이한 것은 화극지검이 일정한 초식으로 굳어진 것이 아니라 끊임없이 보완되고 발전한다는 점이다. 이것은 〈계사하전〉의 그 구절이 의미하는 변화가 진보를 의미하기 때문이다. 화극지검이 무서운 이유가 거기에 있었다.

도장을 열고 처음 10여 년간 백승목은 많은 검객들과 비무를 겨루었고 그만큼 많은 패배를 맛보았다. 하지만 다시 10여 년이 흐르는 동안 백승목은 한 번도 패하지 않았다. 그의 도장이 단순히 검법을 전수하는 데 그치지 않고 호남과 강서를 아우르는 거대한 문파로 성장하게 된 것도 그러한 배경을 바탕으로 한 것이다.

어쨌거나 오룡문과 백천문 어느 한곳 만만한 상대는 아니었다.

7개 문파와 어깨를 나란히 한 1개 세가는 다름 아닌 제갈세가였다.

똑똑한 조상의 머리가 대대로 후손들에게 이어진다는 제갈공명의 후대들이다. 무공에 관한 한 그다지 내세울 게 없다는 것이 제갈세가에 대한 일반적인 평가였다. 하지만 일단 본선에 오른 만큼 무작정 무시할 수도 없는 상황이었다. 소문으로만 따진다면 당문이나 용문파, 팽두파는 할 말이 없어지기 때문이다.

7파 1가 외에 그들과 겨루게 될 개인 참가자는 일도(一刀) 파륭천, 고검왕(孤劍王) 고세영, 갑수(甲手) 추록, 상아검(象牙劍) 최륵 네 사람이었다. 이름보다는 외호가 더 알려진 인물들로 하나같이 30을 넘긴 나이였다.

마지막으로 전대 비무대회에서 4강에 올랐던 문파는 소림사, 아미파, 화산파로 모두 한 명씩의 제자만을 내세웠다.

하지만 정작 그 대회에서 우승을 거머쥐었던 무당파에서는 단 한 명의 참가자도 내보내지 않았다. 일시적 봉문 상태임을 분명히 밝히기 위한 결단이었다.

이상 본선에 진출한 문파와 세가, 개인 참가자들은 소림의 팔대호원 득공이 들고 있는 죽통에서 저마다의 죽편을 뽑았다.

그 죽편엔 예선에서 조를 나눌 때와 마찬가지로 건(乾), 감(坎), 간(艮), 진(震), 손(巽), 이(離), 곤(坤), 태(兌) 등 8방의 명칭이 2개씩 적혀 있었다. 같은 패를 집은 사람끼리 8강을 겨루는 비무에서 만나게 되는 것이다.

"음… 곤 쾌가 남았군. 곤 쾌를 잡은 인물이 누구요?"

득공은 죽통 안에 남은 죽편을 들어 확인한 후 점잖게 말했다.

그는 어제와는 달리 비교적 예의 바르게 행동하고 있었다. 본선 비무부터는 무림맹 수뇌들이 관전을 하게 되므로 그들을 의식하지 않을 수 없었던 것이다.

"당문의 당수정입니다. 제가 곤 쾌를 가지고 있습니다."

자신의 쾌를 확인한 당수정이 활짝 웃으며 말했다. 무당이 빠짐으로써 총 15강이 결정된 만큼 한 사람, 혹은 한 문파가 부전승으로 8강에 오르게 되는데 당수정이 부전승 쾌를 집어낸 것이다.

"좋소. 당문은 부전승으로 8강에 오르게 되었으니 오늘은 할 일이 없겠소이다."

득공은 배신감이 느껴질 만큼 점잖게 말한 후 소림8원들과 함께 다른 참가자들의 쾌를 확인해 나가기 시작했다.

신시(申時).

예선에선 여러 개의 비무장에서 동시에 비무가 치러졌으나 본선에서부터는 하나의 주 비무장에서 한 번씩 비무를 펼쳤다. 엄격한 심사를 위해서라기보다는 본선에 오른 인물들의 무공을 꼼꼼히 살피기 위해서였다.

강호는 폐쇄적인 성격이 짙고, 자존심을 무엇보다 중요시하는 곳이다. 자신들의 무공이 새어 나가는 것을 두려워할 뿐 아니라 허리를 굽혀가며 남의 무공을 배워오지도 않는다.

그런 만큼 비무대회나 사활을 건 승부가 아닌 이상 타 문파나 인물의 무공을 목격할 기회는 많지 않았다. 무림맹의 수뇌와 구경꾼들이 본선 비무에 관심을 갖는 이유도 거기에 있었다. 자존심을 버리지 않고 남의 무공을 훔쳐볼 수 있기 때문이다.

오늘의 여섯 번째 비무는 이(離) 쾌를 잡은 석금이와 상아검 최륵이 펼치게 되었다.

우선 8강에 선착한 문파와 인물들을 살펴보면 부전승으로 오른 당문, 용문파, 화산파, 아미파, 오륜문, 백천문 등 6파였다.

용문파에선 방초가 나와 갑수 추록을 꺾었고, 나머지 문파에서는 각각 공동파와 일도 파룡천, 전진파, 소림사를 꺾었다.

공동파와 일도 파룡천이 화산과 아미에 맥없이 패한 반면 오륜문과 전진파, 백천문과 소림사의 대결은 그야말로 용호상박이었다.

무엇보다 충격적인 것은 태산북두 소림이 신생문파 백천문에 패한 일이었다.

소림의 대표로 나온 공안이라는 승려는 30대 초반의 고수로 봉을 들고 비무장에 올랐다. 최근 후학 양성에 어려움을 겪고 있는 소림으로서는 유일하게 믿는 제자이기도 했다. 공안은 젊은 고수 중 유일하게 18나한진을 깨뜨린 사람이었기 때문이다.

하지만 그는 결국 백천문의 대표로 나온 백록연이라는 19세의 신진에게 무릎을 꿇어야 했다. 그 두 사람의 비무는 꼬박 삼각여 동안이나 이어졌다.

피를 말리는 공방! 공안의 봉은 그 긴 시간 동안 단 한 차례도 쉬지 않곤 백록연을 몰아붙였고, 백록연의 검은 그 파상적인 공격을 힘겹게 막아냈다.

그러나 마지막 순간 백록연의 검은 공안의 봉을 휘어 감으며 정확히 그의 목 앞에 멈추어졌다. 마치 자신을 쪼아대던 독수리의 숨통을 물어뜯은 승냥이처럼 백록연은 공안의 빈틈을 노려 단 한 번의 공격으로 그를 누른 것이다.

그 비무를 지켜보던 많은 사람들이 놀라움에 겨운 탄성을 뱉어냈고, 한숨과 함께 범현 거사의 눈이 무겁게 감겼다. 범현 거사로서는 생각도 하기 싫은 결과였던 것이다.

"결(決)!"

득공의 짤막한 한마디와 함께 석금이와 최륵의 비무가 시작되었다.

하지만 정작 두 사람은 한동안 서로를 경계하며 비무장을 뱅뱅 돌 뿐이었다. 만만치 않은 상대임을 느낀 것이다.

석금이의 자세는 상당히 안정적이었다.

분명 예전의 석금이가 아니었다. 싸움에 임하면 겁부터 집어먹던 어수룩한 모습은 온데간데없고, 입가를 맴도는 미소와 상대를 제압하는 강인한 눈빛이 적절히 조화를 이루고 있었다.

"석금이는 이 자리가 마음에 든다!"

갑자기 걸음을 멈춘 석금이가 죽봉의 끝으로 바닥을 쿡 찍으며 말했다. 워낙 어눌한 말씨라서 이제까지의 품위가 한순간에 와르르 무너지는 듯했다.

"글쎄, 묘자리로라면 모를까, 싸우기엔 별로 좋지 않은 방향인 듯하구려. 그렇게 태양을 마주하고서야 내 미세한 움직임을 간파해 낼 수 있겠소?"

"최 공은 공정한 싸움을 좋아하는 사람이구나. 하지만 오늘은 석금이가 한 수 접어주기 위해 이 자리를 택한 것이다. 왜냐하면 석금이는 역발산기개세이고, 타구봉법은 강호최고의 무공이기 때문이다. 그리고 석금이 말투는 원래 이러니까 최 공이 이해해라. 요즘 공부를 하고는 있으나 아직 부족함이 많다."

"한 수 접어준다? 이거, 상아검 최륵으로서는 처음 겪는 일이군. 하지만 대협의 뜻이 정 그렇다면 정중히 받아들이겠소. 자, 이제 역발산기개세가 펼치는 타구봉법을 구경해 볼까요?"

최륵은 살며시 웃으며 검의 손잡이로 손을 가져갔다.

상아검 최륵! 정확한 나이는 알려지지 않았으나 이미 10년 전부터 강호에 그 이름을 떨치고 있는 검객이었다. 혼자 다니는 것을 좋아해 고검왕 고세영과 함께 강호의 외로운 승냥이라는 별칭을 얻기도 했다.

그의 이름 앞에 붙은 상아검이라는 외호는 최륵이 사용하는 검의 이름에서 비롯된 것이다.

검신의 길이 한 자 반, 비교적 짧은 검이었지만 그 검에 죽어간 무림인의 수가 100명을 넘는다고 전해진다. 대부분 악행을 일삼는 쓰레기 같은 부류였고, 개중에는 관(官)의 인물도 있었다.

특이한 것은 상아(象牙)로 만들어진 검집인데, 최륵은 늘 그 검집을 든 채 싸움에 임했다. 마치 칼처럼 날카롭게 벼려진 상아인만큼 필요에 따라 무기로 사용되기도 했던 것이다.

사르륵……!

부드러운 마찰음과 함께 눈부신 햇빛을 반사하며 상아검의 몸체가 드러났다.

짧은 검신이 상아처럼 곡선을 그으며 휘어져 있었다. 어떤 종류의 쇠로 만들어진 것인지는 알 수 없으나 그 검은 마치 거울처럼 눈부시게 햇빛을 튕겨냈다.

"나 최륵은 대협처럼 순박한 사람을 좋아하나 공과 사는 분명히 가리는 성격이오. 비무가 끝난 다음 술이라도 함께 나누며 회포를 풀어봅시다."

최륵은 검의 손잡이를 교묘하게 휘어잡아 검신을 몸 뒤로 감춘 후 석금이를 향해 몇 걸음 내디뎠다.

"석금이도 최 공처럼 예의 바른 사람을 좋아한다. 그리고… 석금이는 거지니까 술은 최 공이 사라."

석금이는 모처럼 해맑은 미소를 내비치며 오른발로 죽봉을 튕겨냈다.

"간다!"

"기다리던 바!"

거리는 대략 15장. 두 사람은 빠르게 마주 달렸다.

"타단구퇴, 구구입동, 취구번신!"

석금이는 일찌감치 타구봉 삼절초를 시전하며 속도와 거리를 조절했다. 더불어 자신의 공격 유형을 상대가 눈치 챌 수 있도록 도왔다.

두 사람의 거리는 이제 3장여. 석금이의 몸이 갑자기 허공으로 치솟았다.

"히압!"

"빙탄화(氷彈花)!"

최륵의 등 뒤로 교묘히 모습을 감추고 있던 상아검이 찬연하게 빛나며 휘어져 나온 것도 그 순간이었다.

타, 타, 타르르륵……!

지극히 짧은 시간 죽봉과 상아검이 수차례 맞부딪쳤다.

허공에 떠올라 있던 석금이는 착지하는 것과 동시에 허리를 굽힌 채 두 발을 교차해 빠르게 최륵의 주위를 맴돌았다. 더불어 최륵의 상아검 역시 죽봉을 따라 눈에 보이지 않을 만큼 빠르게 회전했다.

"헥헥……."

상아검을 강하게 쳐내며 다급히 뒤로 물러선 석금이는 가쁜 숨을 몰아쉬기 시작했다.

"이야, 최 공의 검법은 정말 정교하고 빠르구나. 헥헥."

"하하, 개방의 타구봉법은 역시 최고의 봉법이오."

최륵은 여전히 담담한 모습이었다. 전혀 지친 기색이 없었으며 머리카락 한 올 흐트러지지 않았다.

"만약 오늘 대협께서 패한다면 거기에 몇 가지 이유가 있다는 사실을 알게 될 것이오. 첫째, 자신의 무공 초식에 얽매여 상대를 읽지 못했다는 것. 둘째, 검과 봉의 기본적인 쓰임과 성격을 아직 깨우치지 못했다는 것. 셋째, 승부욕이 없다는 것. 그리고 마지막으로 대협의 상대가 나 상아검 최륵이라는 것! 아무래도 하늘이 대협을 돕기 위해 오늘 같은 자리에서 나를 만나게 한 것 같소. 다른 자리에서였다면 내 상아검은 이미 대협의 심장을 꿰뚫었을 테니까."

최륵은 다시 한 번 가볍게 미소를 내보였다.

"최 공, 석금이는 아직 지지 않았다!"

"그러나 곧 패할 것이오."

……

두 사람의 눈빛이 차갑게 교차했다.

"황구복천!"

"화용설(花容雪)!"

누가 먼저랄 것도 없었다. 두 사람은 동시에 검과 봉을 내뻗으며 몸을 날렸다.

차르륵… 챙!

이제까지와는 달리 검과 봉은 쇳소리를 내며 강하게 맞부딪쳤고, 동작 하나하나에서 강한 바람이 일었다.

'달라졌다!'

몇 차례 검과 봉을 섞은 후 최륵은 처음으로 긴장의 눈빛을 띠었다.

사실 비무장에 오른 석금이를 본 순간 최륵의 입에선 가볍게 한숨이 새어 나왔었다. 강호의 외로운 승냥이. 이제껏 검 하나에 의지해 살아왔을 뿐 어디에도 얽매이지 않은 그였다.

비록 정도무림의 한 사람임을 자부하고 있었으나 소림과 화산, 무당, 아미파 등 강호의 주인을 자처하며 날뛰는 무리와는 다른 모습으로 존재하고 싶었다.

검객은 검 하나를 벗할 뿐 결코 무리를 이루어서는 안 된다는 것이 최륵의 생각이었다. 그런 까닭에 처음부터 거대문파의 제자들을 경멸하고 있었다. 석금이는 그런 대상의 표본이었다. 덜떨어진 머리와 예의라고는 찾아볼 수 없는 버르장머리, 단순과 무식으로 똘똘 뭉친 미련 곰딴지……. 그런 첫인상은 놀아주듯 가벼운 마음으로 몇 초식을 겨루어 본 후 확신으로 굳어졌다.

하지만 지금은 아니었다. 결코 가볍게 생각할 상대가 아님을 깨닫게 되었다. 자신이 놀아주었던 것과 마찬가지로 석금이 역시 진정한 실력을 드러내지 않았던 것뿐이다.

"설첨향(雪添香)!"

수세에 몰리던 최특은 검집을 비껴 잡은 후 상아검과 교차하며 석금이의 두 다리를 찍어 들어갔다. 어렵게 발견해 낸 빈틈이었다. 그러나 아니었다.

"봉타쌍견!"

휘청거리는 듯하던 석금이의 두 다리가 땅바닥을 힘껏 퉁기며 허공으로 솟구쳐 올랐다. 그리고 봉의 한가운데를 잡은 채 양 끝을 빠르게 휘둘러 내려왔다.

채, 채, 채, 챙!

최특은 검과 검집으로 힘겹게 죽봉을 쳐내며 뒷걸음질쳤다.

'텅 비었다!'

물러서던 최특의 눈에 석금이의 가슴이 들어왔다. 봉의 중앙, 그곳이 무방비 상태였던 것이다. 결코 놓칠 수 없는 기회였다.

"촌향열천(寸香裂天)!"

"천하무구!"

최특의 검에서 예리한 검기가 쏟아져 나오는 것과 동시에 석금이의 봉이 빠르게 회전했다.

퍼펑!

순간적인 폭사와 함께 두 사람의 몸이 튕겨 나가 바닥을 나뒹굴었다.

……..

먼저 몸을 일으킨 것은 최륵이었다.

"으으… 어떻게 내 검기를 막았소?"

최륵은 뒤늦게 일어나 옷에 묻은 먼지를 털어내고 있는 석금이를 바라보며 물었다.

검은 바닥에 꽂혀 있었으나 최륵의 손에는 여전히 상아로 만들어진 검집이 들려 있었다.

"히히, 샌님인 줄 알았더니 통뼈구나? 히히히, 최 공 통뼈다."

석금이는 몸을 발딱 일으킨 후 헤벌쭉이 웃었다.

"어떻게 그 상황에서 장법 사용할 생각을 했지?"

"히히, 석금이는 생각 잘 안 한다. 몸이 한 거다. 지금도 마찬가지다. 석금이는 아무 생각이 없는데 내 몸이 최 공을 향해 가고 있다."

석금이는 맨손을 휘저으며 비틀비틀 최륵에게 다가섰다.

'무모하다… 하지만 기회다!'

최륵은 손에 들린 검집에 힘을 실으며 석금이를 기다렸다.

"하압—"

최륵의 손에서 검집이 검처럼 쏘아져 나간 것은 두 사람의 거리가 4장쯤 되었을 때였다. 최륵으로서는 석금이가 경계 태세를 갖추기 전에 공격할 필요가 있다고 판단한 것이다.

하지만 아니었다.

석금이는 교묘하게 검집을 감싸고 휘돌며 좌수를 뻗었다.

"헉!"

낮은 비명이 최륵의 입에서 새어 나왔다.

취팔선과천! 방금 전 석금이는 개방의 신법 중 하나인 취팔선과천을 펼치며 옥룡팔장으로 최륵의 이마를 쳐낸 것이다.

"크으으……."

최륵은 바닥에 무릎을 꿇은 채 고통스레 신음을 내뱉었다.

"오늘 최 공이 패한 데는 네 가지 이유가 있다. 첫째, 오만하여 석금이의 보법을 읽지 못했다는 것. 둘째, 검이든 봉이든 그 주인의 의지에 따라 쓰임과 성격이 달라진다는 것. 셋째, 승부를 너무 쉽게 생각했다는 것. 그리고 마지막으로 최 공의 상대가 역발산기개세인 나 석금이라는 것! 아무래도 하늘은 최 공을 돕기 위해 오늘 이 자리에 석금이를 세운 것이란 생각이 든다. 다른 고수와 마주쳤다면 이 정도로 그치지는 않았을 테니까."

신법과 장법의 절묘한 조화! 그 한 수로 비무는 끝이 났다.

아무도 그 한 수를 포착해 내지 못했으나 비무장 밖에서 비무를 지켜보던 천우막만은 알 수 있었다.

무림맹 비무대회(3)

무림맹 비무대회 넷째 날. 해시(亥時).

소림사 본전 깊숙한 곳에 자리 잡은 연화실(蓮花室)에선 며칠 전과 마찬가지로 범현 거사와 적선 사미, 장소천이 모여 앉아 차를 나누었다. 하지만 그들의 낯빛은 이전보다 훨씬 어두웠고 범현 거사는 아예 흙빛으로 굳어 있었다.

사방의 벽에 양각된 연꽃의 모습도, 기둥에 조각된 용의 모습도 덩달아 풀이 죽어 있는 느낌이었다. 그저 향로에 꽂힌 향과 차의 향기만이 더욱 깊어진 듯했다.

"그야말로 오리무중입니다."

범현의 눈치를 흘낏 살피던 적선 사미가 한숨을 내쉬며 말했다.

"8강에 오른 문파 중 아미와 개방, 화산을 제외한 모든 문파가 신흥 문파, 혹은 도저히 정파로 인정키 어려운 곳들입니다. 무림맹이 지녔던 명성은 모두 과거의 일이 된 듯합니다."

장소천 역시 시름 섞인 음성으로 입을 열었다.

하지만 그 순간 범현의 무거운 한숨이 터져 나왔으므로 곧 입을 닫아야 했다.

장소천은 비교적 용의주도한 인물이었으나 생각없는 말로 범현 거사의 심기를 건드리고 만 것이다. 소림의 제자가 8강에도 들지 못한 채 신생 문파 백천문에 패한 만큼, 방금 전 장소천의 말은 범현 거사와 소림을 두고 한 말처럼 들릴 수도 있었다.

"모든 것이 소승의 부덕함 탓입니다. 나 범현의 대에서 이런 치욕을 겪다니……."

"하하, 방장께서는 그렇게 생각하실 일이 아닙니다. 강호가 달라졌습니다. 오늘 같은 일은 신진 세력들의 성장을 보지 못한 채 현실에만 안주하고 있던 무림맹 수뇌 공동의 문제입니다. 우리가 잠자고 있는 동안 와호와 잠룡들이 깨어나고 있는 것입니다."

장소천은 고개를 저으며 안타깝다는 표정을 지었다.

"하지만 좌시할 수만은 없는 일입니다. 솔직히 백천문과 오류문은 그렇다 쳐도, 용문파니 팽두파니 하는 황당한 문파들 좀 보세요. 더욱이 들개 떼나 다름없는 당문까지 8강에 올랐습니다. 그 자질이 검증되지 않은 자들이 설쳐 대게 되면 정도무림엔 혼란이 더욱 가중될 것입니다."

이제껏 묵묵히 차를 마시고 있던 적선 사미가 성난 표정으로 말했다. 지난번 사천성 외곽의 객잔에서 당문 일가에게 당했던 치욕을 떠올린 것이다.

"그들을 가볍게 생각해서는 안 됩니다. 비록 당문이 부전승으로 출전했다고는 하나, 예선전에서 남궁세가를 꺾었습니다. 당유작, 당비약이라는 아이들 보통이 넘어 보였습니다. 백천문도 마찬가지입니다. 오늘 소림의 공안이라는 후학이 보여준 무공은 가히 절정의 실력이었습니다. 공안은 지난 비무대회에서 2위를 거머쥔 실력이 아닙니까. 5년의 시간이 흐른 만큼 그의 무학은 더욱 깊어졌을 것입니다. 그런 공안을 꺾었다면 백천문의 무공은 이미 우리와 어깨를 견줄 만큼 성장했다고 봐야 합니다."

장소천은 자신의 견해를 솔직하게 피력했다. 그는 맹주 직을 버린 상태인만큼 보다 냉정하게 판국을 읽어낼 수 있었던 것이다.

"장문인의 말씀이 맞습니다. 이번 비무대회는 그야말로 오리무중입니다. 적선 사미께서는 가볍게 말씀하셨으나 용문파와 팽두파라는 신생 문파도 결코 얕잡아볼 수 없는 곳입니다. 두 분께서도 승신검 일소천을 기억하시리라 믿습니다. 40여 년 전 한차례 강호를 뒤집어놓았던 인물이니 말입니다. 적선 사미나 장문인께서는 직접 보지 못하셨겠으나 소승은 그의 무공을 목견한 적이 있지요. 40여 년 전 소승의 사숙이신 천혜 거사께서 승신검과 비무를 겨루었는데, 불과 반 다경 만에 무릎을 꿇으셨습니다. 당시 천혜 거사는 소림은 물론 강호를 통틀어 다섯 손가락 안에 드는 고수였지요."

"아니, 그건 처음 듣는 이야기입니다그려. 승신검이 소림까지 꺾은 적이 있단 말입니까?"

장소천은 의외라는 듯 범현의 말을 자르며 질문을 던졌다.

"하하, 어디 소림뿐이겠습니까. 두 분께서는 알지 못하시겠지만 승신검은 소림에 오기 전에 이미 전대 기인이셨던 무당의 산수풍검(山水風劍) 선배와 아미의 선묘 사태를 꺾은 바 있습니다. 물론 그 일은 천혜 거사를 비롯한 세 분과 유일한 참관인이었던 저만이 알고 있는 사실입니다. 당시 승신검은 명문정파의 자존심을 지켜준다는 이유로 그 일을 함구했지요. 그는 단순히 승부만을 원했던 거니까요."

범현은 씁쓸한 표정으로 말한 후 빈 잔에 차를 따랐다. 따지고 보면 소림이나 그 외 거대문파들이 도전받은 것은 어제오늘의 일이 아니었다.

"허허, 이런… 그런 일이 있었습니까? 그나저나 그 일이 용문파나 팽두파와 관계가 있다는 말씀입니까?"

턱을 괸 채 범현의 이야기를 듣던 장소천이 허탈한 웃음을 지었다. 자신이 그런 사실을 이제껏 듣지 못했다는 것이 은근히 섭섭하기까지 했다.

"소승도 며칠 전에야 알게 되었습니다. 용문파의 문주가 바로 승신검이더군요. 물론 그의 제자들은 어딘가 사부와는 많이 달라 보였으나 범의 새끼는 범일 수밖에 없습니다. 승신검 같은 절대고수는 아무나 후학으로 거두지 않지요. 근골은 물론 자신의 무공을 전수받을 자질이 갖추어져 있는지, 사람됨이나 인내력은 어떠한지, 정순한 기운을 지녔는지 모든 것을 살핍니다. 알아보니 손녀 외에 정식 제자는 두 명밖에 되지 않더군요. 그게 무엇을 말하는 것이겠습니까? 몇십 년을 기다려 자신을 흡족케 할 두 사람을 가려 뽑은 것이지요. 어쩌면 가외체에 버금가는 신체 조건을 지녔는지도 모를 일이지요."

범현은 자신이 보고 느낀 것을 있는 그대로 털어놓았다. 물론 승신검에 대한 오해가 얼마간 있긴 했으나 전적으로 틀린 말이라고도 할 수 없었다.

"어허, 이런… 갈수록 태산이군요. 그렇다면 팽두파는 또 어떤 인연이 있는 겁니까?"

"팽두파가 직접적으로 승신검과 관계되지는 않습니다. 다만 팽두파의 문주 역시 이름만 대면 알 만한 과거의 도객(刀客)이었지요. 후~ 말이 나온 김에 털어놓겠습니다. 사실 팽두파의 문주는 하북팽가의 전 전대 문주였던 열해도 팽이입니다. 일각에선 그가 죽었다는 소문이 나돌기도 했으나 사실과는 다릅니다. 팽 대협은 지난 40여 년 동안 절대도법을 창안하기 위해 오지에 묻혀 있었다는군요. 공교롭게도 그곳이 용문파와 근접한 곳이긴 했으나……."

"아니, 열해도 선배가 아직 살아 계셨단 말입니까?"

장소천은 화들짝 놀라며 되물었다.

열해도 팽이는 한때 젊은 영웅으로 강호에 그 위명이 높았으며, 소림이나 무당과는 아주 절친한 사이였다. 장소천 역시 산수풍검에게서 열해도와 하북팽가의 도법에 대한 이야기를 많이 들은 만큼 그 이름을 또렷하게 기억하고 있었다.

"저 역시 얼마 전에야 소식을 들을 수 있었습니다. 그가 하북팽가의 가주로 있을 때만 해도 우정을 돈독히 나누며 무학에 관한 많은 이야기를 나누었지요. 하지만 승신검에게 패함으로써 그도 하북팽가도 쇠락의 길을 걸었습니다. 하하, 그런데 미치광이로 강호를 떠돌거나 죽은 줄로만 알았던 그가 한 문파를 일으켰다니 놀랄 수밖에 없었지요. 장문인의 말씀처럼 많은 잠룡과 와호가 기지개를 켜기 시작한 겁니다."

…….

범현 거사의 말을 끝으로 세 사람은 다시 무거운 침묵을 지키기 시작했다.

무림맹 비무대회 다섯째 날. 사시(巳時).

4강을 겨루는 비무인만큼 많은 사람들의 눈길이 비무장으로 쏠리고 있었다. 각 문파와 협객들은 물론 평소 무림에 관심을 가지고 있던 여러 분야의 내빈들까지 참석해 있었다.

첫 번째 비무는 4신의 패 중 청룡의 패를 잡은 이재천과 방초의 대결이었다. 뜻하지 않은 만남이었다.

"아니, 낭자. 유청이는 어쩌고 낭자가 나오셨소?"

이재천은 다소 당혹스런 표정으로 물었다.

그는 작도(作刀)를 허리춤에 차고 치웅도(治熊刀)를 질질 끌다시피 해서 비무장에 올라 있었다.

청룡의 패를 자신과 용문파에서 잡았다는 것은 이미 알고 있었다. 하지만 그 상대가 방초가 될 것이라고는 예상치 못했다.

본선에서부터는 각 문파에서 한 명씩 임의대로 대표를 선출해 비무에 참가하는 것이 허용되었다. 따라서 누가 대표로 나오게 될지는 알 수 없었다.

아무리 그래도 방초라니. 이재천은 웃어야 할지 울어야 할지 좀체 종잡을 수 없었다.

"호호, 4강전부터는 이 방초가 몸소 비무에 참가하기로 했답니다. 두백 오라버니도 놀란 모양이군요. 하긴 할아버지도 그렇고 이편 오라버니도 그렇고, 이 방초의 미모로 인해 강호가 문란해지는 것을 걱정해 극구 말렸답니다. 하지만 워낙 중요한 비무이다 보니 아직 인간 덜 된 곰탱이를 내보낼 수는 없더군요."

"……."

방초의 이야기를 듣는 동안 이재천은 줄곧 팽이가 들려준 바 있던 방초 일가의 내력에 대해 생각하고 있었다.

'휴~ 저 계집애 몸엔 확실히 몽고족의 피가 흐르고 있어. 주유청의 여인상이 몽고 여인이었단 말이지? 이거 아쉽군. 동문수학하던 시절에 알았다면 좀 더 적나라하게 골려먹을 수 있었을 텐데.'

하지만 언제까지고 멍하니 서 있을 수만은 없는 일이었다.

"이것 참 난감한 일이구려. 내 이제껏 여인을 상대로 무기를 들어본 적이 없어서……."

"호호, 두백 오라버니 너무 멋있다. 방초는 그런 남자들이 좋아요. 여자를 존중하고 배려할 줄 아는 멋진 남자. 잘됐네요. 그 소 잡는 칼 버리고 맨손으로 하세요. 방초는 오랜만에 연검을 사용해 볼 거예요."

"……."

이재천은 자신의 치웅도를 물끄러미 내려다보며 갈등하지 않을 수 없었다.

체면을 생각한다면 내려놓는 것이 마땅하지만, 여자도 여자 나름이었다. 방초에 대해 누구보다 잘 아는 그였으므로 선뜻 치웅도에서 손이 떨어지지 않았다.

"푸히히, 낭자, 그러고는 싶지만 자칫 사람들의 오해를 살까 봐서……. 낭자의 미모가 어디 보통이어야지요. 예쁠수록 구설수에 오르기 쉬운 법이니 그런 잡음을 없애기 위해 도를 들어야 할 것 같소."

"어머, 호호호. 두백 오라버니의 눈은 족제비처럼 예리하고, 생각은 도랑보다 넓어요. 저도 오라버니 심정 이해가 가는군요. 방초의 미모 때문에 이성을 잃은 사람이 어디 한둘인가요? 그건 누구보다 방초가 잘 아니까 이 아리따운 방초도 인정해 드리지요. 호호호."

방초는 호들갑스럽게 웃으며 푼수를 떨기 시작했다.

'이성을 잃은 사람이 한둘이 아냐? 과연 저 푼수 근처에 이성이라는 걸 가진 사람이 있긴 있는 걸까?'

이재천은 길게 한숨을 내쉰 후 한차례 비무장 주위를 둘러보았다.

두 눈을 부릅뜬 채 자신을 노려보고 있는 주유청, 빠드득 이를 갈며 손가락 마디를 똑똑 꺾고 있는 일소천, 아예 하늘만 쳐다보고 있는 배은망덕 이편.

'승신검 옛 사부님, 자꾸 그러시면 치아 상하십니다. 손가락도 굵어지고요. 어쭈, 곰탱아. 그러다 눈알 빠지겠다. 이편, 정말 배은망덕하구나.'

결코 쉽지 않은 비무임에는 틀림없었다.

"후아— 낭자, 이 비극적인 현실 앞에서 시 한 수 읊조리지 않을 수 없구려. 큼, 큼."

어차피 바쁠 것도 없었으므로 이재천은 목청을 가다듬은 후 살며시 눈을 감은 채 나직하게 시를 읊조리기 시작했다.

자잘한 날것들이 타다닥, 타 들어가며
귀를 밝히던 여름 밤
그녀는 내 어깨에 머리를 기댔네.
그녀, 마치 한 가지의 잎사귀 같더니
소국(小菊)이 뜨락을 깨우며
피어나는 이 가을 아침.
여름을 잊은 나비처럼 떠나가누나.

…….
비무장으론 무거운 침묵이 내려앉았다.
잠시 후 이재천은 살짝 실눈을 뜬 후 주위의 반응을 살폈다.
마치 운명의 장난처럼 서로에게 검을 겨눌 수밖에 없는 가슴 애절한 사연. 그것이 제대로 표현되었다면 구경꾼들의 가슴엔 진한 감동이 화살처럼 팍팍 박힐 것이다. 하늘이 무너져도 그래야 했다. 그래야만 자신에게 동정표가 날아들고, 구경꾼들은 언뜻 매정하게 묘사된 방초에게 등을 돌릴 것이다.
'그래, 사내가 여인에게 무기를 겨눌 때는 명분이 필요하다. 주유청 같은 잡놈도 아니고, 뼈대있는 가문에서 태어난 나 이재천이 시정잡배처럼 행동할 수는 없는 일.'
하지만 기대와는 달리 사람들은 하나같이 멀뚱한 눈으로 이재천을 바라볼 뿐이었다.
'이런, 니미럴. 어떻게 된 게 칼밥 먹는 놈들 중엔 시를 이해하는 놈들이 없을까? 어휴~ 앞으로 이 척박한 땅에서 고독한 시인의 길을 걸어갈 생각에 머리가 아파오는군. 어쭈! 유청아, 이놈아. 그러다 정말 눈알 튀어나온다. 넌 정말 단순하게 살아가는 놈이라 머리 아플 일도 없고 좋겠다.'
그런데 그때였다.
"어머, 오라버니. 오랜만에 오라버니의 주옥같은 시편을 듣네요. 언제나 그렇듯 제 젖가슴을 일렁이게 하는 멋진 시였어요. 음, 뭐라고 할까? 타타탁 콩 볶아 먹고 싶다는 생각이 드는가 하면, 나쁜 놈의 어깨를 머리로 들이받는 여자의 절절한 사연이 느껴지기도 하고, 음… 무엇보다 맨 마지막 행에 머리 나쁜 나비를 등장시키면서 오라버니 특유의 해학을 가미시킨 것이 눈에 띠었어요. 호호, 그런 걸 극적 반전이라고 하죠? 저 하마터면 너무 웃겨서 까무러칠 뻔했어요. 호호호!"

"……(씨벌!)."

더 이상 긴말이 필요치 않았다.

다른 건 다 참아도 시에 대한 무지만은 용서 못하는 두백 이재천. 방초의 황당한 시평은 당연히 이재천의 전의를 들끓게 했다. 명분이고 뭐고 생각할 겨를이 없었다.

"방초 낭자, 까무러치는 게 소원이면 내 오늘 확실하게 보내 드리리다."

말을 마치는 것과 동시에 이재천은 방초를 향해 치웅도를 뻗어 나갔다.

"어머머, 성격도 급하시네!"

방초는 다급히 허리를 감싸고 있던 연검을 튕겨내며 외쳤다.

쇄애액!

치웅도는 마치 허공을 찢어내듯 묵직한 바람을 일으켰다.

하지만 재빠르게 뻗어 나온 방초의 연검과 부딪치는 순간 방향을 잃고 땅바닥을 찍어냈다. 방초의 방어는 유연하면서도 힘이 실린 한 초식이었다.

'그냥 몽고의 피가 아냐, 분명히 징기스칸의 피가 섞였을 거야.'

이재천은 방초의 내력에 새삼 놀랄 수밖에 없었다.

하지만 놀라고만 있을 겨를이 없었다. 확연하게 드러난 빈틈을 그냥 보아 넘길 방초가 아니었다.

"헙!"

자신의 어깻죽지를 찍어 내려오는 연검을 피하기 위해 이재천은 어쩔 수 없이 바닥을 굴렀다. 그리고 곧장 치웅도를 들어 방초의 가슴을 노렸다.

'젠장할!'

두툼한 방초의 젖가슴이 눈에 들어오는 순간 이재천은 치웅도를 다급히 거두어들였다.

물론 방초라면 충분히 그 공격을 막거나 피할 수 있었을 것이다. 하지만 방초는 연검을 늘어뜨린 채 헤벌쭉이 웃으며 미동도 않았다.

"호호, 두백 오라버니, 그렇게 빤히 쳐다보면 방초가 부끄럽잖아요."

황망한 시선으로 자신을 바라보고 있는 이재천의 면상에 발을 날리며 방초가 말했다.

퍽……!

"끄아아─"

"오라버니도 알다시피 이건 제 뜻과 무관해요. 워낙 중요한 비무다 보니 봐드릴 수도 없고. 호호, 이걸 어쩐다?"

퍽, 퍼퍼퍽!

방초는 엎어져 있는 이재천의 몸통을 쉬지 않고 걷어차며 애교스럽게 말했다.

'주유청 그 인간, 피학적 색정광(色情狂) 아냐? 그렇지 않고서야 이런… 허윽!'

이재천은 끔찍한 구타를 당하며 별의별 생각을 다 했다.

"호호, 한동안 매질을 못해서 손발이 근질근질했는데, 오늘 오라버니 덕분에 속이 확 풀리네요. 이야~ 기분 째진다~"

퍼퍽, 퍼퍼퍼퍽!

계속되는 발길질. 마치 '이재천 가출 사건'의 원인이었던 매질의 악몽이 재현되는 듯한 느낌이었다. 하지만 이래저래 맞는 데 이골이 난 이재천이었다. 그는 빗발처럼 퍼붓는 주먹과 발길질 속에서도 냉정할 수 있었다.

"으랏차차차!"

한순간 이재천은 오른손으로 방초의 발목을 낚아챘다. 그리고 왼손으로 뒷다리를 건 후 그대로 밀어 넘겨 버렸다.

"어머—!"

쿵!

묵직하고 둔탁한 소리와 함께 방초가 바닥에 나동그라졌다.

상황의 완벽한 역전이었다. 굳이 무기를 들지 않고도 방초를 쓰러뜨린 셈이다.

하지만 이재천은 이미 생각을 바꾸었다. 치웅도로 방초를 다스려야겠다는 생각이 퍼뜩 든 것이다.

생각이 거기에 닿자마자 이재천은 방초의 발목을 어깨에 걸쳐 멘 후 힘껏 엎어 쳤다.

"아흐흑!"

방초의 비명은 그렇게 시작되었다.

"지금부터 내가 치는 매는 낭자가 진작에 받았어야 할 사랑의 매요. 오늘 나 두백 이재천이 일소천 옛 사부와 몽고로 떠난 할머니, 아버지, 그리고 징기스칸의 피가 섞였을 낭자의 어머니를 대신해 사랑의 매를 치겠소."

어느새 벌떡 일어선 이재천은 치웅도를 높이 치켜들며 말했다.

"하나!"

퍽!

묵직한 도면이 방초의 엉덩이로 떨어져 내렸다.

"아하하항—"

방초의 울음소리가 소림의 연무장을 휘돌기 시작했다. 그것은 40여 년에 걸친 열해도 팽이의 한이 사그라지는 소리였다. 또한 일소천으로 인해 이재천의 가슴에 박혔던 못이 쑥 빠져나가는 소리였다.

'주유청, 이 못난 놈! 방초를 족치는 데 니가 왜 우냐? 어쭈, 부르르 떨기까지……. 그러니까 꼭 풍 맞은 영감 같다, 야.'

무림맹 비무대회(3)

여전히 사시(巳時).

느닷없이 뛰어든 주유청이 이재천의 얼굴에 주먹을 날리는 것으로 첫 번째 비무는 끝났다. 용문파가 반칙패를 당했고, 승리는 자연히 팽두파에게 돌아갔다. 그리고 곧 두 번째 비무가 시작되었다.

백호(白虎)의 패를 쥔 채 비무장에 오른 사람은 아미파의 구소희와 백천문의 백록연이었다.

백천문의 백록연은 소림의 공안을 꺾고 올라온 신예로 그 실력은 이미 검증된 바였다. 하지만 가외체 구소희에게 있어 그는 결코 위협적인 존재가 될 수 없었다. 적어도 처음에 구소희는 그렇게 생각했다.

"결(決)!"

득공의 외침과 함께 비무가 시작되었다.

하지만 두 사람은 일정한 거리를 유지한 채 아무런 움직임도 없었다.

그런 대치 상황도 잠시 구소희는 검집에서 검을 뽑아 검신이 팔을 따라 치켜 서도록 손잡이를 거꾸로 잡았다.

반면 백록연은 검을 뽑은 후 그것을 오른쪽 어깨에 걸쳤다. 백록연은 서로 상반된 동작을 구사함으로써 구소희의 검법 초식을 흩어놓을 생각이었다.

먼저 공격에 임한 것은 구소희였다.

"무극무변. 연환영풍."

구소희는 소청검법의 초식 두 가지를 교묘하게 뒤섞어 백록연을 공략해 나갔다. 최대한 짧은 시간 내에 비무를 마침으로써 다른 경쟁자들에게 자신의 무공과 전략을 드러내지 않기 위해서였다.

'만만치 않은 상대다. 하지만 꺾는 수밖에……'

백록연은 상당히 난해한 신법을 구사하며 구소희의 검을 피해 나갔다. 그의 어깨에는 여전히 검이 미동도 않은 채 걸쳐져 있었다.

'이해할 수 없다. 파검 구용각… 그래, 내 아버지의 움직임을 보는 듯하다.'

구소희는 백록연의 자연스러운 신법에서 언뜻 파검 구용각의 모습을 떠올렸다.

"무(武)는 무(無)다. 나는 너에게 무(無)를 가르치려 했으나 네가 원하는 것은 전(戰)이로구나. 그래, 전(戰)은 전(全)이다. 좋다, 덤벼보거라. 나는 온몸이 무기인 사람이니, 너는 나를 통해 싸움을 배우게 될 것이다."

하남성과 섬서성의 경계에 즈음한 어느 냇가에서 들려주었던 아버지 구용각의 음성이 구소희의 뇌리를 스쳤다.

지극히 자연스러운 듯하면서도 좀체 방향을 예측하기 힘든 백록연의 신법. 마치 그 당시의 상황을 재연하고 있는 듯했다. 구소희의 검은 허공만을 가르고 있었고, 백록연은 지그시 미소를 배어 문 채 피하고만 있었다.
 구소희는 한순간 걸음을 멈춘 후 빠르게 검을 회수했다. 그리고 백록연의 두 눈을 똑바로 쳐다보았다.
 "방금 전의 그 검법이 아미가 자랑하는 소청검법이오?"
 백록연은 차분한 음성으로 구소희에게 물었다.
 "아닙니다. 소청검법의 초식을 흉내 내 보았을 뿐입니다. 이제 공자의 검법을 보고 싶군요."
 구소희는 다소 차가운 목소리로 답했다.
 "하하, 우리 백천문에는 화극지검(花極之劍)이라고 이름 붙여진 검법이 있소. 그것은 아직 완성되지 않은 검법이니 감히 아미의 검법에 견주어질 만한 것은 아닙니다. 하지만 그대의 청을 거절할 수 없으니 한번 펼쳐 보리다."
 차르르릉!
 백록연의 검은 마치 비파의 현이 울리듯 맑고 청명한 소리를 내며 검집을 벗어났다.
 "오행지화(五行之花)!"
 검은 미끄러지듯 허공을 가르며 구소희에게 다가왔다.
 마치 다섯 줄기의 부드럽고, 차며, 뜨겁고, 강렬하며, 빛나는 검줄기가 쏟아져 들어오는 느낌이었다. 하지만 그것은 어느 한순간 눈송이처럼 여러 개의 자잘한 빛으로 변해왔다.
 '환영인가?'

구소희는 검을 회전시켜 빛줄기들을 쳐내며 다급히 비껴 섰다.

채챙, 채채챙!

백록연과 구소희의 검이 수차례 맞부딪치며 눈부시게 햇빛을 반사시켰다.

도저히 종잡을 수 없는 공격이었다. 구소희는 단지 자신의 감각에 의지해 백록연의 검을 막고 있었을 뿐이다. 어느 순간, 어느 방향으로 날아들지 예측할 수 없었다.

"개벽지화(開闢之花)!"

이제까지와는 달리 백록연의 검에 묵직한 힘이 실리기 시작했다. 마치 검기를 갈무리한 검처럼 예리한 힘이었다.

챙, 챙, 차르륵—!

검이 부딪칠 때마다 구소희는 손목으로 전해져 오는 묵직한 통증을 느껴야 했다.

'소림을 꺾은 것은 결코 운이 아니었구나. 실로 무서운 실력이다.'

구소희가 백록연의 검법을 파하기 위한 한 수를 찾는 사이 그의 검은 다시 변화를 일으키고 있었다.

"화극지천(花極之天)!"

한순간 백록연의 검이 허공에 빛을 뿌렸다.

언뜻 아미파의 난파풍검법을 연상케 하는 초식이 펼쳐지기 시작한 것도 그때부터였다. 눈을 어지럽게 만드는 검영(劍影). 가을 햇빛을 쪼개 그것들을 흩뿌리고 있는 느낌이었다.

사금파리처럼 자잘하게 쏟아지고 있는 햇빛. 그 사이로 백록연의 검신이 수시로 모습을 드러냈다. 검신은 여지없이 구소희의 빈틈을 파고들었다.

챙, 채채챙!
 구소희는 현란하게 쏟아져 들어오는 검신을 쳐내며 계속 물러서고만 있었다.

 "소희야, 잘 보아두거라. 검(劍)은 도(刀)에서 비롯되었으나 도로써는 이룰 수 없는 무위의 경지에 다다를 수 있다. 검은 곧 사람과 하나가 된 칼을 의미한다. 내가 곧 검이고, 검이 곧 나다. 검을 깨뜨린다는 것은 나를 깨뜨린다는 의미이며 검을 든다는 것은 새로이 나를 세우는 것을 의미한다."

 머리 속에서 끊이지 않고 맴도는 구용각의 목소리.
 "하핫!"
 짧은 기합성과 함께 구소희가 날아올랐다. 허공에 떠 있는 구소희의 검에서 푸르스름한 검기가 일렁이고 있었다.

 "적막과 바람과 달빛을 베어보거라."

 아버지 구용각의 음성이 빠르게 귓전을 맴도는 듯했다.
 "갈!"
 마치 거대한 천이 찢어지듯 푸른 하늘을 배경으로 한 풍경이 찢겨져 나갔다. 햇빛이 잘려 나가고, 바람과 적막이 찢겨져 나간 듯했다.
 퍼퍼퍼펑!
 당혹스런 표정의 백록연을 중심으로 거대한 폭사가 일어났다.
 잠시 후 백록연의 비명과 함께 비무장은 자욱한 먼지에 휩싸였다.
 "아아악!"

…….

"하악, 하악!"

힘겹게 바닥으로 내려선 구소희의 입에서 가쁜 숨이 새어 나오고 있었다. 하지만 그녀의 눈에선 알 수 없는 빛이 반짝였다.

"과거의 구소희는 이제 없다. 접몽도 없다. 한 자루의 검이 있을 뿐이다!"

자신조차도 정확히 의미를 알 수 없는 독백이었다.

먼지가 걷힌 비무장엔 부러진 검으로 바닥을 짚은 채 선혈을 흘리며 주저앉아 있는 백록연의 모습이 드러났다. 하지만 그것도 잠시, 백록연은 울컥 선혈을 토한 후 비무장 바닥으로 쓰러졌다.

백천문의 제자들은 다급하게 비무장 안으로 들어와 백록연을 부축해서 데리고 나갔다.

구소희가 보여준 검법의 위력에 놀란 구경꾼들은 탄성을 자아냈다. 그리고 곧 자기들끼리 무엇인가를 수군거리기 시작했다.

다만 이제껏 단상에서 비무를 지켜보고 있던 적선 사미와 범현 거사만이 근심과 기쁨이 묘하게 뒤섞인 표정으로 그녀를 지켜보고 있었을 뿐이다.

두 사람의 비무는 그렇게 끝이 났다.

채채채챙!

수십 가닥으로 나뉜 취운의 검이 오륭문 좌영천의 검을 훑어 내려갔다.

오전에 치러졌던 구소희와 백록연의 비무도 그러했으나 취운과 좌영천의 비무는 가히 절정고수들의 한판이었다.

이번 비무대회는 정파 후학들의 비무를 통해 각 문파의 무공을 교류하는 한편 결속을 다진다는 명분 하에 치러지고 있었다. 하지만 그것은 어디까지나 명분이고, 실제로는 각 문파의 힘을 겨루어보는 자리였다.

비무대회에 참가한 어떤 문파도 그러한 사정을 모르고 있지 않았다. 그런 만큼 예선이나 본선에서 탈락한 문파들은 화를 참지 못해 일찌감치 자리를 뜨거나 아예 짐을 챙겨 소림을 떠나기도 했다.

비무대회 이후 얼마간의 잡음이 생겨날 수는 있겠으나 그 정도는 큰 문제가 안 되었다. 어디까지나 후학들의 비무였으므로 그 충격은 완화될 수 있었던 것이다.

만약 각 문파를 대표하는 고수들의 비무대회였다면 그 후유증은 그야말로 감당할 수 없는 크기가 될 것이다. 자칫 씻을 수 없는 원한을 만들어내거나 아예 무림맹이나 정파에 등을 돌리는 경우도 종종 생기기 때문이다.

실제로 과거 절정고수들이 비무를 겨룰 때 본래의 취지와는 달리 패자들이 원한을 품어 무림맹이 와해될 위기에 처한 적이 몇 번 있었다. 자신이 강호제일이라 믿던 고수가 많으면 많을수록 그런 역효과가 컸다. 나이 든 고수들의 자존심은 한번 상처 입으면 쉽게 회복되지 않기 때문이다.

무림맹에서 굳이 후학들을 대상으로 한 비무대회를 개최한 배경도 그런 문제들로 인해서였다.

하지만 4강전이 시작되면서부터 비무는 말 그대로 고수들의 혈전으로 이어지고 있었다.

"이야압!"

좌영천의 입에서 기합성이 터지며 성난 파도와 같은 검영이 쏟아져 나오기 시작했다.

좌영천의 18수천류검법은 그야말로 완벽에 가까웠다. 화려한 초식과 단순하며 직선적인 일격이 적절히 조화를 이루고 있었다. 방어도, 공격도 쉽지 않았다.

하지만 그 상대가 취운이었다는 점은 좌영천이 패배할 수밖에 없는 이유가 되었다.

"합!"

파파파팟! 콰콰콰쾅!

취운의 검은 검신과 검기를 교묘하게 교차시키며 좌영천의 18수천류검법을 와해시켜 갔다.

"헉—!"

좌영천은 신음을 내뱉으며 다급하게 물러섰다.

그러나 이미 늦었다. 취운의 검은 이미 좌영천의 목 앞에 다다라 있었던 것이다.

"좋은 검법이었소."

취운은 하얗게 질려 있는 좌영천의 목에서 검을 거두며 짧게 말했다.

이미 말했듯 오관필이 창안한 바 있는 18수천류검법은 그의 전쟁 경험과 강호의 검법을 접목한 것이다. 화려한 듯하나 실제로는 지극히 실리적인 공격을 특징으로 하는 검법이었다. 만약 그 상대가 취운이 아닌 다른 사람이었다면 18수천류검법은 부드러운 초식 속에 숨은 예리한 비수로 상대의 숨통을 겨누었을 것이다.

하지만 그러한 공격은 결코 취운에게 위협이 되지 못했다.

비록 화산의 이름을 빌고 화산의 무공으로 섰다고는 하지만 취운은 살수였다. 화산파의 화려하고 공격적인 검법에 살수로서의 예리함이 곁들여진 취운의 검. 그것은 좌영천을 누르기에 충분했다.

신시(申時). 4강을 겨루는 마지막 비무.
'천운이다!'
비무장에 들어선 당비약은 그렇게 생각했다.
상대는 개방의 석금이. 천우막과 합류해 며칠 생활해 본 만큼 당비약 역시 석금이에 대해서 알 만큼 알고 있었다.
석금이는 비록 최근 서책을 가까이 하고는 있으나 원래 일자무식이었다. 용문마을에서 언뜻 보았을 때만 해도 머슴이나 다름없는 처지였다. 비록 얼마 전 천운으로 개방의 무공을 전수받았다고는 하지만 그 짧은 시간 동안 익힌 무공이라면 충분히 상대할 만했다. 이상이 당비약의 머리 속에 정리된 석금이의 신상이었다.
사실 당비약은 소림에 와서 석금이를 처음 보았을 때만 해도 그가 용문에서 언뜻 스쳐 보았던 그 일자무식의 사내라는 것을 알지 못했다. 그는 용문가의 식솔들과 함께 잿더미 속에 묻혀 있어야 옳았기 때문이다.
하지만 얼마 후 비무에 참가한 용문파의 식솔들을 보게 되었고, 크게 놀랄 수밖에 없었다. 분명히 죽은 것으로 알고 있던 그들이 살아 있었기 때문이다.
다행히 그들은 용문에서의 일에 대해 많은 것을 알지 못하고 있는 듯했다. 하지만 기분은 영 찜찜했다. 자신의 수하였던 18위의 시체 몇 구를 그대로 남겨둔 채 돌아온 것이 마음에 걸렸던 것이다. 어쩌면 자신이 속이고 있는 것이 아니라 속고 있는지도 모르겠다는 생각도 했다.

"이거 뜻하지 않게 개방과 겨루게 되었구려."

당비약은 미소를 내비치며 정겹게 말했다.

자신이 보기에 석금이는 아직 아무것도 모르고 있는 듯했다. 석금이 같은 부류는 결코 속마음을 감추지 못한다. 만약 석금이가 용문도장의 화재에 대한 비밀을 알고 있다면 지금껏 함구하고 있을 리가 없다. 다행스러운 일이었다.

"하하, 당 공이구나. 나는 또 우리 두목이 나오는 줄 알고 고민했다."

석금이는 언제나처럼 순박한 웃음을 웃으며 죽봉으로 땅을 두드렸다.

"음, 이거 섭섭하구려. 무산 아우라면 져주었겠으나 당비약이니 인정사정 봐주지 않겠다는 이야기처럼 들려서. 하하하!"

당비약은 석금이를 떠보기 위해 농담처럼 말을 꺼냈다.

"공자 가라사대, 군자는 말이 행함보다 앞서는 것을 부끄러워한다고 했다. 석금이는 아직 군자가 아니지만 행동을 중요시한다. 어서 비무나 겨루자."

"……."

당비약은 등골이 오싹해지는 것을 느껴야 했다.

석금이의 말은 듣기에 따라 자신에 대한 원한을 갚겠다는 의지로 여겨질 수도 있었기 때문이다.

"하하, 당 공. 섭섭했다면 미안하다. 하지만 석금이 말투는 원래 이렇다. 세 살 버릇이니 적어도 여든까지는 갈 거다. 자, 개방의 타구봉법을 받아라."

석금이는 말이 끝나기가 무섭게 죽봉을 휘둘러 오기 시작했다.

뭔가 찜찜한 구석이 있었으나 당비약은 그것에 대해 생각할 겨를이 없었다. 무슨 일이 있어도 석금이를 꺾고 4강에 올라야 할 처지였기 때문이다.

비무가 시작되기 전 당문의 참가자들은 잠시 비무를 겨룰 대표를 뽑기 위해 논의했다.

그런데 무산의 입에서 뜻밖의 말이 나왔다. 당수정은 홀몸이 아니어서 비무에 참가할 수 없다는 이야기였다. 취설이 진맥을 하여 확인했으니 의심의 여지가 없다는 것이다.

뜻밖의 일이었다. 당비약은 그 상황이 자신에게 어떻게 작용할지 잠시 생각해 보았으나 쉽게 판단을 내릴 수 없었다.

결국 남은 세 사람 중 한 명이 비무를 겨루어야 했는데, 무산과 당유작이 당비약을 적극 추천했다. 당비약은 잠시 이것저것을 계산해 본 후 그 제의를 흔쾌히 받아들였다.

무엇보다 상대가 석금이라는 점이 쉽게 결정을 내리는 계기가 되었다.

만약 자기 대신 무산이 비무장에 오르게 된다면 분명 무산이 준결승에 진출하게 되리란 생각이었다. 무공의 수위도 수위려니와, 석금이는 무산의 부하임을 자처하는 만큼 제실력을 발휘하지 못할 것이다.

적어도 그런 결과만은 막아야 했다. 준결승이나 결승에서 승리해 더 큰 주목을 받을 수도 있겠으나 자신이 지켜본 바로는 결코 만만치 않은 상대들이었다. 특히 구소희나 취운의 실력은 자신으로선 감당할 수 없는 수준이었다.

'엉성하다.'

석금이의 죽봉을 쳐내며 당비약은 회심의 미소를 지었다. 생각했던 그대로였다. 석금이에게선 너무 많은 빈틈이 드러나고 있었다.

"탓!"

당비약은 석금이가 내지른 죽봉을 허리로 감아 돌며 짧은 기합성을 내질렀다. 부살도가 석금이의 정수리를 향해 곡선을 그리며 떨어져 내린 것도 그 순간이었다.

'끝났다!'

손끝으로 전해지는 강력한 기운을 느끼며 당비약은 확신했다.

설령 석금이가 죽봉을 회수해 막는다 해도 부살도에 실린 힘과 무게를 견뎌내기는 힘들었다. 부살도는 죽봉으로 막기엔 버거운 무게였다.

하지만 아니었다.

"사족앙천."

석금이의 죽봉이 쳐낸 것은 부살도가 아닌 당비약의 손목이었다.

석금이는 부살도가 곡선을 그리며 떨어져 내리는 순간 바닥으로 몸을 눕히며 빠르게 회전했다. 그사이 죽봉은 이미 당비약의 손목을 강타했고, 부살도는 아슬아슬하게 석금이의 머리를 스쳐 바닥에 찍혔다.

"헉!"

당비약은 다급히 부살도의 손잡이에 의지해 공중으로 회전했다. 손목에 묵직한 통증이 느껴졌으나 도를 놓칠 만큼은 아니었다.

"뢰천마도(雷天魔刀)!"

발이 땅에 닿는 것과 동시에 허공으로 다시 튀어 오른 당비약. 그가 묵직한 부살도로 허공을 가르며 외쳤다.

당비약의 몸은 이미 활처럼 휘어져 있었으며 일갈과 함께 반대 방향으로 활짝 펼쳐졌다.

강력한 강기가 석금이를 향해 쏘아졌다.

'너 따위에게 뇌천마도를 쓰게 될 것이라고는 생각지 못했다.'

남궁세가와 비무를 겨룰 때 처음으로 완성시킨 뇌천마도. 당비약은 오당마환에 의해 어느새 괴물로 변해 버린 것이다.

다섯 고수들의 내공을 2할씩 전수받은 만큼 당비약의 몸에는 가히 고수다운 내공이 쌓여 있었다. 더욱이 그 내공을 이용해 뇌천마도를 성공시켰다. 사실상 당비약은 당문의 제일고수가 된 셈이었다.

파, 파, 파, 팟!

갑작스럽게 시전한 만큼 종전보다 그 위력이 약하기는 했으나 이번에도 강기는 폭사를 일으키며 석금이를 자욱한 먼지 안에 가두었다.

…….

정적에 휩싸인 비무장에서 당비약은 먼지가 걷히기를 기다렸다. 머지않아 피를 토한 채 쓰러져 있는 석금이의 모습이 드러날 것이다.

하지만 아니었다.

"강룡십팔장!"

자욱한 먼지를 말아 올리며 비상한 역발산기개세 석금이의 신형이 허공에서 빠르게 선회했다.

"타앗!"

공중에 정지해 있는 석금이의 입에서 짧은 기합성이 터져 나왔다. 그것과 동시에 굉음이 일며 금빛 광채가 쏘아져 나왔다.

퍼, 퍼, 퍼, 퍼, 펑!

석금이의 손에서 뻗어 나온 강기가 비무장의 바닥을 때리며 폭사하기 시작했다. 방금 전 당비약이 시전했던 뇌천마도와는 비교가 안 될 만큼 거대한 힘이었다.

"크헉—"

부살도로 전면을 방어하고 있던 당비약이 비명을 내질렀고, 폭사에 튕긴 그의 몸은 비무장 바깥으로 나가떨어졌다.

……

"맙소사!"

비무장 밖에서 비무를 지켜보고 있던 천우막의 입에서 낮은 탄성이 새어 나왔다.

개방의 인연이란 참 묘했다. 양해구와 깜구, 깜구와 석금이, 그리고 양해구와 석금이 사이에 하나의 고리로 존재하게 된 천우막.

깜구는 양해구의 강룡십팔장에 죽은 독룡의 영체를 삼켰다. 그리고 그것은 다시 석금이의 몸속에 녹아들었다. 석금이에겐 보통 사람들로선 짐작도 할 수 없는 순연한 내공이 쌓였다.

하지만 방금 전 석금이가 시전한 강룡십팔장은 사실상 석금이의 내공으로 소화하기 힘든 무공이었다. 독룡의 영체는 강한 음기로 형성된 반면 강룡십팔장은 철저하게 양기의 내공을 필요로 했기 때문이다.

그런데 그 문제를 해결한 이가 바로 천우막이었다.

천우막은 석금이에게 강룡십팔장을 전수하기 위해 몇 차례 시도해 보았으나 어이없는 일이 반복해서 벌어졌다. 그것을 시전하려 할 때마다 석금이의 기혈이 뒤틀리곤 했던 것이다. 몸 안에 축적된 영체의 강한 음기로 인해 양기의 형성이 방해를 받았던 것이다.

다행스러운 일은 석금이가 독룡의 영체가 지닌 성질을 서서히 변화시키고 있었다는 점이다. 석금이는 서른을 한참 넘긴 나이임에도 동정을 유지하고 있었다. 게다가 그 본성이 더없이 맑은 순연지체였다.

시간이 지나며 몸 안에 쌓였던 독룡의 영체는 서서히 변화하기 시작했고, 그 변화를 발견해 낸 천우막은 묘안을 생각해 냈다. 강룡십팔장을 하나의 동정공으로 변형해 석금이에게 훈련시켰던 것이다.

한동안 석금이는 그 무공을 익히며 많은 고통을 감내해야 했다. 그리고 언제부턴가 서서히 두 개의 이질적인 힘을 융화시키게 되었다.

하지만 방금 전처럼 강력한 강기를 뿜어낸 것은 처음이었다.

"저런 빌어먹을 놈."

석금이의 승리를 지켜본 천우막의 촌평이었다.

8장 무림맹 비무대회 (4)

반드시 이겨야 하는 싸움에서
만난 두 사람.
이미 한 사람의 눈물은
준비되어져 있는 셈이다.

1

무림맹 비무대회(4)

 무림맹 비무대회 여섯째 날. 사시(巳時).
 천웅(天雄) 패를 고른 이재천과 석금이가 비무장에 섰다. 유일하게 한 사람씩 참가자를 낸 두 문파의 주인공들이 준결승에서 마주치게 된 것이다.
 "이 공, 이 공이랑 있으니까 옛날 생각 난다."
 "푸히히. 석금아, 형아는 석금이한테 어떤 형아였니?"
 "히히, 부러운 사람이었다. 이 공의 시는 가끔 일자무식 석금이의 심금을 울렸다."
 "……."
 석금이의 말은 이재천을 감동시키기에 충분했다.
 "석금아, 방초가 니 반만 됐어도 그렇게 두들겨 맞지는 않았을 거야. 너는 팽 사부 다음으로 훌륭한 사람이다."

"히히, 이 공이야말로 정말 훌륭한 사람이다. 석금이도 요즘『시경』을 읽고 있지만 이 공의 시만큼 영혼을 울리는 시는 아직 만나지 못했다. 주위에 이 공 같은 사람이 있다는 게 석금이는 너무 자랑스럽다."

"……."

이재천은 두 가지 이유로 말문이 막혔다. 첫째, '영혼을 울리는 시'라는 대목. 둘째, '『시경』을 읽고 있지만'이라는 대목.

"이 공, 석금이가 제안 하나 하자."

"무슨?"

"석금이는 이 공 같은 천상 시인이랑 무기 들고 싸우고 싶지 않다. 우리 무기 버리고 팔씨름으로 승부를 내자."

"천상 시인? 휴— 재천이도 석금이 같은 고급 독자랑 싸우고 싶지 않다. 그래, 우리 팔씨름으로 겨루자!"

…….

무림맹 비무대회 역사상 초유의 사건이 벌어지게 된 배경은 이상과 같았다.

만약 이재천이 석금이에 대해 조금만 더 알았더라도 가령… 흑곰이와 팔씨름을 하거나, 아예 번쩍 들어서 내팽개치는 모습을 보기만 했더라도 그런 무모한 제의를 받아들이지는 않았을 것이다.

"하나, 둘, 셋 하면 시작하는 거다?"

"좋다, 이 공이 숫자를 세라."

이재천과 석금이는 비무장 정 중앙에 엎드린 채 두 손을 마주 잡았다.

모든 구경꾼들의 시선이 그 두 사람에게 모아졌다. 하나같이 당혹스런 표정이었으나 특별히 규정을 어겼다고는 할 수 없으므로 멍하니 지켜보아야만 했다.
"센다! 하나… 둘… 셋!"
쿵!
…….
무림맹 비무대회 역사상 가장 짧은 승부였다.
"히히, 석금이가 이겼다. 이제 와서 말이지만 석금이는 역발산기개세다. 히히히!"
여우처럼 교활해진 석금이. 석금이의 변신은 끝이 없었다.

여전히 사시(巳時).
구소희와 취운이 비무장에 오른 순간 무림맹의 수뇌 네 사람은 조용히 숨을 죽였다.
지웅(地雄)을 겨루는 한판 비무. 하지만 그것은 단순히 가외체를 지닌 두 검객의 비무에 그치지 않았다. 화산파냐, 아미파냐를 가리는 문제만도 아니었다.
작게는 무림맹의 우파를 자처하는 소림사, 무당파, 아미파의 보수적 인물들과 좌파를 자처하는 화산파와의 승부였다. 그리고 보다 크게는 무림의 힘이 황태자 유에게 기울 것인지, 초화공을 배경으로 한 사평왕 쪽으로 기울 것인지를 결정짓는 한판이었다.
'이 느낌은 뭐지?'
취운과 눈이 마주친 구소희는 마음속에 이는 미세한 떨림에 당혹스러워했다.
비구니들로만 가득한 고찰에서 지내온 만큼 수려한 외모의 사내에게 미묘한 감정을 느끼는 것은 당연한 일이었다. 하지만 지금 구소희가 느끼는 마음의 파동은 단순히 그런 이유 때문은 아니었다.

'또 하나의 가외체라… 부모 없이 절간에서 자란 것을 보면 저 처자의 삶도 나처럼 기구한 사연으로 이루어져 있을 터, 기구한 운명을 지닌 두 사람이 피할 수 없는 한판을 벌이게 되었군. 인생이란 참으로 잔인한 것이다.'

취운의 입에서 가벼운 한숨이 새어 나왔다.

구소희가 느끼는 마음의 떨림, 그것과 비슷한 떨림이 취운에게도 있었다. 다른 것이 있다면 구소희가 그 정체를 알지 못하는 데 반해 취운은 그 떨림의 정체를 얼마간 알고 있었다는 것 정도였다.

'저 눈빛… 그리고 온몸에 갈무리된 정연한 강기. 결코 쉬운 상대가 아니다.'

'과연 내가 이 처자를 꺾을 수 있을까?'

구소희와 취운은 일찌감치 내력을 끌어올려 검으로 보내기 시작했다.

고수에겐 고수를 알아보는 또 하나의 눈이 있다. 상대의 기가 자신의 기(氣)에 미묘한 떨림으로 다가온다. 눈이 알아차리기 전에 몸이 먼저 알아차리는 것이다.

한마디의 말도 필요없었다. 먼저 베느냐, 베이느냐가 달린 문제였다. 그것은 위기에 직면한 동물들이 자연스럽게 가지게 되는 경계심과 비슷했다.

[소희야, 신중하거라. 상대는 너보다 많은 경험을 가진 자다. 몸에서 뻗치는 살기는 살수의 그것처럼 예리하다. 이 한판에 무림맹의 앞날이 달렸느니라.]

마음을 졸이던 적선 사미가 결국 전음을 보내왔다. 구소희의 눈빛이 흔들리고 있음을 간파한 것이다.

구소희는 아무 말 없이 고개를 끄덕였다. 자신도 잘 알고 있었다.

'무림맹의 앞날… 하지만 과연 그것이 나와 무슨 상관이 있단 말이지? 난 그저 이기고 싶을 뿐이야.'

구소희는 지그시 검을 세워 검단과 취운의 눈이 수평을 이루도록 했다.

선제공격을 포기하고 일단 방어에 역점을 두기로 한 것이다. 그러기 위해선 무엇보다 상대의 눈빛에 주목할 필요가 있었다. 검단을 세운 것은 자연스럽게 취운의 눈빛을 살피기 위한 수단이었다.

'냉정하고 영악하다. 과연 나는 지금 저 여인처럼 냉정한가? 아니, 나는 더 냉정하다. 나는 나를 알고 있을 뿐 아니라 저 여인에 대해서도 알고 있다. 하지만 서두를 필요는 없다.'

취운은 아예 지그시 두 눈을 감아버렸다.

'내가 침착할수록 상대방은 초조해지기 마련이다. 어차피 지금과 같은 상황에서라면 어느 한쪽도 쉽게 공격할 수 없다. 한순간의 빈틈을 노려야 한다. 시간이 지날수록 저 여인은 조급한 마음을 먹게 될 것이다.'

'저건 무엇을 의미하는 걸까? 결코 선제공격을 하지 않겠다는 의미인가, 아니면 정신을 한 군데로 모으고 있는 것일까?'

시간은 아주 지루하게 흐르고 있었다.

"그런데… 그런데 말일세, 검객들은 자네가 말했던 것처럼 강호를 검림이라 말하며 고독한 삶을 살아가지. 검객이란 어떤 목적으로 검을 집었든 떨칠 수 없는 원죄를 안고 있기 때문일 걸세. 어쩌면 그것은 자신의 검이 앞으로 저지르게 될 살생에 대한 속죄일 수도 있겠지. 그러니 검객은 살생을 두려워할 필요가 없네. 자신은 이미 그 죗값을 치르며 살고 있으니까. 자, 취운. 이제 자네의 검이 지닌 죄의 무게를 보여주게."

한순간 백의천이 들려주었던 이야기가 취운의 머리를 스쳤다. 검객의 고독한 삶, 떨칠 수 없는 원죄, 속죄…….

강력한 살기를 느낀 것도 그 순간이었다.

"헉―"

취운은 다급하게 옆으로 비켜서며 검을 휘둘렀다.

획―!

아무것도 없었다. 취운의 귀밑머리가 축축하게 젖어 있었을 뿐이다.

'뭐였지? 혹시… 내 안에 자리 잡고 있던 살기가 나를 덮쳤던 걸까?'

가볍게 한숨이 새어 나왔다.

취운은 정신을 가다듬으며 구소희를 바라보았다. 그녀는 여전히 검단을 통해 자기의 모습을 지켜보고 있었다.

구소희는 취운의 행동이 의아하다는 표정으로 고개를 갸우뚱했다.

하지만 취운에게 방금 전과 같은 상황은 결코 낯선 경험이 아니었다. 어린 시절부터 수없이 겪어온 강박이었다. 도저히 감당할 수 없을 것 같은 운명의 무게가 두 어깨를 내리누르거나 예리한 살기로 돌변해 자신을 덮치곤 했던 것이다.

'왜 하필 지금 같은 상황에서…….'

취운은 불길한 예감에 휘말려 파르르 몸을 떨었다.

결코 좋은 징조가 아니었다. 정신을 집중할 수 없다면 이번 비무에서는 이길 수가 없다. 처음의 예상과는 달리 시간이 지날수록 초조해지는 것은 취운 자신이었다.

"너는 이 대륙의 주인이 될 사람이다. 사평왕은 후사를 이을 자식이 없다. 사평왕 이후 황제의 관은 네 머리에 얹어지게 될 것이다. 그분에게 있어 너는 유일한 혈연이기 때문이다. 이것은 하늘의 뜻이기도 하다. 이번 비무대회는 결국 너 자신을 위해 마련된 잔치이다. 마음껏 즐기거라."

비무대회를 앞두고 초화공이 은밀히 들려준 말이었다.
'대륙의 주인이라……'
왜나라에서 검법을 익히는 동안 취운은 단 한 번도 그런 꿈을 가져본 적이 없다. 그것은 너무나 요원하고 아득하게 느껴졌기 때문이다.
하지만 대륙으로 건너와 초화공과 함께하는 동안 취운은 그 자리가 자신을 위해 준비되어지고 있음을 깨달았다. 황실의 운명은 사평왕의 손에 의해 언제든 바뀌어질 수 있었다. 아니, 이미 그 수순을 밟아가고 있었다.
사평왕은 무서운 사람이다. 스스로 거세함으로써 목숨을 부지했고, 오랫동안 죽은 듯이 웅크려 힘을 키웠다. 그런데 그에게 남은 혈연은 취운 하나뿐이다. 그런 만큼 취운에 대한 사평왕의 기대는 내심 클 수밖에 없다. 취운은 자신이 호랑이의 새끼임을 보여주어야 한다.
'대륙의 주인? 하지만 나는 단 한 번도 내 삶의 주인이 되어본 적이 없다. 늘 당나귀처럼 무거운 짐을 인 채 누군가를 따라 걸어왔을 뿐이다. 그런 내가 대륙의 주인이라……'
취운은 지그시 눈을 감은 채 검을 쥔 손에 힘을 실었다.

"헉—"

마치 기다리기라도 했다는 듯 강력한 살기가 그를 엄습했다. 방금 전과 마찬가지의 상황이었다… 아니다.

구소희의 검이 현란하게 자신을 덮치고 있었다.

"헛—"

취운은 검을 뻗어내며 다급하게 물러섰다.

채채채챙!

검과 검이 뒤엉키며 빠르게 맴돌았다.

'빠르다. 하지만 경험이 부족하다. 실수의 검이었다면 나는 벌써 죽었을 것이다.'

취운은 방향을 틀어 일단 위기를 모면한 후 화산의 절기인 십사수매화검법을 펼치기 시작했다. 정신을 집중하면서부터 취운은 구소희의 움직임을 확연히 파악할 수 있었다.

취운의 검은 예리한 검기를 뿜어내며 구소희를 공략해 들어갔다. 계곡을 굽이쳐 흐르는 성난 물결처럼 구소희가 뿜어내는 검의 잔영을 삼키며 흩뿌려지는 검기. 이미 검의 형상은 사라지고 그윽한 매화의 꽃잎이 비무장을 덮어버리고 있었다.

하지만 구소희의 반격 역시 만만치 않았다. 취운의 검이 강한 물줄기였다면, 구소희의 검은 그 험난한 물살을 타고 오르는 이무기의 형상이었다. 삼켜질 듯 삼켜질 듯하면서도 취운의 검이 뿌리는 허초를 뚫고 급소를 노려왔다.

카항—

한순간 취운의 검과 구소희의 검이 정면으로 맞부딪쳤다.

두 사람은 검을 엇갈리게 마주한 자세로 잠시 대치했다. 마치 벼락이라도 칠 것처럼 강한 검기와 검기가 두 사람 사이에서 뿜어지고 있었다.
'내 움직임을 읽고 있다…….'
'쉽게 가려질 승부가 아니군.'
구소희와 취운은 서로의 얼굴을 빤히 쳐다보았다. 어딘가 공허하면서도 슬픈 눈빛. 마치 거울을 보는 듯한 느낌이었다.
'이 느낌은 뭐지?'
'슬퍼 보인다…….'
이유를 알 수 없는 애잔함을 느끼며 두 사람은 그렇게 마주하고 있었다.
시간이 정지한 것처럼, 아니, 거슬러 올라가는 것처럼 정신이 아득해졌다. 마치 우주의 한가운데에 떠 있는 것처럼 몽롱했다.
"화산에 저런 제자가 있었습니까?"
단상 위에서 비무를 지켜보고 있던 적선 사미가 백의천에게 나직한 음성으로 물었다.
단상 위에는 범현 거사와 적선 사미, 무당의 장소천, 화산의 백의천, 개방의 천우막 등 무림맹의 수뇌들이 나란히 앉아 있었다. 그들은 하나같이 구소희와 취운의 비무에 탄성을 자아내고 있었다. 현 무림에 그들과 같은 후학이 있다는 것이 믿어지지 않았던 것이다.
"하하, 나 역시 아미에 저런 제자가 있다는 말을 들어보지 못했습니다. 아미의 명성이 과연 헛된 것만은 아니었구려."
백의천은 희미한 미소를 내비치며 비아냥거리듯 말했다.
하지만 한편으로는 아찔하다는 생각까지 들었다. 백의천 자신이 몸소 취운과 검을 섞은 적이 있기에 그의 실력이 어느 정도인지 잘 알고 있었다. 그런데 취운을 상대로 저 정도의 검법을 구사할 수 있다면 구소희는 역시 가외체임에 틀림없는 것이다.

'초화공이 아니었다면 화산의 꿈은 한낱 허망한 것으로 끝맺었을 것이다.'

백의천은 깊은 한숨을 내쉬었다.

범현 거사나 장소천 역시 놀라기는 마찬가지였다. 그들은 비무가 벌어지고 있는 지금에서야 백의천이 그토록 여유로울 수 있었던 이유를 알게 된 것이다.

'무림맹의 후학 중 소희와 견주어질 자가 있었다? 그것도 화산에?'

범현 거사는 마치 뒤통수를 얻어맞은 느낌이었다.

자신이 보기에 이번 비무는 그야말로 건곤일척이었다. 무림맹의 앞날은 물론 대륙의 운명이 그들 손에 달린 것이나 다름없었다.

물론 구소희는 가외체다. 불리한 듯한 싸움에서도 결국은 상대를 제압해 나갈 수 있다. 시간이 지남에 따라 상대의 무공을 읽고, 그 해법을 찾아내어 철저하게 무너뜨린다. 이제까지 구소희는 늘 그렇게 범현에게 확신을 주었다.

하지만 지금은 달랐다. 시간이 지나면 지날수록 오히려 구소희의 초식이 상대에게 읽히고 있다는 느낌이었다.

'저 자, 취운이라고 했던가?'

범현 거사는 수많은 의구심에 머리를 흔들었다. 무언가 크게 잘못되어가고 있는 것이다. 범현의 입에서는 자연스럽게 한숨이 새어 나왔다.

'설마 저 정도일 줄은 몰랐군.'

단상 위에 앉아 있던 또 한 사람 개방의 천우막 역시 가슴이 답답해져 왔다.

그는 이미 두 차례에 걸쳐 구소희와 만난 적이 있었다. 그럼에도 그녀가 이 정도 반열에 올라 있으리라고는 상상도 하지 못했다.

'아무래도 구용각과 함께 있었던 것이 우연인 것만은 아닌 듯하다.'

천우막은 그제야 구소희와 구용각의 관계에 의심을 품게 되었다.

지난번 객잔에서 만났을 때 그녀가 구용각에게 가졌던 지나친 관심도 그랬고, 놀라운 무공의 수위에 비해 이제껏 그녀의 이름이 알려지지 않은 것도 의심스러웠다. 더욱이 구용각의 딸 접몽과 구소희는 비슷한 연배였다.

'정황으로 보아 적선 사미는 구용각에 관한 일체를 비밀로 묻어두었던 듯하다. 그렇다면 구소희와 구용각의 관계는 더욱 의심스럽다. 성이 같은 것도 그렇고……. 허허, 내가 술에 절어 쓸데없는 이야기를 한 것은 아닌지 모르겠군. 그건 그렇고 취운이라는 저 아이도 어딘가 눈에 익어. 우리가 어디에서 만났을까?'

천우막은 입술을 지그시 깨물며 깊은 생각에 잠기기 시작했다.

"핫!"

"하얏!"

지루한 대치가 끝난 것은 그때였다.

두 사람은 서로의 검을 밀어내며 그 탄력을 이용해 다급히 뒷걸음질 쳤다. 어차피 승패를 겨루어야 할 상황이고 엇비슷한 실력이다. 그렇다면 최후의 일격을 준비해야 했다. 대치하고 있는 동안 두 사람은 똑같은 생각을 하고 있었다.

"난파풍검!"

"십사수매화검!"

한차례 호흡을 가다듬은 두 사람은 거의 동시에 검법을 펼치며 서로에게 달려들기 시작했다. 강력한 검기가 뻗쳐 나고 있었다.

파, 파, 파, 파, 팟!

주인의 마음을 읽기라도 한 듯 검단에서 뻗어 나간 검기가 자욱한 먼지를 일으키며 앞을 가렸다. 취운과 구소희 모두 내력을 최대한 끌어올린 것이다.

검기와 검기의 대결이었다.

터터터텅!

마치 어두운 하늘에 번개를 만들어내며 용과 봉황이 날카로운 부리와 발톱, 이빨을 드러낸 채 뒤엉켜 싸우는 듯한 모습이었다. 폭음과 회오리치는 먼지, 검풍과 검광, 수없이 쏟아지는 검의 잔영으로 인해 비무장은 광기에 휩싸였다.

"끄아아아—"

"이햐앗—"

비무장 양쪽에서 피어나기 시작한 먼지구름이 하나로 합쳐지는 순간 두 사람의 처절한 기합성이 터져 나왔다. 그리고…….

퍼퍼펑— 차앙—

…….

숭산 전체를 울리는 거대한 폭음과 날카로운 쇳소리! 피어오르던 먼지마저 그 진동에 놀란 듯 폭음 속으로 빨려들다가 서서히 흩어져 갔다.

"소희야!"

가슴을 졸이며 비무장을 지켜보고 있던 적선 사미가 태사의에서 벌떡 일어서며 외쳤다.

먼지가 걷힌 비무장의 한가운데. 그곳에 구소희가 쓰러져 있었다. 그리고 그녀에게서 3장가량 떨어진 곳에는 취운이 힘겹게 검을 의지한 채 서 있었다.

"나는…… 이길 수밖에 없었다."

취운의 입에서 나직한 독백이 흘러나왔다.

한줄기 바람이 먼지의 여운을 흔들며 비무장을 스쳐 지나갔다.

2
무림맹 비무대회(4)

같은 날 술시(戌時). 소림에서 멀지 않은 객잔.

무림맹 비무대회를 하루 남겨둔 날인만큼 평소 친분이 있는 문파와 협객들이 서로 짝을 지어 그곳으로 모여들었다. 이제 내일이면 언제 만나리라는 기약도 없이 헤어져야 하기에 술잔을 기울이며 회포를 풀기 위해서였다.

예선에서 탈락한 문파와 협객들이 대부분 짐을 챙겨 소림을 떠난 반면 본선에 진출했던 문파들은 비무대회의 결승전에 참관하기 위해 남았다. 그들은 최소한 체면치레는 한 것이므로 도망가듯 떠날 필요가 없었다.

"하하하, 개방의 명성이 헛된 것이 아니었다. 천 아우, 살아생전에 이런 날이 올 것을 나는 믿었어. 축하하네, 아우님. 하하하하."

당개수는 천우막의 잔에 술을 따르며 유쾌하게 웃었다.

"푸헤헤. 우막아, 석금이는 개방의 보배일 뿐 아니라 우리 용문가의 보배이기도 하다. 배신자 두백이 때문에 하마터면 울화병이 생길 뻔했는데 석금이가 그 복수를 해주었어. 푸헤헤헤."

술 한 동이를 혼자 비우다시피 한 일소천이 천우막의 잔에 자기 잔을 부딪치며 주접을 떨었다.

사실 방초가 이재천에게 패한 이후 일소천은 시름시름 앓기까지 했었다. 하지만 오늘 석금이가 이재천을 꺾는 모습을 보며 땅이 꺼져라 웃고 난 후 울화병은 깨끗이 사라졌다. 워낙 단순한 위인이다 보니 시원시원한 면도 있었던 것이다.

"푸히히. 그래, 이놈아. 오늘 우리 두백이가 석금이의 사특한 수에 넘어가긴 했으나 제 할 몫은 다 했느니라. 두백이는 4강에까지 올랐으니 팽두파의 명성은 이미 강호에 파다하게 퍼졌을 것이고, 다음 비무대회에서도 예선없이 본선 비무를 치를 수 있느니라. 무엇보다 용등연검법이라는 사특한 무공을 꺾음으로써 40여 년 동안 쌓인 한을 풀어냈다. 푸히히히, 우리 팽두파의 절기 파룡도법이 강호제일의 사특 무공 용등연검법을 꺾었어. 으아아아아, 기분 째진다—!"

팽이는 이재천이 묵직한 도면으로 방초의 엉덩이를 찰싹, 찰싹 때리던 장면을 떠올리며 객잔이 떠나갈 듯 소리를 내질렀다.

"하하, 팽 선배께서 표정이 밝은 듯하니 비로소 마음이 놓입니다. 사실 섭섭한 마음을 가지시지나 않을까 걱정했습니다. 하하, 제 술 한잔 받으십시오."

천우막은 그제야 환한 미소를 지으며 팽이의 잔에 술을 따랐다.

사실 당문과 용문, 팽두파, 개방 등 네 개의 문파는 이번 비무대회에서 모두 만족할 만한 성과를 거두었다.

당개수로선 본선에 진출한 것만으로도 체면을 세울 수 있었다. 그런데 8강에까지 진출한 만큼 어깨를 당당히 펴고 돌아갈 수 있다. 게다가 당수정이 아이를 잉태했으니 가문의 경사까지 겹친 것이다

일소천과 팽이 역시 그다지 섭섭할 것은 없었다. 일소천으로선 오랜 빚을 갚은 듯한 느낌이었고, 팽이는 방금 전 말했듯 용문파를 꺾은 것만으로도 행복에 겨웠다.

물론 그것이 전부는 아니었다. 두 사람의 묵은 감정은 이미 오래전 우정으로 바뀌었으며, 이번 비무대회는 그저 늘그막에 맞은 한판 잔치에 불과했는지도 모른다. 더욱이 8강과 4강의 성적을 거두었으므로 제자들에게도 얼마간 낯이 선 셈이다.

천우막의 기분은 굳이 말할 필요가 없다. 비무대회에서 석금이가 보여준 모습은 마치 개방의 부활을 예고하는 것과도 같았다. 어쩌면 그는 지금 일생 최대의 기쁨을 맛보고 있는 것일 수도 있다.

"자, 나 취설이 복이 많아 오늘 여러 협객들과 즐거움을 나누게 되었소이다. 우리 네 문파가 뜻을 같이한다면 세상 그 무엇이 두렵겠소. 용문과 팽두파, 개방과 당문은 오늘 이 자리에서 형제의 인연을 맺도록 합시다."

"푸헤헤, 우리는 어차피 가족이나 다름없소."

"푸히히, 그리고 보니 소천이 네놈이 내 아비뻘이 되는구나. 히히. 하지만 우리는 언제까지나 친구로 남아야 하느니라."

"개방의 천우막, 여러 사숙님들과 형님께 큰절을 올립지요. 하하하. 이제 저희는 가족이 된 것입니다. 푸하하하."

숭산의 어느 저녁. 취설의 의형제 제의에 모두가 뜻을 같이했고, 술자리의 기쁨은 이제 절정에 달하고 있었다.

"노땅들이 제법 죽이 잘 맞는군."

"그러게나 말일세. 우리도 심심한데 의형제나 맺을까?"

심드렁한 표정으로 술잔을 기울이던 이재천과 주유청이 차례로 입을 열었다.

같은 객잔, 좀 떨어진 구석 자리엔 네 문파의 제자들이 모여 있었다. 사부들과는 달리 얼마간 서먹한 분위기였다.

"히히, 석금이도 끼워주라."

"푸헤헤. 이거, 아우님들의 뜻이 정 그렇다면 내가 허락을 하는 수밖에."

…….

무산의 한마디로 인해 그 식탁에 다시 어색한 침묵이 찾아들었다.

당수정과 방초를 제외하면 무산은 그 자리에서 가장 나이가 어렸다. 하지만 족보가 엉키다 보니 무산이 우두머리가 되고 말았다.

비록 당문에 몸을 의탁하고는 있으나 무산은 용문파의 최고 고참이었다. 따지고 보면 이재천과 주유청, 이편은 무산의 사제가 되는 것이다. 석금이도 다를 바 없었다. 지금은 개방의 제자지만 한때는 무산의 부하였다.

"이런… 아우님들이 하나같이 똥 씹은 표정이군. 하지만 한번 사형은 영원한 사형이야. 설마 강호의 도리를 땅바닥에 떨어뜨릴 생각은 아니겠지?"

무산은 당유작의 표정을 흘깃 살피며 엄포를 놓았다.

생각해 보니 자기 방식대로 따지자면 당유작은 무산의 선배였던 것이다. 당유작 역시 무산의 마음을 읽은 것인지 사특한 미소를 지으며 지그시 쳐다보았다.

'어휴— 당비약보다 더 위험한 인간이야, 이 인간이. 차라리 속 좁은 당비약처럼 절간에나 처박혀 있든지…….'

무산은 무거운 한숨을 내쉰 후 다시 입을 열었다.

"뭐, 당유작 선배가 있긴 하지만 이분은 워낙 조용한 걸 좋아하는 성격이라서. 헤헤, 아마 의형제 같은 건 관심도 없을 거야. 헤헤, 그렇지요?"

무산은 어쩔 수 없다는 듯 뒷머리를 벅벅 긁으며 선수를 쳤다.

"이런, 무산 아우님이 이 사형을 오해하고 있군. 나 의형제 무척 좋아한다네."

…….

청천벽력 같은 당유작의 한마디.

술 맛이 싹 사라졌다는 듯 뺀질뺀질한 이재천을 시작으로 하나둘 자리를 뜨기 시작했다.

"호호호. 무산이 너는 좋겠다, 형 생겨서?"

이편을 따라 자리에서 일어나던 방초가 호들갑스럽게 웃으며 말했다.

이제 자리에 남은 것은 당유작과 무산 내외, 그리고 한결같은 석금이였다.

"하하, 갈 사람은 가게 마련이지. 어차피 진실로 섬기고자 하는 마음이 없다면 형제의 관계는 지속될 수 없는 법. 아쉬워할 필요가 없다네. 자, 무산 아우님. 그럼 우리끼리 의형제를 맺도록 하세나."

당유작은 아무렇지도 않다는 듯 손가락을 깨물어 피를 내며 말했다.

'어휴— 아무튼 용문파 출신은 하나같이 싸가지가 없어요. 어떻게

지네가 말을 꺼내고 쏙 빠져나가냐? 에이, 치사한 놈들.'

무산은 땅이 꺼져라 한숨을 내쉬며 당유작의 얼굴을 빤히 쳐다보았다.

자기도 벌떡 일어나서 도망치고 싶은 심정이었다. 하지만 앞으로 한 식구로 살아야 할 처지, 아니꼬워도 참는 수밖에 없었다.

"아니, 뭘 그렇게 멀뚱멀뚱 쳐다만 보고 있나? 손가락 안 깨무나?"

"……."

해시(亥時). 소림의 연화실.

언제나 그래 왔듯 세 사람은 차를 앞에 두고 마주 앉아 있었다. 하지만 그들이 유지하고 있는 침묵은 그 어느 때보다 무거웠다.

황촛불에 어른거리며 길게 늘어진 그림자 또한 그 어느 때보다 우울하게 느껴졌으며 가끔씩 새어 나오는 한숨은 듣는 이의 숨통을 옥죄는 듯했다.

"소희는 좀 어떻습니까?"

범현 거사가 담담하게 물었다.

"운기조식에 드는 것을 보고 나왔습니다. 다행히 큰 상처를 입지는 않은 듯합니다."

적선 사미가 가라앉은 음성으로 대답했다.

"이 일을 어떻게 받아들여야 할지 모르겠습니다. 이제 무림은 그야말로 혼란의 도가니에 빠지게 될 것입니다. 후— 하지만 누구를 탓하겠습니까. 모든 잘못은 제게 있으니……."

무당의 장소천은 암담한 표정이었다.

장소천의 걱정은 결코 기우가 아니었다. 강호의 질서를 바로잡고 사파로부터 정파의 자존심을 지켜낼 수 있는 유일한 단체는 무림맹이었다. 그런데 지금 그 무림맹이 위기에 처한 것이다.

백의천의 성격을 누구보다 잘 아는 그였다. 더욱이 최근 화산파가 초화공과 모종의 음모를 꾸미고 있다는 소문이 사실이라면 무림맹은 그야말로 쇠락, 혹은 정도를 벗어난 길을 걷게 될 것이다.

하지만 모든 것은 이 자리에 모인 세 사람의 책임이었다. 비무대회를 생각해 낸 것도, 그 결과에 따라 차기 맹주를 선출하자는 발상도 모두 자신들의 머리에서 나왔다. 그리고 이제 자신들이 파놓은 덫에 걸려들게 되었다.

"아직 모든 게 끝난 것은 아닙니다. 결승전이 남지 않았습니까?"

범현 거사는 찻잔을 휘휘 돌리며 말했다. 그러나 그것은 스스로에게도 위로가 되지 않는 말이었다.

"방장께서도 비무를 지켜보지 않으셨습니까? 화산의 취운이라는 자는 가외체 구소희를 꺾었습니다. 미련하게 생겨먹은 개방의 아이와는 그 무공의 수위가 다릅니다."

적선 사미는 마치 짜증을 내듯 날카롭게 말했다.

"설사 우리의 뜻대로 되지 않는다 해도 그것은 잠시의 시련일 뿐입니다. 어쩌면 소희 그 아이에게도 이번 패배가 약이 될 수 있는 것이고……."

"방장께서는 참으로 태평하십니다. 백의천이 무림맹주가 된다면 그것은 결코 잠시의 시련으로 그칠 일이 아닙니다. 강호는 이제 초화공의 손아귀에서 놀아나게 될 것이고, 그것은 곧 악의 천지를 의미하는 것입니다. 하아~ 빈니의 걱정은 결코 기우가 아니에요. 이제 무림맹은 역대 최악의 위기를 맞게 될 것입니다."

적선 사미는 깊은 한숨을 내쉬며 고개를 떨구었다.

"모든 것이 부처님의 뜻이라면 무엇인가 해법이 남아 있겠지요. 관세음보살."

"……."

같은 시각. 지객당.

취운은 방금 전 사부 백의천이 놓고 간 검 한 자루를 매만지고 있었다. 시간은 어느덧 자시(子時)를 향해 가고 있었으나 쉬이 잠이 올 것 같지 않았다.

"이 매화검은 이제 네 것이다. 설령 네가 화산을 떠난다 해도 이 검의 주인이 바뀌지는 않을 것이다."

취운은 백의천이 애검 매화검을 하사하며 자신의 손을 꼭 잡던 순간을 떠올렸다. 따뜻한 손이었다.

"모두들 내게 무엇인가 한 가지씩은 희망하고 있다. 하지만 나는 내게 아무것도 희망하지 않는다. 나는 살수의 교육을 받았고, 살수는 결코 자신을 돌보지 않는다."

취운은 다시 한 차례 매화검을 쓸어 내리며 낮게 중얼거렸다.

머리 속에서 지우려 하면 할수록 구소희의 눈빛이 떠올랐다. 지독히도 애절하고, 애잔하며 슬픈 눈이었다.

"가외체라… 우리는 어쩌면 이 대륙에 단둘밖에 존재하지 않는 유형의 사람들일지도 모른다. 하지만 그녀와 나, 우리는 기쁨을 알지 못한다. 가외체란 원래 그렇게 생리적으로 슬픔을 안고 태어나는 것일까?"

　취운의 독백이 쓸쓸하게 방 안을 맴돌았다.

　그의 나이 27세. 인생이 그저 아득하게만 느껴질 나이는 아니었다. 그렇다고 인생의 깊은 맛을 알 나이도 아니었다. 하지만 그는 지금 그 두 가지를 모두 맛보고 있다. 아니, 늘 그래 왔다.

　"나는 구소희를 이길 수밖에 없었다. 그녀의 모든 슬픔과 원망, 그리고 그리움은 내게 너무 익숙했기 때문이다. 그녀 역시 똑같이 느꼈을 것이다. 다만 나는 그것의 정체를 알았고 그녀는 몰랐을 뿐이다."

　차앙―

　취운이 검집에서 검을 빼내는 순간 맑은 쇳소리가 방 안에 울려 퍼졌다.

　맑게 다듬어진 검신에 황촛불의 빛과 자신의 얼굴이 그대로 새겨졌다. 숨을 쉬고 있지 않은 꼭두각시의 모습이었다.

무림맹 비무대회(4)

무림맹 비무대회 일곱째 날, 사시(巳時)를 앞둔 시각.

날이 날인만큼 소림의 연무장에는 수많은 사람들이 빼곡히 들어차 있었다. 무림대회에 참가했던 수많은 문파와 협객들은 물론 소림의 제자들까지 결승 비무를 지켜보기 위해 연무장에 도열했다.

그뿐만이 아니었다. 평소 소림과 왕래하던 관부의 인사들이나 강호에 관심을 가지고 있던 각계의 유명 인사들도 단상 위에 마련된 의자에 몸을 기울인 채 비무장을 내려다보았다.

이번 비무대회가 향후 무림맹의 주인을 결정짓는 자리라는 것을 그들도 알고 있어 관심을 기울일 수밖에 없었다.

하지만 무엇보다 눈길을 끄는 것은 그 자리에 초화공이 참석했다는 것이다.

초화공이 나타난 것은 진시(辰時)가 끝나가는 무렵이었다. 그는 비단과 호화로운 장식품으로 치장된 유개마차(有蓋馬車)에 올라 100여 명 군사들의 호위를 받으며 소림에 나타났다.

지난 천무밀교와의 혈겁 이후 무림맹에서는 초화공에 대한 적개심이 깊게 자리 잡게 되었다. 그러나 아무도 그의 비무대회 참관을 막을 수 없었다. 그가 황제의 하례품을 몸소 들고 왔기 때문이다.

본시 강호는 황실과 비교적 거리를 둔 특수한 영역으로 인정되었다. 그렇다고는 해도 그것이 그들을 황실의 백성 이상으로 만드는 것은 아니다.

황제가 보낸 사신을 돌려보낼 명분은 단 하나밖에 없다. 황제에 대한 반역이 그것이다.

소림에선 별수없이 초화공을 위한 자리 하나를 단상에 더 마련해야 했다. 하지만 모든 무림인들이 어색한 표정으로 그를 외면했다.

초화공이 가지고 온 황제의 하례품은 보기만 해도 탐나는 보검 한 자루였다. 그것은 이번 비무대회에서 우승을 차지하는 사람에게 주어질 것이다.

무림맹 수뇌들은 의혹에 찬 눈으로 초화공과 보검을 바라보았다. 황제가 하사한 검이라고는 하지만 그것이 초화공의 머리에서 나온 발상이리라 짐작하고 있었기 때문이다.

[방장님, 도대체 저자의 의도가 무엇일까요?]

적선 사미가 언짢은 표정을 지으며 전음을 보냈다.

[글쎄요, 백의천의 승리를 축하하기 위해 힘들여 발걸음을 한 것이겠지요.]

[쯧쯧, 벌써부터 이런 모습을 보아야 하다니……]

범현과 적선 사미는 갑갑증을 느낄 수밖에 없었다.

하지만 그들 옆에 나란히 앉아 있는 백의천의 입가엔 묘한 미소가 도사리고 있었다. 백의천은 초화공의 의도를 어느 정도 간파하고 있었기 때문이다.

초화공은 영민하고 교활한 인물이었다. 그가 굳이 황제가 하사한 검을 들고 이곳까지 온 데에는 여러 가지 이유가 있었다.

우선 비무대회의 개최를 둘러싸고 범현 거사와 적선 사미, 장소천 등이 꾸민 계략을 역이용하기 위해서였다. 즉, 비무대회에서 우승자를 낸 문파의 문주에게 무림맹주 직을 주자는 의견을 그들이 번복하지 못하게 하기 위한 수단이었다. 취운에게 황제의 검을 주게 되면 취운과 백의천은 확고한 명분과 힘을 얻게 되는 것이다.

또한 황제가 하사한 검은 무림맹과 황실을 자연스럽게 연결할 고리가 된다. 무림맹과 황실이 돈독한 유대 관계를 가지고 있음을 일찌감치 확인시킴으로써 앞으로 자연스러운 교류가 이어지게 하고자 했던 것이다.

그럼에도 범현 거사를 비롯한 무림맹 수뇌들은 초화공의 의도를 정확히 간파할 수 없었다. 이유는 간단했다. 그 검은 분명 사평왕이 아닌 현 황제의 하사품이었기 때문이다.

초화공이 사평왕의 수족이라는 사실은 알 만한 사람들은 이미 알고 있었다. 만약 초화공이 황제가 아닌 사평왕의 하사품을 들고 나타났다면 아마 모든 무림인들이 그를 경계하고 반발했을 것이다.

초화공은 누구보다 그 사실을 잘 알고 있었다. 그래서 굳이 황제의 칙령이라는 명분을 빌어 소림에 모습을 나타낸 것이다.

하지만 그것 역시 초화공이 만들어낸 음모였다. 앞으로 황실과 무림맹의 뜻이 맞지 않아 갈등이 생기거나 내분이 일 경우 그 모든 원망은 황제에게 떠넘겨지게 된다.

 어차피 천무밀교의 토벌이나 구황문과의 대립 등은 황실과 무림맹이 떠안은 공동의 과제다. 그것을 풀어가는 과정에서 반발이나 잡음이 생길 것은 자명하다. 초화공이 황제와 무림맹을 이간질하기 위해 조금만 노력한다면…….

 [초화공께서 준비하신 선물은 감사하게 받겠습니다.]
 [호호홋, 장문인께선 곧 무림맹의 맹주 자리에 앉게 되었습니다. 그 자리는 황제와 버금가는 자리가 아닙니까. 앞으로 잘 부탁드리오.]
 [하하, 무슨 말씀을. 이 모든 것이 초화공께서 베풀어주신 은혜올시다. 이제 공과 저는 취운을 고리로 해서 혈맹을 맺은 것이나 다름없습니다. 하하하.]

 백의천과 초화공은 흐뭇한 미소를 지으며 전음을 주고받았다.

 잠시 후 취운과 개방의 석금이가 연무장에 모습을 드러냈다. 곧 사시(巳時)가 될 것이고, 두 사람의 비무를 통해 무림맹주가 결정될 것이다.

 하지만 결승전은 사실상 무의미했다. 무림맹의 수뇌들은 하나같이 정파를 대표하는 고수들이었다. 그들은 이미 취운이 절정고수의 기량을 갖추고 있다는 것을 확인했다.

 반면 석금이는 측정이 어려울 만큼 고강한 내공을 지니고 있었으나 무공의 초식이 서툴고 힘을 조율하는 데 미숙했다.

 절정고수라면 한순간의 빈틈도 허용하지 않아야 한다. 그런 점에서 본다면 석금이는 낙제감이었다.

 "후—"
 두 사람의 모습을 발견한 적선 사미가 깊은 한숨을 내쉬었다. 맥 빠지는 비무를 보게 될 것이 뻔했기 때문이다.

다른 사람들은 몰라도 무림맹의 수뇌들은 어제 벌어진 취운과 구소희의 비무가 사실상의 결승전이었다는 것을 잘 알고 있었다. 그들의 공격과 방어는 너무 견고했고 완벽했다. 한 치의 오차도 없었으며 빈틈 또한 찾아볼 수 없었다.

[정도무림의 역사는 어제 막을 내린 것이나 다름없습니다.]

적선 사미는 가슴속에서 치미는 울화를 참지 못하고 범현 거사에게 전음을 보내 답답한 심사를 토로했다.

"나무아미타불!"

범현 거사는 합장을 한 채 지그시 눈을 감았다. 그리고 그 모습을 발견한 백의천의 입에선 통쾌한 미소가 만들어지고 있었다.

사시(巳時).

비무장에 오른 취운과 석금이는 서로에게 포권을 취해 예를 갖추었다.

취운의 눈빛과 표정은 어제와 마찬가지로 담담하고 무미건조하며 차가웠다. 반면 석금이는 그 순박한 웃음을 지어내며 취운의 눈을 똑바로 쳐다보았다.

"나는 석금이다. 어제 보니까 취 공 대단하더라. 그래서 얘긴데 취 공, 나랑 팔씨름으로 승부 가리자."

"……"

취운은 석금이의 말에 안도의 한숨을 내쉬었다.

그는 몇 달 전 사천 외곽의 객잔에서 천우막과 석금이를 스치듯 만난 적이 있었다. 당시 취운은 초혼야수의 살수들과 함께 있었다. 만약 천우막과 석금이가 자신의 모습을 기억해 낸다면 낭패가 아닐 수 없었다.

하지만 다행히 석금이는 아직 자신을 기억해 내지 못하고 있는 듯했다.

"어라, 너 왜 석금이를 빤히 쳐다보냐? 히히, 물이 너무 맑으면 고기가 없고, 사람이 너무 살피면 벗이 없다고 했다. 『공자가어(孔子家語)』에 나오는 말이다. 취 공, 친구 사귀려면 그렇게 빤히 쳐다보는 버릇 좀 고쳐라."

"재미있는 아이구나. 하지만 공자는 이런 말도 했지. '사람들이 그를 좋아한다 해도 반드시 살핀 후 사귀고, 모든 사람이 그를 미워한다 해도 반드시 살핀 이후에 미워하라'. 나는 지금 너의 순박한 웃음에 호감을 가지고 있다. 하지만 네가 어제 그 순박한 웃음 뒤에 숨은 간교함으로 상대를 제압하는 모습을 보았지. 그러니 취운은 석금이와 팔씨름을 하지 않겠다."

"……."

취운의 말에 석금이는 잠시 고개를 갸우뚱했다. 공자의 이중성에 의혹을 품기 시작한 것이다.

"정말 공자가 그런 말 했냐? 왜 그랬을까? 히히, 어쨌든 석금이는 네가 벙어린 줄 알았다. 그런데 너, 생각보다 말이 많구나. 하긴 너처럼 아는 게 많은 애들은 대개 말이 많더라. 우리 두목도 말 되게 많다. 그래서 석금이가 배울 게 많다. 석금이 인생을 돌이켜 보면……."

"그만 비무를 겨루고 싶다."

취운은 석금이의 말을 자르며 단호하게 말했다.

물론 그 역시 석금이의 순진무구한 모습에 얼마간 매료되기는 했으나 그런 느낌을 즐길 만한 여유가 없었다. 게다가 그는 최대한 빨리 이 비무를 마쳐야 했다. 개방의 천우막과 석금이가 자신의 모습을 기억해 낼 수도 있기 때문이다.

그런데 그때였다.

"어라? 잠깐! 너, 언제 석금이랑 만난 적 있냐?"

"……"

취운은 흠칫 놀라며 매화검의 손잡이에 내력을 담았다. 눈에서는 살벌한 살기가 뿜어져 나오기 시작했다.

'생각보다 일찍 비무를 마쳐야겠구나.'

사르릉!

검집을 벗어난 매화검은 부드러운 소리와 함께 푸르스름한 검기를 뿜어냈다. 그 검기는 마음먹기에 따라 석금이의 목숨을 앗아갈 수도 있는 것이었다.

하지만 그때 뜻하지 않은 일이 벌어졌다.

"바, 방장님! 크, 큰일 났습니다. 사파의 기습입니다!"

다급하게 연무장을 가로지른 소림 제자 하나가 숨을 헐떡이며 단상 위의 범현 거사에게 고했다.

한순간 연무장은 소란에 휩싸였다. 사파의 기습이란 말에 모든 사람들의 눈길이 그 소림 제자에게 쏠린 것이다.

"그게 도대체 무슨 소리더냐?"

단상 위의 범현이 벌떡 일어서며 물었다.

"저, 정문을 지키던 사형들 여섯이 한꺼번에 당했습니다."

소림 제자는 더듬거리며 범현의 물음에 답했다.

비무대회 마지막 날인만큼 범현은 대부분의 소림 제자를 연무장에 모이게 했다. 이미 공안과 구소희가 꺾인만큼 자신은 흥을 잃게 되었다. 하지만 큰 대회를 치르느라 고생한 소림의 식솔들에게 비무대회의 관람을 허락한 것이다.

따라서 대문을 지키는 몇 명의 제자를 제외하곤 거의 대부분 연무장에 모여 있었다. 그런데 하필이면 이런 날 뜻하지 않은 일이 벌어지고 말았다.

범현 거사가 황망하게 시선을 멀리했을 때 연무장으로 통하는 문으로 흑의의 사내가 들어서고 있었다. 사내는 어깨에 한 여인을 짊어지고 있었으며, 멀리에서 보기에도 초췌한 몰골이었다. 그러나 사내가 구경꾼들을 지나쳐 단상에 닿을 때까지도 그를 따르는 사파 무리의 모습은 보이지 않았다.

"오늘 내 연인이 죽었소."

단상 앞에서 걸음을 멈춘 사내는 천천히 주위를 둘러보며 음산하게 말했다.

사내의 목소리는 비교적 낮았으나, 연무장에 들어선 대부분의 사람들은 그 말을 또렷하게 들을 수 있었다. 분명 상당한 내력이 실린 음성이었다.

"나는 구절심. 7일 전 숭산 근처의 객잔에서 당신들 정파의 무리와 일전을 벌였고 한 사람도 남김없이 목을 베었소. 만약 내 연인이 죽지 않았다면 그것으로 내 복수는 끝났다고 생각했을 것이오. 하지만 오늘 내 연인이 죽었고, 내 복수는 아직 끝나지 않았다는 사실을 깨달았소."

구절심 천형. 그는 가연의 주검을 살며시 바닥에 내려놓은 후 그녀의 가슴에 비파를 안겨주었다.

여전히 아름다운 모습이었다. 가연의 희디흰 두 손은 지금이라도 당장 비파를 튕겨 맑은 음을 만들어낼 것 같았다. 그 어느 때보다 평온한 얼굴, 미소가 머문 듯한 표정. 세상에서 가장 아름다운 주검이었다.

하지만 그녀의 죽음을 애도하는 이는 구절심 하나뿐인 듯했다.

연무장은 이미 소란에 휩싸여 있었다. 7일 전 벌어졌던 살겁의 원흉이 스스로 소림으로 찾아든 이상 그들 역시 이 일을 조용히 덮어둘 수 없게 된 것이다.

그러나 정작 그들은 쉽게 구절심에게 다가가지 못했다. 구절심이 두려워서라기보다는 잠시 후 들이닥칠 사파의 무리들을 경계하고 있었던 것이다.

갑작스런 소란으로 인해 취운과 석금이의 비무는 잠시 멈추어졌다.

석금이는 구절심의 등장에 넋이 나가 있었고, 취운 역시 살기를 갈무리한 채 구절심에게 시선을 돌렸다.

"구절심, 그 처절한 살겁을 일으키고도 아직 만족하지 못하고 있단 말인가? 도대체 그 객잔에서 무슨 일이 벌어졌었는지는 알 수 없으나, 분명 이 자리에 있는 협객들과는 무관한 일일 터!"

단상 위에 서 있던 범현이 내력을 실어 노성을 터뜨렸다.

"여기 이 가엾은 여인, 가연은 구절심의 연인이라는 이유로 죽었소."

"지금 그 여인의 죽음을 빌미로 정사대전을 치러야 한다고 말하고 있는 것인가?"

범현은 어이없다는 듯 나직한 탄성을 섞어 말했다. 그리고는 고개를 들어 연무장 밖의 동향을 살폈다. 그 역시 구절심과 함께 왔을 사파 무리가 은근히 신경 쓰였던 것이다.

"나는 그런 것에 대해 알지 못하오. 내가 아는 사실은 오로지 내 연인이 죽었다는 것, 그리고 그 슬픔을 잠재우기 위해 이곳에 왔다는 것뿐이오."

구절심의 음성은 지나치게 건조했다.

마치 습기가 빠져나간 것처럼, 아니, 가슴속의 모든 슬픔이 모래로 변해 버린 것처럼 메말라 있었다.

"혹, 자네 혼자 이곳에 온 것인가?"

범현 거사는 그제야 놀란 눈으로 구절심을 바라보았다. 아무리 살펴도 사파 무리의 움직임이 없었던 것이다.

"아니, 보다시피 내 연인과 함께 왔소."

"……."

범현 거사의 말문이 막힌 것과는 달리 소림의 연무장은 또다시 왁자지껄한 소란으로 들끓기 시작했다. 그들에겐 이제 두려움이 사라진 대신 구절심을 단죄해야 한다는 강한 욕망이 솟구치고 있었다.

차르릉!

구절심의 검이 그 소란과 야비한 시선과 가을 햇살을 훑으며 검집을 벗어났다. 그는 늘 그래 왔듯 자신을 옥죄는 운명과 세상을 향해 검을 치켜든 것이다.

자잘하게 흩어지던 가을 아침의 햇빛이 다시 소림의 연무장을 비추고 있었다.

〈제6권 끝〉